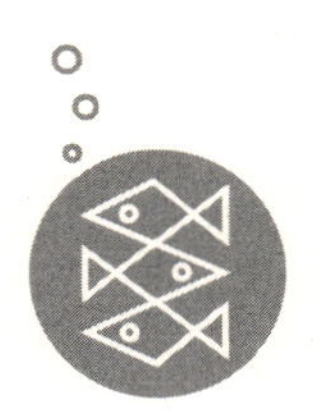

W0024460

Sari Luhtanen
Miikko Oikkonen

nymphs

Tödliche Liebe

Band 1.2

Aus dem Finnischen von Alexandra Stang

FISCHER Taschenbuch

Erschienen bei FISCHER Kinder- und Jugendtaschenbuch

Die finnische Originalausgabe erschien 2013 unter dem Titel
›Nymfit. Montpellierin legenda‹
und wurde für die deutsche Ausgabe in zwei Bände aufgeteilt.
Copyright © Sari Luhtanen, Fisher King Ltd & Gummerus Publishers, 2013
Published by agreement with Gummerus Publishers,
Helsinki, Finland, through
Stilton Literary Agency, Finland

Für die deutschsprachige Ausgabe:
© S. Fischer Verlag GmbH, Frankfurt am Main 2014

Lektorat: Julia Hanauer
Satz: Dörlemann Satz, Lemförde
Druck und Bindung: CPI books GmbH, Leck
Printed in Germany
ISBN 978-3-7335-0023-8

1

Am Flughafen wurde Didi sich ihrer eigenen Hilflosigkeit bewusst. Sie war noch nie alleine gereist. Hinzu kam die Angst, gefasst zu werden, und bei jeder Kontrolle spürte sie kalten Schweiß auf ihrer Haut. Erst als sie in der Maschine nach Ecuador saß, konnte sie wirklich darüber nachdenken, was sie getan hatte und was sie vorhatte. Kati war sicher wahnsinnig wütend. Normalerweise freute Didi sich, wenn sie Kati ärgern konnte, aber der Diebstahl war keine Kleinigkeit. Doch das Geldversteck zu plündern war die einzige Möglichkeit gewesen, ihren Plan zu verwirklichen.

Was ist eigentlich der Plan?, überlegte Didi und zog die Decke über sich. Sie versuchte, sich möglichst weit von dem Mann neben ihr zu entfernen, der sie interessiert beäugt hatte.

Sie hatte keinerlei Garantie, dass ihre Mutter wirklich dort war, wo Didi sie vermutete. Dennoch musste sie handeln. Sie war gezwungen gewesen, Samuel zu verlassen. Sie brauchte Abstand zu allem. Sie war gefährlich für ihn, und gleichzeitig war sie selbst in Gefahr. Die Nymphen waren hinter ihr her, die Polizei und womöglich auch der merkwürdige Mann aus dem Café, der ihre Haut zum Schwingen gebracht hatte. Was war da eigentlich passiert? Die Fragen schwirrten durch Didis Kopf. Schlafen konnte sie nicht, sie hätte es sich auch nicht getraut.

Didi war schon fast seit zwei Tagen unterwegs, als der Bus auf dem Marktplatz von Latacunga anhielt. Bereits vor einiger Zeit war ihr die Landschaft allmählich bekannt vorgekommen, und Didi erinnerte sich daran, wie es gewesen war, wenn Elina sie als Kind hierhergebracht hatte. Als kleines Mädchen war es ihr schwergefallen, die merkwürdigen Gerüche und die ungewohnten Geräusche zu ertragen, aber nach und nach hatte sie an der Ungezwungenheit und dem friedlichen Lebensstil der Menschen Gefallen gefunden. Ihre Mutter hatte so viel ruhiger gewirkt und mehr gelächelt als zu Hause.

Didi verstand jetzt, dass diese Kleinstadt mitten in Ecuador Elinas Seelenlandschaft war. Der Ort, nach dem ihre Mutter sich immer gesehnt hatte. Sie musste hier sein.

Didi sah sich um. Die Farben und Gerüche des Orts waren ihr bekannt, aber die Relationen hatten sich verschoben. Als Kind war ihr der Platz gewaltig vorgekommen, jetzt war es nur ein kleiner Marktplatz. An den Ständen gab es Essen und Kleidung zu kaufen, auf der Kirchentreppe spielte jemand Gitarre, ein Mann las die Zeitung und Kinder spielten Fußball. Wie von selbst begannen Didis Füße, eine enge Gasse am Rande der Stadt entlangzugehen, bis sie ein kleines, rotverputztes Haus sah. Die Fensterläden waren geschlossen, aber auf einer Leine hing ein wollenes, waldgrünes Hemd. Didi atmete tief ein. Ein eindeutigeres Zeichen ihrer Mutter hätte sie nicht bekommen können. Sie lief eilig die Treppe zum Haus hoch. Dann wartete sie kurz, bevor sie anklopfte. Von innen kam keine Antwort, aber Didis scharfes Gehör erkannte das Rücken eines Stuhls.

»Ich bin es«, sagte sie laut.

Die Tür flog auf, und schon lag Didi in Elinas Armen. Noch vor kurzem hätte sie sich schnell aus der Berührung ihrer Mutter befreit, aber jetzt spürte sie die Anstrengungen der langen Reise in ihrem Körper und ruhte einen Moment aus. Erst als sie sich von Elina gelöst hatte, bemerkte sie, dass sie ein Gewehr in der Hand hielt.

»Wieso hast du eine Waffe?«, fragte Didi.

»Wie hast du hierhergefunden?«, fragte Elina, ohne zu antworten. Sie starrte Didi immer noch völlig überrascht an.

»Wir waren doch früher im Urlaub hier«, sagte Didi. »Ich habe mich an den Ort erinnert.«

»Das war kein echter Urlaub.« Elina zog Didi zu einem verbeulten Küchentisch und setzte sie hin. »Zu Hause war es damals zu gefährlich.«

Didi betrachtete das kleine Haus und die Einrichtung. Es war gemütlich. Draußen wurde es schon dunkel, und auch wenn sie es am liebsten vergessen hätte, so stieg doch langsam der Vollmond am Himmel auf.

Eine zweite Frage kam Didi in den Sinn. Sie war nur mit dem Gedanken gereist, zu ihrer Mutter zu kommen, aber sie hatte keinen Gedanken daran verschwendet, wie Elinas Leben nach ihrer Trennung verlaufen war. Es war selbstverständlich für Didi gewesen, dass Elina sie mit offenen Armen empfangen würde. So war es auch, aber etwas an Elina hatte sich verändert.

»Warum bist du hierhergezogen?«, fragte Didi.

»Ich habe dich in gute Hände gegeben«, antwortete Elina.

»In Katis?«, schnaubte Didi.

»Du hast dich nicht verändert.« Elina lächelte und schüttelte den Kopf.

»Aber ich bin doch ein ganz anderer Mensch«, sagte Didi. Elina nahm ihre Hand und streichelte sie. Nach dieser Zärtlichkeit hatte Didi sich gesehnt. Nach Schutz. Sie war bereit, sämtliche Gefühle vor Elina auszubreiten, als sie plötzlich in ihrem Blick etwas Altbekanntes sah. Elina sah sie an wie eine Ärztin, sie betastete die Adern an Didis Hand.

»Du bist kein Mensch.«

Elinas Worte waren für Didi wie ein Schlag ins Gesicht, und sie zog eilig die Hand weg.

»Du hast Hunger«, fuhr Elina fort. »Das sehe ich an deinen Adern. Es ist schwierig, aber du wirst dich daran gewöhnen.«

»Niemand gewöhnt sich daran zu morden.«

Elina wog Didis Worte ab.

»Johannes war also nicht der Einzige?«

Sie sah, dass Didi nickte.

»Aber du musst am Leben bleiben«, sagte sie sanft.

Didi war völlig außer sich. Elina akzeptierte sie, wie sie jetzt war, aber war es nicht falsch? Und warum hatte ihre Mutter sie überhaupt nicht auf ihre Zukunft vorbereitet? Didi hätte am liebsten getobt und geschrien, aber sie musste die Kontrolle behalten. Wenn sie alles erklären würde, bekäme sie vielleicht auch Hilfe.

»Ich habe Angst vor diesem Gefühl«, sagte Didi.

»Die Lust bekommt die Übermacht. Und danach durchläuft es mich, als stünde ich unter Strom. Ich schmecke und rieche alles so stark, kann jeden Grashalm unterscheiden …«

Didi verstummte. Sie wartete darauf, dass Elina etwas Tröstendes sagen würde und ihr vielleicht irgendein Medikament anbieten würde.

»Ich bin nicht deine Mutter, und du bist nicht meine Tochter«, sagte Elina. »Du musst dich möglichst schnell damit abfinden, denn dagegen anzukämpfen bringt nichts.«

»Und wenn ich nicht will?«, fragte Didi.

»Geh«, forderte Elina sie auf. »Du brauchst Nahrung. Der alte Jeep hinter dem Haus ist meiner.«

Didi war völlig verwirrt. Dieses unsanfte Drängen war zu viel für sie, und gleichzeitig fühlte sie bereits, wie die Mondstrahlen durch die Fensterläden auf sie trafen. Elina ging zum Beistelltisch und holte den Autoschlüssel.

Didi nahm ihn mit zitternden Fingern. Gerade erst hatte sie ihre Mutter – oder Ersatzmutter – wiedergefunden, und schon schob die sie zur Tür hinaus, um mit einem wildfremden Mann Sex zu haben, dem das vermutlich nicht guttun würde. Elina, die sie immer vor Beziehungen mit Jungs gewarnt hatte. Elina, die, solange es ging, versucht hatte, sie in Watte zu packen.

Wenn es doch nur einen Mittelweg geben würde, dachte Didi, aber sie spürte bereits, wie ihr Bauch sich verkrampfte. Sie wollte nicht den gleichen Schmerz verspüren wie in der Nacht des Maskenfests, und das trieb sie an.

Weiß Elina, dass Laura und ich manchmal heimlich mit dem Auto zum Sommerhaus gefahren sind?, überlegte Didi, als sie sich ans Steuer setzte. Sie dachte kurz daran, wie sie mit Laura das Radio aufgedreht hatte und kichernd die holprige Straße entlanggesaust war. Jetzt war sie nicht zum Spaß unterwegs. Sie fuhr aus der Stadt hinaus, dorthin wo sie als Kind die Bars gesehen hatte, aus denen Musik zu hören war und vor denen die Menschen lachten, tranken und tanzten. Ein solcher Ort war perfekt für ihre Jagd.

Jagd … Didi musste zugeben, dass sie genau wusste, was sie tat. Sie ging nicht einfach zum Kiosk um die Ecke, um mit den Jungs zu flirten, sie musste ganz gezielt jemanden verführen.

Vor ihr schimmerten bereits farbige Lichter. Didi sah eine kleine, einfache Kneipe und hielt davor an. Draußen saßen ein paar Jungen und tranken Bier, ein paar Alte spielten Backgammon, tranken Kaffee und Aguardiente. Didi stieg aus und hörte leichte Rhythmen, den weichen Ton der Marimba. Sie überließ ihre Füße dem Rhythmus und ging langsam auf die Jungen zu. Alle blickten auf und sahen sie an. Sie strich sich die roten Haare aus dem Gesicht und betrachtete einen nach dem anderen. Einer der jungen Männer, ein muskulöser Indio, stand auf und reichte Didi eine Bierflasche.

»Por favor«, sagte der Junge und sah zu, wie Didi einen großen Schluck davon nahm.

Sie sah ihm in die fast schwarzen Augen und spürte, wie die Nymphe in ihr die Macht übernahm. Es war wie ein Zauber, dem sie sich dieses Mal widerstandslos hingab. Sie ging näher auf den Jungen zu und ließ sich von ihm zum Tanzen führen. Das ist das erste Mal, dass ich alles selbst mache, dachte sie und löste siegessicher ihren Pferdeschwanz. Der Junge strich sanft über ihre roten Haare, sagte etwas auf Spanisch, und Didi lächelte ihn an.

Tanzen ist wunderbar, dachte sie, während sie sich zur Musik bewegte, aber sie konnte sich dem Rhythmus nicht länger hingeben. Der Mond stand bereits hoch am Himmel, und die Lust durchströmte ihre Adern. Sie musste schnell mit dem Jungen verschwinden.

»Gehen wir zu mir?«, fragte Didi und nahm den Jungen an der Hand. Diese Frage sagte genug, und er folgte ihr zum Auto.

Didi steckte den Schlüssel ins Zündschloss und warf

einen Blick auf den Jungen, der ziemlich verwirrt aussah. Kurz hatte sie das Gefühl, dass sie ihn hinauswerfen und lieber einen der Backgammon spielenden Alten nehmen sollte, die bereits am Abend ihres Lebens angelangt waren. Aber ein einziger Blick auf die straffen Brustmuskeln unter dem Shirt des Jungen ließ sie sich wieder auf ihre Begierde konzentrieren. Didi legte ihre warme Hand auf seine Oberschenkel, reckte den Hals ein wenig und küsste ihn zart. Sie spürte, wie er sich entspannte. Didi sah ihm in die Augen, startete das Auto und fuhr weiter aus der Stadt hinaus. Sie zog dabei eine Hand des Jungen auf ihr Bein und unter ihr Kleid.

Nach ein paar Minuten hielt sie am Rand eines Waldes an. Wieder sah sie den Jungen an.

Bald bereue ich es, dachte sie, aber das kann ich mir nicht leisten. Didi erhob sich aus ihrem Sitz und setzte sich auf den wartenden Schoß des Jungen. Sie presste ihre warmen Lippen auf seinen Mund und hielt ihn nicht auf, als seine Hände unter dem Stoff nach ihren runden, federnden Brüsten tasteten. Der Mond stand fast im Zenit, und der heiße Strom in Didi übernahm die Macht. Sie ließ sich das Oberteil des Kleides herunterziehen. Der Junge küsste zärtlich ihre Brustwarzen und flüsterte etwas. Didi stöhnte. So sollte es sein. Sie öffnete die Autotür, zog den Jungen heraus und kurz darauf lagen sie auf dem Gras. Es war eine warme Nacht, und irgendwo weit entfernt spürte sie den feuchten, dunstigen Nebelwald, seine Moose und Baumfarne. Sie selbst war eine Orchidee, die sich um einen kräftigen Stamm herumschlang, die weiß im Mondlicht schimmerte, sich öffnete, duftete.

Als sie schließlich wieder aufsah, schaute sie dem Jungen direkt in die Augen. Er lächelte selig. Dann erlosch sein Blick. Didi erwartete die Panik, die sie überkommen hatte, als Johannes gestorben war. Doch nichts passierte. Stattdessen leuchtete ihre Haut, sie war voller Energie. Sie stand auf und zog sich an. Nicht weit entfernt wuchsen dichte Büsche, und sie packte den nackten Jungen an den Beinen und zog ihn darunter. Mit ein paar Farnwedeln darüber schien es, als wäre nichts geschehen.

Didi war erschöpft, als sie zu Elinas Haus zurückkam. Sie sagte kaum ein Wort. Elina hatte ihr ein schmales Bett in einer kleinen Kammer bezogen, auf das sie sich sinken ließ. Sofort fiel sie in tiefen, süßen Schlaf.

Zwischendurch fuhr sie auf und hörte Elina hantieren, schlief dann aber wieder ein. Als sie von köstlichem Essensduft aufwachte, war es bereits wieder Abend.

Didi setzte sich auf und streckte sich genüsslich. Die

kühlen Leinentücher streichelten ihre Haut, und sie wäre gerne wieder ins Bett gesunken, wäre ihr Hunger nicht so groß gewesen. Sie stand auf und sah ein Kleid mit Schmetterlingsmuster über dem Stuhl hängen, dazu eine einfache, weiße Unterhose. Sie zog sich an. Dann folgte sie dem verlockenden Duft in die Küche.

Elina hatte Kochbananen, Quinoa mit Kräutern und Erdnüssen, Tomatensalat und gebratenes Huhn auf den Tisch gestellt. Gesund und nahrhaft, wie immer.

»Toll«, seufzte Didi, der es diesmal nicht einfiel, sich darüber zu beschweren und nach Geld für Hamburger zu fragen.

»Ich dachte mir, dass du Hunger hast«, sagte Elina und musterte sie.

Didi stürzte sich gierig auf das Huhn und biss das gebratene, zarte Fleisch vom Knochen, noch bevor sie richtig saß. Alles andere gab Elina ihr auf den Teller. Sie beobachtete Didi und trank starken Kaffee dabei. Didi bemerkte, dass ihre Mutter auch ein Glas mit Zuckerrohrschnaps vor sich hatte. Das war eigentlich nicht ihre Art. Aber das hatte jetzt keine Bedeutung, wichtig war nur das nahrhafte Essen vor ihr.

Bald war Didi satt, und sie lehnte sich seufzend zurück. Sie war rundum zufrieden und wollte es gerade laut sagen, als sie merkte, dass Elina sie nicht nur erfreut über ihren Appetit ansah, sondern auch forschend. Mehr brauchte es nicht. Das Lächeln des toten Jungen und das aus ihm schwindende Leben kehrten blitzartig in ihren Kopf zurück. Sie hatte ein weiteres Menschenleben ausgelöscht. Sie hatte einer Familie einen geliebten Menschen genommen. Kaltblütig hatte sie die Leiche in den Büschen versteckt und den Wald ihre Tat verdecken lassen. Hatte sie sich wenigstens die Mühe gemacht, die Augen des Jungen zu schließen? Sie hatte ihn nicht einmal nach seinem Namen gefragt …

Das Essen, das vor kurzem noch ihren Magen gewärmt hatte, kam wieder hoch, und Didi stürzte zur Toilette. Krampfartig erbrach sie alles und hielt sich noch mit beiden Händen an der Toilettenschüssel fest, als Elina zu ihr kam, ihr das Gesicht sauberwischte und sie zum Bett führte.

»Was habe ich getan?« Didis Stimme war belegt, und sie hatte den Geschmack von Blut im Mund.

»Du bist am Leben, das ist das Wichtigste«, antwortete Elina.

2

Am nächsten Tag werkelte Didi mit einem Sonnenhut auf dem Kopf in Elinas kleinem Garten und tat, was ihr gesagt wurde. Sie band Tomatenpflanzen an Stöcke, lockerte Erde und brachte Bohnen zum Trocknen. Sie half ihrer Mutter bereitwillig, denn beim Schwitzen im sengend heißen Garten konnte sie für einen Moment vergessen, was sie getan hatte. Es war ihr zwar bewusst, dass sie die Sache nicht unendlich aufschieben konnte, aber zum ersten Mal hatte sie die Geduld zu warten, bis sie ihre Gefühle ordnen konnte.

»Wie kannst du dieses klebrige Zeug trinken?«, fragte Didi Elina, als sie zum Essen hineingingen und Elina sich in einem kleinen Emailletopf wieder ihren starken Kaffee kochte.

»Ohne Kaffee könnte ich nicht leben«, antwortete Elina lachend.

Bei diesen Worten senkte Didi den Blick auf den Tisch. Elina konnte nicht ohne Kaffee leben, sie konnte nicht ohne Männer leben. Aber Elina würde trotzdem nicht sterben ohne Koffein.

»Was soll ich machen?«, fragte Didi endlich. »Ich will nicht mehr töten. Lieber sterbe ich selbst.«

»Nein«, sagte Elina. »Als man dich mir anvertraut hat, habe ich ein Versprechen gegeben. Ich habe versprochen, mich um dich zu kümmern und dich, so gut es geht, zu beschützen.«

Didi nahm Elinas Hand und wartete, bis sie ihr in die Augen sah.

»Das hast du getan. Und du bist Ärztin. Eine Ärztin muss alle schützen und allen helfen. Du kannst keine Mörderin decken.«

Elina zitterte, als Didi den letzten Satz aussprach. Zum ersten Mal sah sie ihre Hilflosigkeit.

»Gibt es keine Medikamente dagegen?«, fragte Didi. »Ich will das nicht mehr!«

»Hast du mit Nadia darüber gesprochen?«, fragte Elina. »Sie ist Heilerin in der Welt der Nymphen, aber sie hat auch Medizin studiert. Ich habe im Laufe der Jahre erfahren, dass sie Versuche macht, aber sie hat mir nie davon erzählt.«

»Nadia hat Proben von mir genommen«, erwiderte Didi nachdenklich.

»Du musst auf alle Fälle zu Nadia und Kati zurückkehren.«

»Warum?«, zischte Didi. »Die mögen mich nicht mal. Ihrer Meinung nach mache ich alles falsch.«

»Sie können dir trotzdem helfen«, antwortete Elina. »Kati ist stark und eigensinnig, und Nadia hat ihre Sehnsucht nach Freiheit, aber nur sie können dich wirklich verstehen.«

Elina stand auf und trank ihr Wasserglas aus. Sie räumte das Geschirr ab und wollte es abwaschen, da nahm Didi ihr den Lappen aus der Hand.

»Ich spüle«, sagte sie.

»Oho, noch eine neue Angewohnheit«, stellte Elina fest und wickelte sich ein Tuch um den Kopf. »Ich gehe noch kurz raus.«

Didi wusch ab und konnte dabei in Ruhe nachdenken über das, was Elina gesagt hatte. Nadia hatte nicht einfach so die Proben genommen und ihre Gefühle analysiert. Und Nadia war eine Heilerin. Didi war so konzentriert darauf gewesen, gegen die Nymphen und ihre Welt anzukämpfen, dass sie nicht die richtigen Fragen gestellt hatte. Trotzdem wollte sie noch nicht zu ihnen zurückkehren.

Sie lief durch Elinas Haus. Es war klein und ordentlich, alle Stoffe waren aus Baumwolle oder Leinen und in Naturfarben gefärbt, die Elina so liebte. Im Regal standen verschiedene Bücher über Kräuter und Heilmittel, alle viele Male gelesen. Didi nahm ein Buch über südamerikanische Regenwaldpflanzen heraus und blätterte es fast zwei Stunden lang durch, ohne zu bemerken, wie die Zeit verging. Es war schon fast dunkel, als sie hörte, wie Elina hereingerannt kam.

Ihr Gesicht war von der Arbeit erhitzt, aber in ihren Augen brannten Angst und Wut zugleich. Didi stand sofort auf.

»Es kommt jemand!«, sagte Elina und holte das Gewehr aus der Ecke. »Geh dort in die Kammer und mach die Tür zu. Schieb alle Möbel davor.«

»Wer ist es?«, fragte Didi und bewegte sich nicht.

»Geh schon!«

Jetzt stieg auch in Didi Panik auf, und sie lief schnell in das kleine Zimmer und schloss ab. Aus dem Nebenzimmer hörte sie jemanden die Haustür auftreten. Elina schrie auf. Didi schob die Kommode und das Bett vor die Tür, fragte sich aber, wie irgendetwas dieses Ungeheuer aufhalten könnte, das in der Küche brüllte.

Dann ertönte ein Schuss. Plötzlich waren die Geräusche eines Kampfes zu hören. Didi hielt es nicht mehr aus. Sie musste Elina helfen! Sie schob die Möbel aus dem Weg und schloss mit zitternden Fingern die Tür auf.

In der Küche herrschte ein großes Durcheinander.

Elina lag am Boden, auf ihr saß ein fremder Mann, aus dessen Stirn dicke Hörner hervortraten. Seine Augen leuchteten rot, genau wie in Didis Albtraum. Der Mann würgte Elina, stöhnte aber plötzlich auf und fiel dann zur Seite. Er hielt sich die Brust, in der ein merkwürdig aussehender Dolch steckte. Elina hielt noch einen Moment den Schaft fest, dann lockerte sich ihr Griff.

Didis erste Wahrnehmung war ein starker Eisengeruch. Sie stürzte auf Elina zu und hob ihren Kopf ein wenig an. Erst dann traute sie sich, weiter nach unten zu sehen. Elinas Bauch war aufgeschlitzt. Das Hemd war rotgefärbt. Didi sah sich um und überlegte, woher sie Verbandszeug bekommen könnte, aber sie wollte Elina keinen Augenblick allein lassen. Die größte Sorge bereitete ihr der entspannte Gesichtsausdruck; es schien, als würde Elina keinerlei Schmerz verspüren.

»Mama?«, fragte Didi. »Was soll ich tun?«

Elina musste kämpfen, um ihre Augen offen zu halten. Didi versuchte, sie ein wenig aufzurichten.

»Ist er tot?«, fragte Elina schwach.

»Ich glaube schon«, flüsterte Didi. Sie wusste nicht, ob es ein Mann war oder ein Ungeheuer oder eine Mischung aus beidem. »Was ist das?«

»Ein Satyr«, sagte Elina und tastete nach dem Lederband an ihrem Hals, an dem der Eichen-Anhänger hing. »Nimm das.«

»Ich kann doch nicht deinen Schmuck nehmen«, entgegnete Didi. Sie wehrte sich mit aller Macht dagegen, was sie in ihrem Innersten bereits wusste.

»Es hätte nicht sein dürfen, aber du warst für mich trotzdem wie mein eigenes Kind«, flüsterte Elina.

»Mama …«

»Nimm diesen Nomos-Dolch und versteck ihn«, flüsterte Elina. »Versprich, dass du zu Kati und Nadia zurückgehst. Verbrenn alles hier.«

Didi antwortete nicht. Elina sah sie fast verärgert an.

»Versprich es!«

»Ich verspreche es«, sagte Didi.

»Ich habe jetzt mein eigenes Versprechen eingelöst«, sagte Elina. Einen Herzschlag später war sie tot.

Es war bereits stockdunkel, als Didi sich von Elina löste. Sie streichelte ihre Haare und legte die Hand auf ihre Brust. Dann holte sie eine Decke und legte sie über die tote Elina. Mehr konnte sie nicht tun.

Didi starrte den Satyr an. Sie wollte dieses Wesen nicht berühren, dessen Gesicht vom letzten Schrei verzerrt war, aber sie hatte es versprochen. Sie atmete tief durch, griff den Dolch mit beiden Händen und zog ihn aus der Brust des Satyrs. Sofort, als sie die Waffe berührte, spürte sie einen starken Energiestrom. Sie wusste nicht, ob er gut oder schlecht war. Sie säuberte den Dolch und wickelte ihn in ein Handtuch. Danach vergoss sie überall in der Wohnung den restlichen Zuckerrohrschnaps. Eine Minute später saß sie bereits im Jeep und sah nicht mehr zurück zu dem brennenden Haus, das jetzt auch das Grab ihrer Mutter war.

3

Kati war schnell klargeworden, dass sie handeln musste. Das passte ihr sehr gut. Die Satyrn waren ihnen bereits ziemlich nah, ebenso die Polizei. Deshalb musste sie so schnell wie möglich herausfinden, was die Satyrn alles wussten. Kati begab sich direkt zur Quelle.

Heikki Hannula saß an seinem Tisch im dunklen Büro. Nur ein fahles Arbeitslicht brannte, als Kati die Tür hinter sich schloss.

»Was hast du den Satyrn von uns erzählt?«, fragte sie und stellte sich direkt vor den Polizisten.

»Von wem?«, fragte Hannula.

»Ich habe jetzt keine Lust auf Spielchen«, sagte Kati. »Von uns Nymphen.«

Hannula warf den Stift auf den Tisch und starrte Kati an. Sie war wieder einmal in figurbetonte Lederklamotten gekleidet. Unter dem Reißverschluss der Jacke schimmerte ein schwarzes Seidentop und darunter sah man ihre durchscheinende Haut. Eigentlich hätte das schon als Beweis ausgereicht.

»Woher soll ich wissen, dass du so eine … Nymphe bist?«, fragte Hannula trotzdem.

Kati beugte sich näher zu ihm, und Hannula roch ihre Haut, die ihn einlud und nach Zärtlichkeiten rief. Aber stattdessen presste Kati ihre Hand auf sein Herz, und Hannula spürte, wie er einen Stromschlag bekam, der seinen Atem stocken ließ. Als er sich davon erholt hatte, saß Kati auf dem Rand seines Schreibtischs und wartete noch immer auf eine Antwort.

»Wie bist du ihnen ins Netz geraten?«, fragte sie jetzt, aber ihr Tonfall war kein bisschen freundlicher.

»Ich war mit meiner Freundin, meiner heutigen Frau, in einer Kneipe. Sie war schwanger.« Hannula hatte das Gefühl, dass es jetzt am einfachsten war, alles zu erzählen. »Irgendein Verrückter fing an, Heidi ziemlich übel zu belästigen. Mir sind die Nerven durchgegangen. Ich habe dem Typen den Arm gebrochen. Daraus hätte eine größere Sache werden können, aber es waren ein paar Juristen da, die mir ›freundlicherweise‹ ihre Hilfe angeboten haben.«

»Satyrn«, sagte Kati, die deren Methoden kannte.

»Sie regelten alles vor Ort, drohten dem Streithammel mit einer Klage. Wir erwarteten gerade ein Kind … Ich wollte meinen Job behalten, und die Typen meinten, dass ein kleiner Gefallen irgendwann in der Zukunft als Gegenleistung reichen würde.«

Kati wog die Situation nun von neuem ab. Nadia mochte Jesper vertrauen, aber sie selbst vertraute keinem einzigen Satyrn. Und einer von ihnen war für sie der gefährlichste von allen.

»Weiß Erik von uns?«, fragte Kati.

Hannula schüttelte müde den Kopf. Kati schnappte sich das Handy aus seiner Jacke, die über dem Stuhl hing.

»Es macht dir sicher nichts aus, wenn ich von deinem Handy eine Nachricht verschicke?«

»An wen?«, fragte Hannula und wusste, dass er nicht protestieren konnte.

»An Erik«, lächelte Kati ohne einen Anflug von Wärme. »Ich verabrede ein Treffen mit ihm.«

Frida lag im dunklen Hotelzimmer neben Erik, während dieser in aller Ruhe schlief. Er hatte am Abend getanzt, Wein getrunken und Sex gehabt und atmete jetzt gleichmäßig und zufrieden. Frida lag wach. Die Nächte voller Rachsucht waren lang. Sobald sie die Augen schloss, war sie sofort in der Vergangenheit. Sie lief in einem dunklen Wald, wand sich zwischen den Bäumen hindurch und sprang über Steine. Sonst tat sie das als glückliche Jägerin, aber in dieser Nacht war sie die Beute. Von weitem war Hundegebell zu hören, und sie bemerkte, dass ihre Gefährtinnen bereits keuchten. Rose, Kati, Nadia und Ana-Claudia versuchten Schritt zu halten, aber es wurde immer schwieriger. Vor allem Ana-Claudia, die schmächtiger war als die anderen, blieb langsam zurück. Weiter entfernt waren die Lichtkegel von Taschenlampen zu sehen, und Frida wusste, dass sie durchhalten mussten.

»Frida, ich kann nicht mehr.« Ana-Claudia blieb stehen und ging in die Knie, während sie sich die Seite hielt.

»Anhalten geht jetzt nicht!«, rief Kati.

»Die Hunde haben den Geruch noch nicht«, sagte Frida. »Geht ihr allein!« Sie lief schnell zu Ana zurück, obwohl sie wusste, dass das Schiff, das für die Flucht organisiert war, ohne sie fahren würde, wenn sie nicht bei den anderen blieben.

Die Nymphen blieben wortlos neben ihnen stehen. Ana-Claudia lächelte sie matt an.

»Wir müssen weiter«, drängte Kati.

»Würdest du jemanden, den du liebst, den Satyrn überlassen?«, fragte Frida und sah die Antwort in Katis Augen.

»Kati, Frida darf nicht meinetwegen ihr Leben opfern«, sagte Ana.

»Geht!«, rief Frida. »Ich bleibe hier.«

Sie hatte sich entschieden, aber ihr Herz verkrampfte sich dennoch, als die anderen Nymphen sich umdrehten und ihre Flucht fortsetzten. Alle außer Kati. Plötzlich spürte Frida Katis starke Hand um ihren Hals und obwohl sie noch so sehr zappelte, sie gab nicht nach. Frida sah, wie Kati Ana-Claudia zunickte und diese in die Richtung zurückging, aus der sie gekommen waren.

»Morgen gehst du an Deck des Schiffs und siehst die Morgensonne an«, rief Ana Frida mit erstickter Stimme zu. »Dann bin ich bei dir, denn du bist frei.«

Dann hatte die Dunkelheit Ana verschluckt. Frida versuchte, sich aus Katis Griff zu lösen, aber sie ließ erst einige Minuten später los. Frida zog unverzüglich ihr Jagdmesser. Hätte sie Zeit gehabt, hätte sie Kati getötet. Sie starrten einander in die Augen wie Erzfeinde.

»Entscheide dich. Aber wenn du Ana folgst, tust du es auf eigene Verantwortung«, sagte Kati.

Für Frida gab es keine Wahl: Sie wollte jetzt und in aller Ewigkeit mit Ana zusammensein. Sie drehte sich um und folgte ihr. Das Hundegebell kam immer näher, und sie hoffte, dass sie Ana erreichen würde, bevor sie in die Fänge der Satyrn geriet. Frida wollte sich nicht vorstellen, was passieren würde. Und sie konnte es auch nicht, denn Lucas kam hinter einem Baum hervor und schlug ihr einen abgebrochenen Ast gegen die Brust, so dass sie in das flache Gebüsch fiel und fast bewusstlos wurde. Mühsam richtete sie sich wieder auf.

Schon bald kamen die Satyrn aus allen Richtungen. Sie waren leise und hatten die Hunde angeleint. Mitchell trat ins Licht und stieß Ana-Claudia zu Boden. Ana-Claudia schien die Satyrn nicht einmal mehr zu sehen.

»Ich habe dich sechshundert Jahre lang geliebt«, sagte Ana, und ihre Stimme war voller Erstaunen und Liebe.

Frida wollte antworten, aber Ana wusste, wo sie ihr Messer hatte, und war schneller als Fridas Gedanke.

»Flieh!«, flehte Ana, legte sich das Messer an den Hals und zog. Warmes Blut spritzte Frida ins Gesicht. Ein Laut wie von einem verletzten Tier entwich ihren Lippen. Ana-Claudia sank zuerst in die Knie und fiel dann zu Boden. Frida sank neben sie, um ihre letzten Atemzüge zu spüren.

Derselbe Albtraum jede Nacht, dachte Frida in Eriks luxuriösem Bett, dabei schlafe ich nicht mal. Vielleicht würde der Traum sie auch weiterquälen, wenn sie Kati umgebracht hätte, aber wenigstens würde das ihre Rachegelüste befriedigen.

Frida hörte Eriks Handy auf dem Sofatisch piepsen. Sie wartete ab, ob der Satyr darauf reagierte, aber das Fest am Abend hatte seine Aufgabe erfüllt. Frida stand vorsichtig auf und schlich nackt zum Telefon. Sie las die Nachricht, und ein Lächeln umspielte ihre Lippen, als sie den Text noch ein zweites Mal las. Ein nächtliches Treffen mit Kati war mehr, als sie zu hoffen gewagt hatte. Sie beantwortete die Nachricht.

Kati war gerne in den Bergen. Sie war auf den steilen Felshängen zu Hause, über den Gipfeln der Bäume, wo es karg und schön war. In der Stadt waren solche Orte schwer zu finden, aber Kati war schon immer gut im Improvisieren gewesen. Jetzt stieg sie auf das Flachdach des Hotels und wartete auf Erik Mann. Sie genoss den Wind, der über die Stadt wehte und den Lärm forttrieb.

Kati atmete tief ein, und auch wenn die Luft nicht so frisch war wie in den Karpaten, so war sie doch beruhigend. Sie musste gefasst bleiben und mit allem rechnen. Seit der Flucht der Nymphen aus Nessebar hatte sie Erik nicht mehr getroffen. Ein paarmal hatte die Neugier sie gepackt, und sie hatte Orte aufgesucht, an denen sie den Satyr von weitem sehen konnte. Sie hatte zu Eriks Rudel gehört und ihn sogar auf eine gewisse Art bewundert. Aber diese Zeiten waren vorbei!

Kati spürte den nahenden Regen in der Luft, störte sich aber nicht daran. Sie überlegte, wie es wäre, Eriks taubgeprügelten Körper zu ihren Füßen liegen zu sehen. Wenn sie geschickt vorging, wären sie den Feind für immer los. Sie wären in Sicherheit.

Plötzlich bemerkte Kati hinter sich eine Bewegung. Sie drehte sich um und sah Frida. Eigentlich hätte sie überrascht sein sollen, denn Frida hätte längst tot sein müssen. Andererseits hatte sie selten eine Nymphe getroffen, die so stark war wie diese. Und jetzt hatte Frida sie hinters Licht geführt.

Dann bemerkte Kati, dass Frida ihre vertraute Waffe bei sich hatte, den Jagdbogen. Frida hob ihn an und spannte ihn.

»Du hast Ana getötet«, sagte sie.

»Ana wusste sehr genau, was sie tat«, antwortete Kati und spürte die ersten Regentropfen auf ihrem Gesicht. Sie wusste, dass es an der Zeit war, über alles zu reden.

»Ich habe dir Ana nicht weggenommen. Das hat Erik getan. Wir wollten frei sein von den Satyrn. Ana wollte es, damit ihr euch hättet lieben können.«

»Nichts weißt du davon!«, rief Frida.

»Hör auf. Eure Geschichte war keine Jahrhundertromanze!«, spottete Kati, um Fridas Wut anzufachen, denn gegen den Bogen würde sie nicht ankommen.

Es gelang. Frida fluchte und warf den Bogen beiseite. Der erste Tritt traf Katis Knie, der zweite den Hals. Kati verlor das Gleichgewicht. Frida griff nach ihrem Hals, aber Kati bekam ihre Handgelenke zu greifen. Sie waren gleich stark.

»Das ist für Ana-Claudia«, keuchte Frida. »Jetzt bist du fällig.«

»Ana hat sich selbst geopfert, um dir die Flucht zu ermöglichen!«, rief Kati.

Frida erstarrte, und das nutzte Kati. Sie drückte Frida zu Boden. Der Regen peitschte ihnen gnadenlos ins Gesicht, aber die Nymphen merkten es kaum.

»Überleg, was Ana wirklich wollte«, sagte Kati. »Du kannst dich jetzt verabschieden oder aber uns helfen, Erik loszuwerden. Endgültig.«

4

Auf dem langen Rückflug hatte Didi ihre vom Weinen geschwollenen Augen hinter einer Schlafmaske versteckt. Sie hatte es sich in der Businessclass auf einem breiten Sitz gemütlich machen können, der sich fast zu einem Bett umlegen ließ. Ecuador wollte sie so schnell wie möglich hinter sich lassen, und es hatte nur die allerteuersten Tickets gegeben.

So wird das von Kati gestohlene Geld wenigstens sinnvoll genutzt, dachte Didi, obwohl sie gleichzeitig Angst vor den Folgen hatte. Das Ticket schluckte fast den gesamten Rest des Geldes. Vom Flughafen aus fuhr sie mit dem Bus ins Zentrum.

Unter der Decke im Flugzeug hatte sie gezittert – vor Erschöpfung genauso wie vor Angst. Sie bekam dieses entsetzliche Ungeheuer, das Elina zerfleischt hatte, nicht aus dem Kopf. Bisher waren Satyrn für sie mythische Wesen aus dem Märchenbuch gewesen – wie auch Nymphen früher –, jetzt aber kamen ihr nur immer wieder die Kraft und Brutalität des Mannes und Elinas erlöschender Blick in den Sinn.

Und sie musste jetzt nicht nur die Satyrn fürchten; auch Katis Wut würde zweifellos eine neue Dimension erreichen. Die stumme Missbilligung, die sie von Nadia erwartete, war allerdings fast genau so schlimm.

Mir sind jetzt die Satyrn, die Polizei und die Nymphen auf den Fersen, überlegte Didi. Am meisten fürchtete sie sich aber vor sich selbst. Der Gedanke, dass Samuel ihr zur Vollmondzeit über den Weg laufen würde, lähmte sie.

Es war bereits Abend, als Didi den Schlüssel so leise wie möglich in das Schloss der Nymphen-Wohnung steckte. Sie wollte das Zusammentreffen gerne noch bis zum nächsten Morgen hinauszögern. Sie schloss die Tür vorsichtig hinter sich und wollte in ihr Zimmer schleichen. Doch es war gar niemand da. Nadia und Kati waren nicht zu Hause. Zunächst war Didi erleichtert, dann enttäuscht. Immerhin war sie abgehauen. Sie hatte erwartet, dass die älteren Nymphen zutiefst besorgt waren und sie fragen würden, wo sie denn nur gewesen sei. Nadia hätte in die Küche springen sollen, um ihr ein nahrhaftes Essen zu kochen und einen Kräutertee, der die Kräfte zurückbrachte. Kati hätte schreien müssen und schwören, dass sie ihr nie mehr auch nur ein bisschen helfen würde.

Aber vielleicht war es besser so. Didi ging in ihr Zimmer und warf die Tasche aufs Bett. Dabei vernahm sie noch einen Hauch von Samuels Geruch und sank tief einatmend auf die Decke. Sie vermisste ihn. Sie bemerkte, dass sie beim Gedanken an Samuel immer auch an Schutz, Geborgenheit und ein gutes Leben dachte.

Die Wahrheit war, dass sie für ihn eine Gefahr darstellte. Je näher sie ihm kam, desto gefährlicher wurde sie für ihn. Didi konnte nicht mehr klar denken. Sie zog sich aus und warf die Kleider achtlos auf den Boden. Am Morgen würde sie alles in den Müll werfen. Sie nahm eine heiße Dusche und spürte, wie sich die Anspannung in ihrem Körper langsam löste. Sie schlüpfte in ein Nachthemd mit Spitzenträgern und einem schönen Rosenmuster, das in der Schublade der Kommode lag und sicher Nadia gehörte. Als sie unter die Decke kroch, fiel ihr etwas ein, das sie bisher erfolgreich verdrängt hatte. Sie öffnete die Tasche und nahm eine Dose heraus. Sie traute sich nicht, sie zu öffnen, denn sie wollte nicht mehr weinen. Elinas Eichen-Anhänger. Sie versteckte ihn in der Ecke der Kommodenschublade. Dann nahm sie das zerknitterte Handtuchbündel aus der Tasche. Sie musste es mit ihren zitternden Fingern öffnen, um es zu glauben.

Nomos, hatte Elina gesagt. Sie starrte den Dolch kurz an und hörte dabei den letzten röchelnden Laut des Satyrs, der aus seiner Brust aufgestiegen war. Schnell wickelte sie wieder das Handtuch darum und stopfte alles in einen Karton unter dem Bett. Schon als sie die Waffe zum ersten Mal berührt hatte, war der Schauder zu spüren gewesen, der auch jetzt ihre Hand und ihren Arm entlanglief und im unteren Teil ihres Bauchs endete. Sie wusste nicht, was es für ein Dolch war, hatte aber auch nicht vor, jemandem zu erzählen, dass er in ihrem Besitz war.

Didi schreckte verwirrt aus dem Schlaf hoch, als ihr jemand die Decke wegzog. Die Morgensonne blendete sie, und erst nach einem kurzen Moment begriff sie, dass Kati mit lodernden Augen auf ihrem Bett saß.

»Wo ist mein Geld?«, fauchte sie.

Didi sank erleichtert zurück in die Kissen. Endlich Normalität.

»Wen kümmert das?«, fragte sie. »Du kannst ja immer wieder neues klauen.«

»Ich muss die Miete und Rechnungen bezahlen! Du kostest uns sowieso schon viel, auch wenn du das nicht zu kapieren scheinst.«

»Wir haben uns Sorgen gemacht«, sagte Nadia, die

jetzt mit einer dampfenden Teetasse ins Zimmer kam. Sie reichte sie Didi. »Wo warst du?«

»In Ecuador.«

»Wieso das denn zum Teufel?«, fauchte Kati.

»Elina ist tot«, sagte Didi. »Ein Satyr hat sie getötet.«

Kati starrte erst Didi und dann Nadia an.

»Okay«, sagte sie dann. »Über all das müssen wir reden, aber jetzt müssen wir los.«

»Wohin?«, fragte Didi. »Ich bin doch gerade erst zurückgekommen.«

»Du bist bei der Polizei vorgeladen, und ich komme mit.«

»Du musst hingehen«, sagte auch Nadia. »Kati hilft dir, und dann ist die Sache erledigt.«

»Du musst nicht lügen«, meinte Kati. »Du erzählst zum Beispiel ganz offen von Johannes. Wenn es eng wird, antwortest du mit einer Gegenfrage.«

Didi hätte sich lieber unter der Decke vergraben, aber aller Widerstand war jetzt vergeblich. Am besten war es, sich auf das Wesentliche zu konzentrieren.

»Was soll ich anziehen?«, fragte sie.

5

Didi setzte sich vorsichtig gegenüber von Kommissar Harju, der einige Papiere von einem Haufen auf den anderen schob. Er wirkte zerstreut. Kati saß hinter ihr in ihren üblichen schwarzen Lederklamotten und wirkte wie eine Mischung aus Bodyguard und Anwalt. Der jüngere Polizist, Heikki Hannula, begnügte sich damit, in einer Ecke zu stehen und zuzuhören.

»Na dann«, sagte Harju. »Fangen wir an. Einiges an diesem Fall verwirrt mich, und es wäre schön, wenn ich von euch Antworten bekäme.«

»Natürlich«, sagte Didi und lächelte ein wenig. Kati hatte ihr eingeschärft, wortkarg zu bleiben, aber Harju hatte etwas Väterliches und Warmes. Deshalb überraschte es sie, als er unsanft zur Sache kam.

»Du warst mit Johannes Metso zusammen«, stellte Harju fest. »Und mit Janne Malasmaa?«

Didi schluckte und versuchte, sich an Katis Anweisungen zu erinnern. »Ob ich mit Janne Malasmaa zusammen war?«

»Hattet ihr eine Beziehung?«, präzisierte Harju.

»Nein«, antwortete Didi, gerade als Harju plötzlich aufstand, zu ihr kam und ihr ein rotes Haar ausriss. Sie schrie kurz auf.

»Es macht wohl nichts, wenn wir den DNA-Test wiederholen?«, fragte er scheinbar liebenswürdig und steckte das Haar in eine kleine Tüte. »Das erste Ergebnis gilt nicht, denn deine Mitbewohnerin hatte die Möglichkeit, es zu manipulieren.«

Didi schielte zu Kati, die sich aber aus irgendeinem Grund darauf konzentrierte, das Zimmer anzusehen, und ihr keinerlei Hilfe bot.

»Warst du beim Maskenfest der Studenten im letzten Monat?« Harju stellte bereits die nächste Frage.

»Wann?«, fragte Didi.

Hannula stellte sich jetzt neben den Tisch und legte ein unscharfes Bild darauf, auf dem ein rothaariges Mädchen mit einer venezianischen Maske zusammen mit einer größeren, breitschultrigen und ebenfalls maskierten dunkelhaarigen Frau zu sehen war.

»Bist das nicht du auf dem Foto?«, fragte Harju und sah Didi direkt in die Augen. Didi war wie gelähmt.

»Das ist nicht von Bedeutung«, sagte Kati. »Ich habe

von Heikki gehört, dass dem Tod der beiden Jungen auf dem Fest keine Straftat zugrunde liegt. Deshalb habt ihr keinen Grund, uns zu verhören, vor allem, wenn wir gar nicht dort waren.«

Harju drehte sich um und sah Hannula fragend an, aber seine Miene verzog sich kein bisschen.

»Und deshalb gehen wir jetzt.« Kati zog bereits den Reißverschluss ihrer Lederjacke zu und gab Didi ein Zeichen aufzustehen. »Ich hoffe, wir werden nicht weiter mit der Sache belästigt.«

Kati führte Didi zügig aus dem Polizeirevier. »Manchmal lohnt es sich, das zu tun, was ich sage. Du begreifst nicht, in welche Schwierigkeiten du uns bringst.«

»Wenn ihr mir die Wahrheit erzählen würdet, dann wäre vielleicht alles viel einfacher«, antwortete Didi, als Kati ihr den Motorradhelm in die Hand drückte. »Wo fahen wir jetzt hin?«

»Du gehst arbeiten«, sagte Kati zuckersüß. »Du willst doch ein normales Leben, arbeiten, studieren. Jetzt ist es gut, auch der Polizei zu zeigen, dass alles in den gewohnten Bahnen läuft und du nichts ausgefressen hast. Außerdem hat sich dein Chef sicher gewundert, wo du die letzten Tage gewesen bist.«

Didi fiel ein, dass sie Valtteri nichts von der Reise erzählt hatte. Die Abreise war so überstürzt gewesen, und sie hatte nicht einmal gewusst, ob sie jemals zurückkommen würde.

Sie winkte ihm schon von weitem, als sie ihn die Terrassentische trocknen sah.

»Von der Arbeit kommst du direkt nach Hause«, befahl Kati und ließ Didi gehen.

Didi seufzte und suchte nach einer passenden Erklärung für Valtteri. Aber eigentlich reichte die Wahrheit.

»Entschuldige, dass ich einfach so gegangen bin«, sagte sie, und Tränen stiegen ihr in die Augen. »Meine Mutter ist gestorben.«

Valtteri umarmte sie voller Mitleid.

»Mach dir keine Sorgen«, sagte er. »Du brauchst auch jetzt nicht zur Arbeit kommen, wenn du noch nicht kannst.«

»Ich möchte arbeiten«, sagte Didi und löste sich von ihm. »Es ist besser, etwas zu tun und unter Menschen zu sein.«

»Gut, denn drin ist jemand, der dich gesucht hat.«

Didi konnte nicht antworten, Valtteri zog sie schon hinter sich ins Café und schob sie dann an einen Tisch direkt vor Samuel, der verwundert aufschaute.

Vom Regen in die Traufe, dachte Didi.

Sie saßen wortlos da und sahen einander an.

»Ich muss eigentlich meine Arbeitskleidung anziehen«, sagte Didi nach einer Weile.

»Didi«, begann Samuel. »Warum sucht dich die Polizei?«

»Das ist eine lange Geschichte …«

»Macht nichts«, sagte Samuel. »Und es ist mir auch egal, aber eine Sache lässt mir keine Ruhe.«

»Was?«, fragte Didi.

»Mal scheint es, du willst mich, und im nächsten Moment servierst du mich eiskalt ab.«

Didi überlegte fieberhaft. Sie musste eine Erklärung erfinden, mit der sie Samuel auf Distanz halten konnte. Vielleicht würde eine Mischung aus Wahrheit und Märchen helfen.

»Du weißt doch, dass ich mit Johannes zusammen war«, fing Didi vorsichtig an. »Johannes starb, als wir gerade …«

Samuel hatte den Kopf gesenkt. Es war deutlich, dass auch er sich Gedanken darüber gemacht hatte, und Didi war erleichtert, als er ihre Hand in seine nahm.

»Also währenddessen?«, fragte er, und Didi nickte.

»Danach hab ich total zugemacht. Ich hab das Gefühl, dass ich mit niemandem körperlich zusammen sein kann, solange ich das noch im Kopf habe. Es wäre nicht unbeschwert, und das muss es doch sein.«

»Natürlich.«

Didi sah Samuel an und war erstaunt darüber, wie

leicht es war, ihm etwas vorzuschwindeln. Aber es war immerhin nur zu seinem Schutz. Sie beschloss, noch nachzulegen.

»Außerdem kenne ich dich schon so lange. Du bist fast wie ein großer Bruder für mich …«

Im selben Augenblick ärgerte sie sich, das Thema angesprochen zu haben.

»Ich bin nicht dein Bruder!«, sagte Samuel entrüstet und stand auf.

Didi erwartete, dass er gehen würde, aber er stand immer noch neben ihr. Sie hielt den Atem an und spürte, wie Samuel sich zu ihr hinunterbeugte, direkt an ihr Ohr.

»Hätte ein Bruder solche Gefühle für seine Schwester, wäre das gegen das Gesetz«, flüsterte Samuel und ging.

6

Kati hatte Harju absichtlich wissen lassen, dass Heikki Hannula sie über den Ermittlungsstand informiert hatte. Deshalb war sie nicht überrascht, dass Hannula ihr kurz nach dem Verhör eine knappe SMS mit einer Zeit und einem Ort für ein Treffen schickte. Gut so. Auch sie hatte Fragen an ihn.

Am Abend fuhr Kati zu der kleinen Werkstatt, in der mehrere Männer an verschiedenen Fahrzeugen werkelten. Viele von ihnen warfen sowohl Kati als auch ihrer glänzend schwarzen Kawasaki einen anerkennenden Blick zu. Umgekehrt sprach die Umgebung auch Kati an: Männer in Overalls mit Werkzeugen. Unwillkürlich dachte sie an Erik. Wie so viele Männer liebte auch der Satyr alles, was einen Motor hatte. Kati sah mit scharfem Blick zu Hannula.

Der Polizist war dabei, einen alten amerikanischen

Wagen aus den fünfziger Jahren in Schuss zu bringen. Er schloss die Motorhaube, als Kati auf ihn zu kam.

»Das hier wird eine kleine Überraschung für meine Frau«, erklärte er ein wenig verlegen.

Menschen sind merkwürdig, dachte Kati wieder einmal. Die Frau würde sich sicher mehr freuen, wenn der Mann zu Hause wäre und etwas mit ihr unternehmen würde, statt seine Abende in dieser Werkstatt zu vergeuden.

»Du hattest ein Anliegen«, sagte sie.

»Ich bin etwas verärgert, dass du Harju von unseren Gesprächen erzählt hast«, sagte Hannula.

»Vielleicht kannst du es dir gar nicht leisten, dich über so was zu beschweren«, stellte Kati fest und ging einen Schritt auf Hannula zu, so dass er instinktiv zurückwich.

»In Harjus Büro gab es nur drei persönliche Gegenstände«, fuhr Kati fort. »Einen indianischen Traumfänger, der Albträume einfängt. Ein Foto von einem Mädchen, das ganz eindeutig seine Tochter ist. Und ein Foto von der Festnahme von diesem Mann, Mauri Laasonen.«

Kati hatte sich das Foto genau eingeprägt. Ein kurzhaariger, korpulenter Mann, dessen Lippen nur ein schmaler Streifen waren, starrte mit bedrohlich vorgeschobenem Kinn in die Kamera.

»Mehrere Männer sind in Harjus Haus eingebrochen, als nur Hanna zu Hause war. Das war ein krasser Fall«, erklärte Hannula und lächelte kurz bei der Erinnerung daran. »Sie griff die Einbrecher an, und dieser Laasonen wurde wütend. Er prügelte Hanna fast tot. Sie starb wenig später.«

»Hat man Laasonen verurteilt?«

»Irgendwer pfuschte mit den Beweisen, und seine Anwälte bekamen ihn frei. Harju hat mit allen Mitteln versucht, ihn dranzukriegen, es wurde für ihn zur fixen Idee. Seine Frau hat sich scheiden lassen und ist weggezogen.«

»Lebt Laasonen noch?« Kati ahnte, dass es hier Dinge gab, die ihr von Nutzen sein konnten.

Hannula nickte langsam, ohne den Blick von Kati zu nehmen.

»Was hast du vor?«

»Mal sehen«, sagte Kati lächelnd und drehte Hannula den Rücken zu.

»Hilfst du mir, sie loszuwerden?«, fragte Hannula.

Kati drehte sich um. Sie ließ ihn kurz warten, klimperte mit den Motorradschlüsseln und tat, als würde sie nachdenken.

»Nicht deinetwegen«, sagte sie schließlich. »Aber die Satyrn werden dich nicht mehr ärgern, weil sie niemanden mehr ärgern werden.«

Kati fuhr zum nahe gelegenen Einkaufszentrum. In ihrem Kopf hatte sich ein Plan geformt, und nun brauchte sie Requisiten. Sie hatte viele Eisen im Feuer, aber dieser kleine Ausflug würde ihr bei der Lösung größerer Probleme helfen. In einer knappen Stunde hatte Kati es geschafft, sich passende Kleidung, eine blonde Perücke und anderes Zubehör zu beschaffen. Laasonen würde bald eine Überraschung erleben.

7

Ihr **schließt mich** aber nicht wieder hier ein, oder?«, fragte Didi, als sie bemerkte, dass Nadia und Kati sie auf den Dachboden führten, wo sie anfangs festgehalten worden war. Klar war es falsch gewesen, das Geld von Kati zu nehmen, und vielleicht war sie zwischendurch auch mal lästig, aber war das etwa schon zu viel?

»Das nun nicht«, erwiderte Nadia lachend. »Aber es ist Zeit, dass du jemanden kennenlernst.«

Kati stieß die quietschende Tür auf, und Didi sah eine blonde, schöne und athletische Frau – es war die Frau, die zusammen mit dem merkwürdigen Mann im Café gewesen war. Die beiden sahen sich forschend an. Nadia eilte zu der Frau und begann, zuerst die Schwellungen in ihrem Gesicht zu behandeln und dann die anscheinend gebrochenen Rippen. Die Blonde – Didi hatte begriffen, dass sie eine Nymphe war – gab sich der Behandlung völlig vertrauensvoll hin. Nadias Einfluss war groß.

»Das ist Frida«, sagte Kati.

»Wir kennen uns«, sagte Didi.

Sowohl Nadia als auch Kati sahen erst sie, dann Frida an.

»Ich war im Café«, sagte Frida. »Mit Erik.«

»Was zum Teufel …!«, rief Kati, aber Nadia berührte sie an der Schulter.

»Wir sind damals zusammen geflohen, aber Frida blieb zurück«, erklärte Nadia Didi. »Wir gehörten zu Eriks Rudel.«

»Wer ist Erik?«, fragte Didi.

»Der Bösewicht in dieser Geschichte«, sagte Kati. »Das bin nämlich nicht ich, auch wenn du das glaubst.«

»Er war auch im Café«, sagte Didi, während sie den Dachboden betrachtete, der ihr so vertraut geworden war. Es war so viel in so kurzer Zeit passiert, und hier hatte alles seinen Anfang genommen. Am liebsten wäre sie sofort weggerannt, wenn damit einfach alles ungeschehen gewesen wäre.

»Erik hat mir das Leben gerettet«, sagte Frida tonlos.

»Nur, weil er Didi will«, erwiderte Kati und verfolgte, wie die Spuren ihres Kampfes mit Frida unter Nadias heilenden Händen abklangen. »Hast du nachgedacht über das, was ich gesagt habe? Die Satyrn haben Ana getötet. Und mit deiner Hilfe können wir Erik für immer loswerden.«

»Ich wäre nicht hier, wenn ich nicht darüber nachgedacht hätte«, sagte Frida schroff. Die Feindseligkeit zwischen den beiden starken Nymphen war immer noch deutlich spürbar. »Hast du einen Plan?«

»Natürlich«, sagte Kati und lehnte sich entspannt gegen einen Balken.

»Und wie lautet der?«

»Wir schlagen zuerst zu.«

Didi sah die älteren Nymphen verwundert an. Sie hatte gesehen, wie die Satyrn vorgingen, und sie machte sich keine Illusionen über ihr Schicksal, wenn sie sich gegen mehrere Satyrn auflehnen würden.

»Sollten wir uns nicht verstecken? Wir könnten verreisen«, schlug Didi vor, aber niemand hörte ihr zu.

Frida zog Kati und Nadia ein wenig beiseite und diskutierte leise mit ihnen. Sie einigten sich anscheinend, aber keine der Nymphen machte sich die Mühe, es Didi genauer zu erläutern. Wieder ärgerte sie sich, dass sie wie ein kleines Kind behandelt wurde. Nadia schien es zu ahnen, denn sie nahm Didi an der Hand. Ein beruhigendes Gefühl strömte in ihre Finger, und Didi atmete auf.

»Lass uns in die Wohnung gehen«, schlug Nadia vor. »Wir machen einen Mädelsabend zu zweit.«

»Und Frida und Kati?«

»Die haben etwas anderes vor.«

Didi ließ sich von Nadia überzeugen, und als sie zu zweit zu Hause ankamen, begriff sie, dass ein gemeinsamer Abend genau das war, was sie brauchte. Es war egal, ob Nadia ihr diesen Gedanken mit ihrer Berührung eingegeben hatte, denn zum ersten Mal seit langem fühlte sie sich ruhig. Außerdem gab es Dinge, die sie lieber nur mit Nadia besprechen wollte.

Didi ging in ihr Zimmer, um sich umzuziehen, kam aber nach einem Blick auf den Nachttisch sofort wieder zurück. Sie hielt Nadia einen silbernen Rahmen entgegen. Auf dem Bild darin war ein Blumenstrauß zu sehen.

»Wo ist das Foto von meiner Mutter?«, fragte Didi.

Nadia nahm ihr den Rahmen aus der Hand und zog ein wenig am Bild. Darunter erschien Elinas ernstes und dennoch lächelndes Gesicht. Genau so hatte Didi sie in Erinnerung.

»Meinetwegen kannst du das Bild behalten«, sagte Nadia. »Du musst nur aufpassen, sonst macht Kati es kaputt. Sie möchte nicht, dass du etwas aus deinem früheren Leben aufbewahrst.«

Didi hatte den Nymphen erzählt, wie sie Elina gefunden hatte und was anschließend passiert war. Ihr Gespräch aber hatte sie für sich behalten. Es ging ihr die ganze Zeit durch den Kopf. Sie setzte sich neben Nadia auf das Sofa und wunderte sich erneut, wie Nadia immer so schön und frisch aussehen konnte. Didi musste sich jetzt konzentrieren, Nadia von ihrem Plan zu überzeugen. Sie nahm eine Flasche Weißwein aus dem Kühler, schenkte Nadia etwas ein und reichte ihr das Glas.

»Habt ihr jemals darüber nachgedacht, dass man unser Bedürfnis behandeln könnte?«

»Eine Nymphe zu sein ist keine Krankheit«, antwortete Nadia.

Didi überlegte, wie sie all das, was sie sich seit der Reise ausgedacht hatte, am besten in Worte bringen sollte.

»Du pflegst dich selbst mit Wasser«, sagte sie. »Ich brauche Pflanzen. Du hast Tests an mir durchgeführt. Kann man unsere Hormone nicht mit irgendwelchen Pillen beeinflussen?«

Nadia nahm ein paar kleine Schlucke. Didi sah, wie sie nachdachte.

»Ich habe Proben von dir genommen«, sagte sie schließlich. »Dein Kopulinlevel ist sehr hoch. Ich weiß, dass du niemanden töten willst …«

Didis Augen weiteten sich. Nadia hatte etwas Wesentliches preisgegeben.

»Du hast schon etwas entwickelt!«

Nadia nickte. Didi versuchte, sich zu beherrschen, aber trotzdem überkam sie eine grenzenlose Ungeduld.

»Wenn ich Medikamente hätte«, sagte sie aufgeregt, »dann könnte ich völlig normal leben!«

»Du weißt, dass in der heutigen Zeit viele Menschen vermeiden wollen, normal zu sein«, sagte Nadia. »Ich habe bis jetzt noch nie in einem Jahrhundert gelebt, in dem alle so individuell sein wollten, so einzigartig.«

»Ich will das nicht!« Didis Augen funkelten, und sie dachte bereits an den Tag, an dem sie Samuel ohne Angst begegnen könnte.

»So einfach ist die Sache nicht«, erinnerte Nadia sie. »Und du darfst noch nicht mit Kati darüber reden.«

»Kati will sicher auch nicht, dass ich jemanden töte.«

»Natürlich nicht, aber Kati will eine Nymphe sein, eine freie Nymphe. Sie würde nie etwas einnehmen, das sie zu etwas anderem macht.«

8

Ich zähle nicht mehr, wie alt ich werde«, sagte Jesper und schwenkte den Whisky in seinem Glas.

Frida schenkte sich auch einen ordentlichen Schluck ein, sagte aber nichts. Jespers blonde Haare schimmerten in der schwachen Beleuchtung des Hotelzimmers, und Frida merkte, wie seine Augen zwischendurch rot aufblitzten, wenn auch nur für einen kurzen Moment. Sie beschloss, den Satyr reden zu lassen. Vielleicht würde sie etwas Nützliches erfahren.

»Man glaubt, man würde mit den Jahrhunderten abstumpfen.« Jesper trank den Whisky mit einem Schluck aus und goss sich gleich nach. »Trotzdem, Ninette … Nadia verschlägt mir jedes Mal den Atem.«

Frida reagierte nicht. Sie verstand nicht ganz, was sie hörte. Die Satyrn, die sie kannte, scherten sich nicht um das Schicksal der Nymphen. Sie hatte gehört, dass Erik den Rest seines eigenen Rudels vor den Augen der obersten Satyrn getötet hatte, um seine grenzenlose Loyalität zu zeigen.

»Was hat Nadia dir gesagt?«, fragte Frida.

»Ich habe ihnen geraten zu fliehen«, sagte Jesper. »Aber Nadia hat mich gedrängt, mich für eine Seite zu entscheiden.«

Nadia hat tatsächlich Mut, dachte Frida. In der weichen Schale und den Rüschenkleidern steckt eine Nymphe, die genau weiß, was sie will.

»Zum Teufel!«, rief Jesper frustriert, und die Augen blitzten erneut rot auf. »Meine Vernunft sagt mir, dass das einzige Mittel, um euch Abtrünnige zu schützen, ein Gespräch mit Erik ist. Ich muss ihm klarmachen, dass er euch am Leben lassen soll, weil ihr sonst zu Märtyrerinnen werdet und so die Legende vom Knoten und der rothaarigen Nymphe nur noch stärker wird.«

Jesper senkte seine Stimme, die rau geworden war. Frida wusste, wie man Satyrn in einem solchen Zustand behandeln musste. Außerdem wollte sie selbst Spaß haben, trinken und tanzen.

»Nur zu!«, meinte sie.

»Sollen wir einen Wettkampf machen?«, fragte Jesper. »Wer länger durchhält?«

Frida ließ sich vor Jesper auf die Knie fallen, zog ihm die Stiefel von den Füßen und stellte die Musik an.

Zum Glück sind die Luxuszimmer, die Erik reserviert hat, schalldicht isoliert, dachte sie kurz darauf, als Jesper beflügelt vom Alkohol zur Rockmusik durchs Zimmer sprang.

Der rauchige Whisky wärmte auch Fridas Hals. Der wilde Tanz des Satyrs interessierte sie nicht. Sie wollte sich selbst wie ein Derwisch drehen, sich von Raum und Zeit lösen. Doch Jespers Worte hallten wie ein Echo in ihrem Kopf. Sie hatte gedacht, dass ein Satyr nicht lieben könnte, aber Jesper sah zugleich leidend und glücklich aus, wenn er Nadias Namen aussprach.

Frida kehrte in Gedanken zu dem Moment zurück, als sie Ana-Claudia das erste Mal gesehen hatte. Der neugierige und zugleich klare Blick von Anas warmen Augen war wie Teichwasser, das einem weich die Beine umschmeichelte. Es war um sie geschehen gewesen, aber sie hatte sich dem Gefühl trotzdem eine Zeitlang widersetzt. Nymphen sollten sich nicht gegenseitig lieben. Und Ana hatte ungeduldig gewartet, wissend, dass Frida sich immer mehr im Netz verwickelte, je stärker sie sich dagegen sträubte. Als Frida ihren Gefühlen endlich nachgab, bereute sie jede Sekunde, die sie ohne Ana gelebt hatte. Sie hatte im

Schoß des Satyrs vollste körperliche Befriedigung erfahren, aber nur Ana hatte auch ihre Seele berührt.

Doch die Nymphen gehörten den Satyrn. Frida und Ana-Claudia hatten ihre Gefühle sorgfältig verbergen und ihre gemeinsamen Momente geheimhalten müssen. Sie hatten so getan, als würden sie begierig in die Betten der Satyrn kommen, obwohl jeder Moment der Trennung schwer war. Manchmal vergingen Monate, bevor sie eine passende Gelegenheit fanden, um zusammenzusein. Zwischendurch befürchtete Ana-Claudia, dass Mitchell etwas ahnte, aber sie wurden zu immer geschickteren Schauspielerinnen.

Frida konnte ihre Gefühle noch immer sorgfältig verbergen. Alle außer der Rachsucht, die sie wie eine kostbare Blume hatte wachsen lassen, während sie in Fesseln gelegen hatte. Würde sie die tatsächlich ablegen können? Immerhin war sie durch sie am Leben geblieben.

Andererseits hatte Frida seit langem wieder Glück in ihrem Herzen verspürt, als sie auf dem Dachboden gewesen war und sich die drei schönen Nymphen vor sie gestellt hatten. Für einen Moment war sie wieder im Rudel, fühlte dessen Kraft und Zusammengehörigkeit. Davor war ihr nicht klar gewesen, dass sie ihre Gefährtinnen vermisste. Außerdem erinnerte sie die rothaarige, junge Nymphe, die Erik so begehrte, an genau die

Freiheit, die Ana-Claudia sich so sehr gewünscht hatte und deretwegen sie gestorben war.

Frida war so wachsam, dass sie nicht erschrak, als Erik plötzlich vor ihr stand. Belustigt verfolgte er Jespers Bewegungen, die in diesem Moment aussahen wie eine Kombination aus fernöstlichem Kampfsport und Rock 'n' Roll. Kurz ließ Erik die Musik sogar an sich herankommen. Dann gab er Frida ein Zeichen, dass sie ihm ins Nachbarzimmer folgen sollte, und sie hatte keinen Grund, ihm nicht zu gehorchen. Im Gegenteil: Es war am besten, eine folgsame und süße kleine Nymphe zu sein.

Sie ging hinter Erik in seine Suite, die natürlich noch luxuriöser war als ihre und Jespers.

»Sieh dir die hier an«, befahl Erik und ging zum Spiegel, um sicherzustellen, dass sein dunkler Anzug makellos war.

Vor Frida hingen auf einem Garderobenständer ein halbes Dutzend Kleider und dazu passende Handtaschen. Auf dem Bett lagen einige Schuhkartons und Etuis mit Schmuck.

»Was ist damit?«, fragte sie und konnte sich nicht davon abhalten, mit der Hand über die Seide und die anderen teuren Stoffe zu streichen.

»Du hast Desirée gesehen«, antwortete Erik. »Such passende Sachen aus.«

Frida musste beinahe lächeln. Sie hätte schwören können, dass Erik nervös war wie ein junger Mann, der zu einem Date ging. Das zeigte ihr, wie wichtig Didi für ihn und seinen Plan war, was auch immer er vorhatte.

»Ich würde das rote hier nehmen«, sagte Frida, nachdem sie lange genug gezögert hatte. »Stell dir die leuchtenden Haare in Kombination mit dem kräftigen Rot vor. Und die helle Haut …«

Frida beobachtete, wie Erik sich fast die Lippen leckte. Es war wirklich einfach, die Satyrn zu erregen.

»Dann noch die beigen, hohen Schuhe. Sie hat doch schöne, lange Beine und die hier betonen das noch mehr.«

»Aber wird sie die mögen?« Erik drehte sich endlich um und sah Frida in die Augen.

»Sieh dir doch die Preisschilder an!«, rief Frida, während sie weitere Kleider berührte. »Die sind der feuchte Traum jedes Mädchens.«

Erik schlug ihr hart auf das Handgelenk. »Sprich nicht so von Desirée!«

»Natürlich nicht«, sagte Frida gehorsam, aber sie genoss die Situation. »Wie ist dein Plan?«

»Ich organisiere ein Treffen zu zweit«, sagte Erik. »Ich zeige ihr, was ich ihr alles zu bieten habe … Nein, was sie alles von mir bekommen kann!«

Frida band Eriks Krawatte, als wäre dies ihre Aufgabe. »Die kleine Nymphe ist in deiner Hand.«

»Ich will sie nur nicht einschüchtern«, meinte Erik. »Sie ist jung und unerfahren … Geh jetzt!«

Frida verließ Eriks Zimmer. Seine Ungeduld war ihm anzuhören.

Erik wartete, bis Frida die Tür geschlossen hatte. Dann rief er Mitchell an. Er konnte sich genau vorstellen, wie der in einem edlen Bademantel zwischen zwei Nymphen saß.

»Ich treffe sie bald«, sagte Erik und kam direkt zur Sache.

»Das Konklave tagt nächste Woche. Ich werde es melden«, gab Mitchell zurück.

»Das wirst du nicht tun. Ich kümmere mich persönlich darum«, ordnete Erik an. »Erfinde eine Geschichte, wenn nötig.«

Nach einem kurzen Moment der Stille sprach Mitchell erneut. »Das kann hohe Wellen schlagen. Warum sollte ich deinetwegen meine eigene Zukunft opfern?«

»Jetzt hör mal genau zu, Mitchell. Du warst vor siebzehn Jahren in Spanien dabei, als wir mit Roses Hilfe das Buch fanden, die Legende. Wir haben die letzten Angehörigen der Eichen zerstückelt, denen es gelungen war, das Geheimnis so lange für sich zu behalten. Die Legende ist wahr. Ich habe die Hand der rothaarigen Nymphe berührt.«

»Wo?«, fragte Mitchell, bekam aber keine Antwort.

»Am wichtigsten ist es, dass ich der neue Herrscher werde«, sagte Erik. Er wusste, dass es sein größter Trumpf war, auf Mitchells Machtgier zu setzen, die fast so groß war wie seine eigene.

»Du wirst meine rechte Hand. Deshalb lässt du dir eine Erklärung für das Konklave einfallen.«

»Hast du Echaterina und Ninette schon getroffen?«, fragte Mitchell.

»Daran arbeite ich.«

Verärgert warf Erik das Telefon aufs Bett. Verdammter Mitchell und verdammtes Konklave! Gabriel Korda hatte ihm immer schon das genommen, was ihm zustand. Diesmal war er an der Reihe! Alles würde besser werden an jenem Tag, an dem er an dem glänzenden Mahagonitisch in Zürich sitzen würde und Korda abgesetzt wäre. Seit es einem Teil seines Rudels gelungen war, aus Nessebar zu fliehen, hatte Erik andauernd das Gefühl, unter Kordas Beobachtung zu stehen, und das gefiel ihm nicht. Um seine – angebliche – Treue dem Konklave zu beweisen, war er sogar so weit gegangen, dass er den Rest seines Rudels eigenhändig umgebracht hatte. Und es hatte nicht einmal wehgetan, denn er hatte seine Nymphen für den großen Plan geopfert. Sobald er die Macht über die Nymphe der Legende hatte, war der Weg zur Spitze frei.

Danach hatte Erik Mitchell getroffen.

»Du erzählst dem Konklave nichts vom Knoten-Buch«, hatte Mitchell gesagt. »Du willst die Legende selbst gefangen nehmen und Gabriel Kordas Platz einnehmen. Aber Korda ist unser Herrscher.«

»Du wirst mir zur Seite stehen«, hatte Erik geantwortet. »Ich habe gehört, dass die Ausreißer in Montpellier sind …«

Erik streckte den Rücken. Sein Blick wanderte zu Didis Foto neben dem Bett. Das Knotensymbol schimmerte verlockend auf dem nackten Bauch des Mädchens. Er nahm das rote, tiefausgeschnittene Kleid vom Ständer und legte es in seinem Kopf auf Didis Körper. Die Worte des alten, in Leder gebundenen Buchs kamen ihm in den Sinn.

Wenn der Mond sich über den hellen Bergen verdunkelt, wird in der Finsternis des Waldes ein schönes Nymphenmädchen geboren, dessen Haar rot ist wie die Rose … Die Nymphe, die den Knoten der Astarte trägt, wird in einer Stadt der Menschen aufwachsen, und sie wird sich nicht fürchten, für die Freiheit der Nymphen zu kämpfen.

Er hatte sofort verstanden, dass die Nymphen wegen genau dieser Prophezeiung geflohen waren und dass die hellen Berge Montpellier bedeuteten.

Erik ließ das Kleid aufs Bett fallen und stellte sich vor, dass er es der jungen Nymphe gerade ausgezogen hatte. Die Zeit war reif. Hannula würde ihm seinen letzten Dienst erweisen dürfen.

9

Kati hatte sich nicht gestylt, um Mauri Laasonen zu betören, sondern um eine Nachricht zu hinterlassen. Sie trug ein rote, enganliegende Hose, dazu Stöckelschuhe und eine kurze Jeansjacke über einem rotgestreiften, bauchfreien Top. Die blonde Perücke krönte das Gesamtbild.

Sie hatte herausgefunden, dass Laasonen inzwischen eine Autovermietung besaß. Sie war zweifellos mit der Beute der Raubzüge finanziert worden, und Kati hatte begriffen, dass Laasonen nicht nur Autos vermietete, sondern auch Gelder der Mafia wusch. Von außen sah alles nach einem soliden und solventen Betrieb aus, aber ihr konnte man nichts vormachen.

Kati strich sich die blonden Haare hinters Ohr und trat mit sicheren, wiegenden Schritten ein. Sie hatte gewartet, bis die Sekretärin in die Mittagspause gegangen und Laasonen alleine im Geschäft war. Er saß hinter der Theke und war in seine Unterlagen vertieft. Kati warf ihm ein strahlendes Lächeln zu.

»Hi«, sagte sie. »Ich würde gerne eine Limousine mieten. Wir veranstalten einen Wahnsinns-Polterabend für eine Freundin.«

Laasonen hob den Blick von seinen Papieren und schluckte. Der Tag hatte schlecht angefangen, aber jetzt schien er eindeutig besser zu werden.

»Natürlich«, sagte Laasonen. »Welche Farbe soll es sein?«

»Gibt es eine weiße? Wie viele knackige Mädels passen da rein?« Kati klopfte sich auf den festen Hintern und schätzte, dass sie bereits zu weit gegangen war, aber der Mann sabberte fast.

»In eine mit neun Metern Länge passen acht Fahrgäste.« Laasonen hatte einen Prospekt auf dem Tisch ausgebreitet und blätterte mit ausholenden Gesten darin herum. »Das Teil hier wurde in Amerika entworfen, vor allem für Frauen.«

»Fährst du sie?«, gurrte Kati.

»Wir können alles aushandeln.«

»Sieht super aus«, sagte Kati. »Was kostet die am Tag?«

»Am Wochenende fünfhundert, ohne Fahrer«, sagte

Laasonen, und sein Blick wanderte völlig unverhohlen über Katis Körper.

»Ziemlich viel«, seufzte Kati. »Kann man den Preis auch aushandeln?«

Laasonen wog die Sache schnell ab. Sein Blick ging zur Uhr; die Sekretärin würde noch zwanzig Minuten weg sein. Das reichte. Oh Mann, seine Waffe stand schon bereit zum Schuss.

»Lass uns dort ins Büro gehen zum Reden.«

Laasonen ließ Kati vor sich durch die Tür gehen und schloss sie gleich hinter sich.

»Was für ein Budget hast du denn?«, fragte er und setzte das Spielchen fort.

»Mein Budget ist wirklich, wirklich knapp«, meinte Kati und ließ den Zeigefinger über das Kinn des Mannes wandern. Sie bemerkte die Wölbung in seinem Schritt und ärgerte sich fast, dass alles so leicht ging. Etwas Widerstand gefiel ihr besser. Andererseits ging so alles viel schneller. »Kann ich eine Reservierung machen?«

Laasonens Atem ging bereits schwer. Er hatte nie etwas auf Vorspiele gegeben und fand, dass es an der Zeit war, zur Sache zu kommen. Er setzte Kati auf den Tisch und stellte sich zwischen ihre Beine. Kati lächelte weiterhin einladend, und Laasonen überlegte, wie gut es tun würde, dieses Lächeln wegzuwischen.

Es war am besten, den Frauen schnell zu zeigen, wer das Sagen hatte.

»Auf welchen Namen?«, krächzte er.

Kati kam noch näher, und ihre Lippen waren nur einen Zentimeter vom Ohr des Mannes entfernt. »Hanna Harju.«

Der Mann zuckte zurück, als hätte er einen Stromschlag bekommen. Er versuchte zurückzuweichen, aber Kati war schneller. Sie umschlang Laasonen mit ihren Beinen und schlug ihm mit einem dicken Papierstapel, der auf dem Tisch lag, auf den Kopf. Sie öffnete die Beine und Laasonen fiel zu Boden.

»Was ist? Kein Interesse mehr?«, fragte Kati und trat ihm ordentlich in den Magen.

»Hör auf, ich habe nichts gemacht ...«

»Red keinen Scheiß«, erwiderte Kati und bückte sich. Sie nahm den Mann mit einer Hand am Kinn und mit der anderen Hand am Hinterkopf und brach ihm geschickt das Genick.

Sie war gerade zurück im Laden, als die Sekretärin hereinhuschte, offensichtlich in Angst vor dem Chef.

»Machen Sie eine Reservierung für die weiße Limousine auf den Namen Hanna Harju«, sagte Kati. »Und dann bekommen Sie den Rest des Tages frei. Sie brauchen sich nicht zu bedanken.«

Kati hatte wieder ihre schwarzen Klamotten an, als sie am Abend an Harjus Bürotür klopfte. Harju schob die Brille nach oben. Er hatte bereits Bilder vom Tatort und von Laasonens Leiche bekommen.

»Die Täterin nannte der Sekretärin des Opfers den Namen Hanna Harju.«

»Eigentlich habe ich nur gesagt, dass die Reservierung auf den Namen Hanna Harju geht«, korrigierte Kati.

»Heikki sagte, dass du gekommen bist.« Harju stand vom Stuhl auf und ging furchtlos und mit neugierigem Blick in den grauen Augen auf Kati zu. »Heikki meinte auch, dass du eine Nymphe bist. Der Junge war so merkwürdig ernst, dass ich vorsichtshalber im Netz recherchiert habe. Du entsprichst nicht ganz meinem Bild von einem weiblichen Naturgeist.«

»Die Wahrheit ist manchmal wunderlicher als das Märchen«, sagte Kati. »Ich bin eine Nymphe.«

»Nichts für ungut, aber ich neige nicht dazu, an Geschichten aus dem Geisterreich zu glauben.«

»Du hast einen Traumfänger«, sagte Kati und deutete auf den indianischen Talisman.

»Ein Reisesouvenir …«

Harju konnte nicht weitersprechen, denn Kati legte ihm den Zeigefinger auf die Halsschlagader und schickte einen elektrischen Impuls. Harjus Augen weiteten sich, und er rang nach Luft. Für Kati war es ein Leichtes, Harju zurück auf den Stuhl zu drücken.

»Fällt dir das Glauben jetzt ein bisschen leichter?«

»Hast du den Mörder meiner Tochter umgebracht?«

»Ziemlich gute Verhörtechnik!« Kati lachte. »Du beantwortest eine Frage mit einer Gegenfrage.«

Sie wartete, bis Harju wieder gleichmäßig atmete. Der Blick des Kommissars sagte, dass er nichts mehr von dem in Frage stellte, was Kati erzählte. Dankbarkeit lag ebenfalls darin.

»Du willst etwas von mir«, stellte Harju fest.

»Die Welt vermisst Laasonen nicht«, sagte Kati. »Ich habe dafür jemanden, der mit allen Mitteln beschützt werden muss. Und deshalb muss ich einen Satyr loswerden.«

Ein mythologisches Wesen am Tag war eigentlich schon mehr, als Harju aushalten konnte, aber jetzt musste er zuhören, was Kati zu berichten hatte.

10

Didi bekam Samuel nicht aus dem Kopf. Sie versuchte, für die Klausuren zu lernen, zu essen, Klamotten zu ordnen, sich mit allem Möglichen zu beschäftigen, damit sein Gesicht nicht vor ihr auftauchte. Und es war nicht nur Samuels Gesicht, an das sie dachte. Als Samuel Nadia einmal morgens in der Küche geholfen und sich gestreckt hatte, um mit offenem Hemd eine Schüssel aus dem oberen Regal zu nehmen, hatten sich seine Brustmuskeln angespannt … Und erst sein Hintern! Bevor Didi es überhaupt begreifen konnte, hatte sie Samuels Nummer im Handy gesucht. Jetzt musste sie sich noch eine vernünftige Erklärung einfallen lassen, damit er nicht merkte, dass sie ihn anrief, weil sie Lust auf ihn hatte.

»Ich wollte dich etwas wegen deinem Anhänger fragen«, fing Didi an.

»Reden wir wieder miteinander?«, fragte Samuel mürrisch, aber Didi hörte die Wärme in seiner Stimme.

»Mama hatte den gleichen … Samuel?«

Samuel war kurz still, und Didi brauchte einen Moment, bis sie begriff, dass auch für Samuel viele Erinnerungen damit verbunden waren.

»Ich war vielleicht vierzehn, wir waren irgendwo im Ausland«, begann Samuel. »Mein Vater war im Krankenhaus, und endlich mal konnten wir viel Zeit zusammen verbringen. Normalerweise reiste er viel, aber mit all den Schläuchen an seinem Körper …«

»Wir müssen nicht darüber reden, wenn du nicht willst«, sagte Didi sanft.

»Ich finde es ganz gut, mich daran zu erinnern«, sagte Samuel. »An seinem letzten Abend legte mein Vater mir die Kette um den Hals.«

»Warum hatte meine Mutter den gleichen Anhänger?«

»Keine Ahnung«, sagte Samuel. »Ich habe meinen danach nie mehr abgenommen.«

Didi verarbeitete die Informationen, aber der eigentliche Grund für den Anruf brannte noch in ihr. »Was hast du gerade an?«

»Normale Klamotten«, antwortete Samuel langsam. »Wieso?«

»Ich habe doch gesagt, dass ich wegen der Sache mit Johannes noch so abweisend bin, aber am Telefon wäre es vielleicht was anderes …«

Hörte Didi richtig? Ging Samuels Atem etwas schneller? Traute sie sich weiterzumachen?

»Stell dir vor, ich säße auf deinem Schoß«, sagte Didi fast flüsternd. »Wenn ich deine Hose ein wenig öffnen würde …«

»Didi, das wird jetzt ziemlich merkwürdig«, sagte Samuel.

»Wieso?«, fragte Didi geradezu verletzt.

»Weil ich gerade die Treppe hochgelaufen bin und vor deiner Tür stehe.«

Jetzt war es Didis Atem, der schneller ging. Erst dachte sie, Samuel würde Spaß machen, aber dann hörte sie die Klingel. Didi rannte zur Tür, und da stand tatsächlich Samuel. Sie wurde rot bis zu den Ohren, ließ ihn aber herein. Allerdings war es sicherer, sofort das Thema zu wechseln.

»Wo kommst du denn um diese Zeit her?«, fragte Didi, um eine peinliche Stille zu vermeiden.

»Von der Uni.«

»Studiert man da bis in die Nacht?«

»Bist du eifersüchtig?« In Samuels Gesicht war ein breites Lächeln zu sehen, und Didi wurde nur noch röter.

»Macht nichts. Das ist okay. Das heißt ja nur, dass du allmählich meinem Charme erliegst.«

»Ich bin nicht eifersüchtig«, erwiderte Didi hitzig.

»War das also nur ein Telefonverhältnis?«

Jetzt musste auch Didi lachen, und sie gingen zusammen ins Wohnzimmer und setzten sich aufs Sofa.

»Didi, das Gespräch eben …«

»Vergessen wir es?«, fragte Didi hastig.

»Mir reicht es, dass wir hier sind. Ganz normal.«

Sie saßen einige Minuten lang nebeneinander. Didi fand es schwierig, sich einzugestehen, dass sie ein wenig enttäuscht war, aber plötzlich fühlte es sich trotzdem ganz natürlich an, genau so mit Samuel zusammen zu sein.

»Gucken wir einen Film?«, fragte sie.

»Ich bin total verschwitzt«, sagte Samuel. »Ich würde gerne duschen. Wir hatten heute eine Obduktion …«

»Bitte keine Details«, sagte Didi. »Nimm ein Bad. Danach gucken wir den Film.«

»Wirklich?« Samuel warf Didi einen warmen Blick zu und begann schon, sein Hemd aufzuknöpfen.

»Wirklich«, versprach Didi. »Ich lasse dir Wasser ein.«

Sie ging ins Bad und öffnete den Hahn. Sie fühlte, dass das Wasser genau richtig warm war, zündete ein paar Kerzen an und wollte schon Badeschaum ins Wasser geben, als ihr einfiel, dass Samuel vielleicht nicht so auf Rosenduft stand wie sie. Das Wasser plätscherte, und Didi war ruhig. Ein normaler Abend, ein normales Mädchen, ein normaler Junge. Dazu noch ein sinnloser Zombie-Film, und der Abend wäre perfekt.

11

Heikki Hannula bog in die kleine Straße ab und versuchte, nicht an den Satyr auf dem Rücksitz zu denken. Kati hatte ihm die Adresse gegeben, zu der sie fahren sollten. Sie selbst lag dort auf der Lauer und hatte anscheinend Hilfe von Harju bekommen. Hannula hatte den Gesichtsausdruck des älteren Kollegen gesehen, als er von Laasonens Tod erfahren hatte. Die Gefühlsskala hatte von Erstaunen bis zu Ekstase gereicht. Hannula selbst hatte sich nicht entscheiden können, ob er Katis Tat außergewöhnlich brutal oder eher gnädig finden sollte, denn er wusste, wozu Kati imstande war.

Im nächsten Wohnviertel hielt Hannula an, stellte den Motor aber nicht ab. Er wollte so schnell wie möglich weg. Im Rückspiegel sah er Erik Mann an.

»Wir sind da«, sagte Hannula, als der Satyr keinerlei Anstalten machte, aus dem Auto zu steigen.

»Hier wohnt Desirée Tasson?«, fragte der Satyr zögerlich.

»Ja.«

Erik Mann sah in den regnerischen Abend und dann zu Hannula, den die Situation langsam nervös machte.

»In tausend Jahren lernt man es, den Menschen anzusehen, wenn sie lügen«, sagte Erik, und Hannula wusste, dass er durchschaut worden war. »Das ist eine Falle. Desirée ist nicht hier.«

Jetzt war der Blick, der Hannula aus dem Rückspiegel traf, geradezu hypnotisch.

»Nein«, gab Hannula zu. »Aber ich weiß natürlich, wo sie ist.«

»Wäre es zu viel Mühe, mich zu ihr zu bringen?«

Hannula konnte nur den Kopf schütteln. Er fuhr wieder los, konnte Kati und Harju aber nicht mitteilen, dass der Plan schiefgegangen war. Furchtbar schief. Vielleicht würden sie es bald begreifen. Er selbst musste jetzt nur die Ruhe bewahren und das tun, was der Satyr ihm befahl. Dann wäre die Sache erledigt.

Der Weg war kurz. Dieses Mal schaltete Hannula auch den Motor aus. Er reichte einen Zettel nach hinten, auf dem der Türcode stand.

»Oberstes Stockwerk«, sagte er. »Habe ich jetzt meine Schulden bei den Satyrn beglichen?«

»Ja.« Erik betrachtete den Zettel und schob ihn in die Tasche seiner dunklen Jacke. Er strich sich die Haare mit der Hand glatt, um sich auf das Treffen vorzubereiten.

Dann spürte Heikki Hannula eine warme Hand auf seiner Brust. Ein schrecklicher, lähmender Schmerz durchströmte ihn. Unversehens dachte er an die Geburt seiner Tochter, das Gesicht seiner Frau. Dann stand sein Herz still.

Didi und Samuel waren im Wohnzimmer. Das Bad wartete, aber sie hatten eine Diskussion über den passenden Film begonnen. Didi konnte sich an keinen anderen so alltäglichen und schönen Moment erinnern und wollte ihn hüten. Sie achtete genau darauf, Samuel nicht zu berühren, als sie gemeinsam ihre Lieblingsfilme auf dem Wohnzimmertisch stapelten. Plötzlich klingelte es.

»Sollte nicht der Gast bestimmen dürfen?«, fragte Samuel und ging dabei zur Tür.

Didi kam ihm nach. Sie wollte jetzt keine Sekunde ohne Samuel sein. Sein Bad würde sie noch lange genug trennen.

»Wir kaufen nichts, und Gläubige wohnen hier auch nicht«, sagte Samuel zu dem Mann in dunkler Kleidung, den er wohl für einen Zeugen Jehovas hielt.

»Samuel, Tür zu!«, rief Didi voller Panik. Eine Druckwelle aus Angst traf sie mit voller Wucht, und sie musste einen Moment kämpfen, um überhaupt auf den Beinen zu bleiben. Sie rannte zu Samuel, der begriffen hatte, dass etwas nicht stimmte.

Sie versuchten, die Tür zuzudrücken, waren aber zu spät und zu schwach. Erik stieß die Tür ohne Probleme auf und drängte sich hinein. Samuel hielt den dunklen Mann vielleicht für einen Kriminellen, aber Didi wusste, dass sie beide in Lebensgefahr waren.

»Erik bringt uns um!« Didi zog Samuel an der Hand in Richtung Badezimmer. Samuel stolperte ihr hinterher.

Sie schafften es gerade so hinein, und Didi drehte den Schlüssel im Schloss um. Mit aller Kraft lehnte sie sich gegen die Tür.

»Wer ist das denn?«, fragte Samuel keuchend, während er sich ebenfalls gegen die Tür stemmte, aber Didi überlegte nur, wie sie den Angreifer abwehren konnten, und antwortete nicht.

Plötzlich zersplitterte die Tür, und sie wichen zurück. Erik kam langsam ins Bad.

»Mach es uns doch nicht unnötig schwer«, sagte er ruhig zu Didi. »Komm mit, dann belassen wir es hierbei.«

Mich bringt er vielleicht nicht um, dachte Didi, aber

Samuel. Sie versuchte, sich zwischen die beiden Männer zu stellen, aber Samuel kam bereits auf Erik zu.

»Du nimmst Didi nirgendwohin mit!«, rief er und schlug Erik, so fest er konnte, direkt auf das Zwerchfell. Es hatte keinerlei Wirkung.

Didis Augen weiteten sich vor Entsetzen, als sie sah, wie sich Eriks Blick veränderte. Seine Augen leuchteten rot. Er schüttelte den Kopf ein wenig, und an seiner Stirn waren zwei kleine Erhebungen zu sehen, die schnell zu mächtigen Hörnern anwuchsen. Samuel wich zurück. Erik rückte nach und stieß Samuel ins Badewasser. Samuel versuchte vergeblich, Widerstand zu leisten.

Didi sah, wie er versuchte, über Wasser zu bleiben, aber Erik war stark und wütend. Er hätte Samuel sicher leicht töten können, aber stattdessen schlug er immer wieder mit seinen Fäusten auf ihn ein.

Didi floh. Elinas Tod durch den Satyr war das Furchtbarste, was sie in ihrem Leben gesehen hatte. Halb rannte und halb rutschte sie mit feuchten Füßen in ihr Zimmer, tastete in der Schublade nach der Handtuchrolle, lief damit zurück zum Badezimmer und betete die ganze Zeit innerlich, dass Samuel noch am Leben war. Sie wickelte den Dolch aus dem Handtuch. Dann war sie da und sah, wie Erik den schon leblosen Samuel unter Wasser hielt. Sie war voller Hass. Sie dachte an ihre tote Mutter und den fast toten Samuel. Sie wollte nicht noch einen geliebten Menschen verlieren! Mit beiden Händen nahm sie den Dolch über den Kopf und stieß ihn Erik mit aller Kraft in den Rücken.

Erik ließ Samuel los, aber es stiegen keine Luftblasen mehr aus dem Wasser. Der Satyr röchelte und versuchte, sich an den Rücken zu greifen, um den Dolch herauszuziehen. Didi achtete nur auf Samuel. Im Unterbewusstsein spürte sie, dass Kati und Nadia gekommen waren. Sie riefen etwas und zerrten den großen Satyr weg, während Didi sich an Samuel klammerte. Er atmete nicht.

»Vergib mir«, flüsterte Didi. »Ich hätte es dir erzählen sollen. Ich bin eine Nymphe …«

Ein vager Gedanke kam ihr in den Sinn. Sie drehte sich um und sah Nadia an. »Hilf! Du bist eine Heilerin!«

Didi war selbst schon ganz nass, als sie Nadia zur Wanne zog. Der in einer Blutlache auf dem Boden liegende Erik konnte sterben. Sie wartete auf irgendein noch so kleines Lebenszeichen von Samuel, deshalb bekam sie nicht mit, wie Nadia auf Katis Zustimmung wartete. Kati nickte und begann, auf ihrem Handy zu tippen.

»Du weißt, was ich tun muss«, sagte Nadia zu Didi. »Willst du das wirklich?«

»Samuel darf nicht sterben.« Didis Stimme zitterte, und sie schluckte ihre Tränen hinunter. Sie wusste genau, was sie wollte.

Nadia zog sich mit ein paar Handgriffen aus und stieg ins bereits kühl werdende Wasser. Mit beiden Händen hob sie Samuels Gesicht, presste die Stirn auf seine und legte sich auf ihn. Sie ließ ihren Körper Wärme in Samuels Körper überführen, ließ ihr Herz Samuels Herz zurückholen, ließ ihre Pheromone Samuels Lebenswillen wecken. Ihre Lippen fanden die Lippen des Jungen, aber es kam kein Atem mehr aus ihnen hervor.

Didi beobachtete Nadia stumm und realisierte kaum, dass Kati inzwischen hinter ihr stand und sie wegzog. Sie verstand nicht, warum Nadia aus dem Wasser stieg und den Kopf schüttelte.

Didi riss sich aus Katis Griff los. Sie stieg in die Wanne, setzte sich auf Samuel und küsste die kühlen, bläulichen Lippen.

»Du darfst mich nicht verlassen«, beschwor sie ihn. Sie flüsterte Samuel all das zu, was sie früher nicht gesagt hatte.

»Didi, es ist zu spät«, rief Kati.

»Lasst mich!«, schrie Didi zurück. Sie ließ Samuels Gesicht nicht los. Er sah so ruhig und friedlich aus, dass sie geradezu wütend wurde. Sie drückte ihm einen leidenschaftlichen Kuss auf die Lippen und wollte ihn am liebsten beißen, um wenigstens irgendeine Reaktion zu spüren. Sie merkte, wie ihr Atem in Samuel hineinfloss.

Plötzlich begann er zu zappeln wie ein Ertrinkender. Er sog Luft in die Lungen, und seine Augen weiteten sich vor Entsetzen, als er Didi auf sich sah. Er stieß sie weg und schaffte es irgendwie, aus der Wanne zu klettern.

»Das kann nicht wahr sein«, stammelte Samuel. Er lag auf dem Boden, und das Wasser floss aus seinen Kleidern. Er stützte sich am Wannenrand ab und richtete sich keuchend auf. Dann drängte er sich an den Nymphen vorbei und sah dabei auf den bewusstlosen Satyr. »Das kann nicht wahr sein.«

»Samuel!« Didi stürzte ihm hinterher, aber er stieß sie beiseite und versuchte, zur Tür zu kommen. Kati stellte sich ihm in den Weg und hielt den kraftlosen Jungen auf. Didi folgte ihnen, als Kati Samuel zum Wohnzimmersofa führte. Er war völlig verängstigt und zitterte. Didi hatte erwartet, dass er sie glücklich und erleichtert ansehen würde, und nicht, als hätte er einen Geist gesehen.

Nadia hatte sich ihr Kleid wieder übergezogen und setzte sich neben Samuel. Vorsichtig berührte sie seine Schulter, und er beruhigte sich ein wenig.

»Was ist mit mir passiert?«, fragte er.

»Du bist in die Wanne gefallen, und wir haben dir rausgeholfen«, sagte Nadia. »Du musst dich ausruhen …«

»Ich konnte nicht atmen. Ich weiß nicht, ob man es merkt, wenn man tot ist, aber ich war tot!«

»Jetzt bist du es nicht mehr«, sagte Kati.

»Ich muss hier weg!« Samuel war völlig am Ende. Er fragte, ohne Didi in die Augen sehen zu können: »Was seid ihr eigentlich?«

»Nymphen«, antwortete Kati sachlich. »Und du wirst nirgendwohin gehen.«

»Samuel würde uns nie verraten«, sagte Didi. »Oder?«

»Nein. Ich verstehe ja nicht mal, worum es hier geht …«

»Didi hat dir gerade das Leben gerettet«, erklärte Nadia und ließ ihre Hand auf Samuels ruhen.

»Wie können wir sicher sein, dass du niemandem von uns erzählst?«, fragte Kati.

Samuel drehte sich zu Didi und richtete seine Worte nur an sie. »Nie habe ich dich angelogen. Ich schwöre, dass ich auch hiervon niemandem etwas erzähle. Und jetzt möchte ich gehen.«

Didi traute ihren Ohren nicht. Nur wenige Minuten zuvor hatte sie Samuel wiederbelebt, zwischen ihnen war eine enorme Energie entstanden, und sie hatte all die Gefühle, die sich in ihr aufgestaut hatten, ausgesprochen. Und jetzt verließ Samuel sie. Die Kräfte wichen aus Didis Gliedern, und sie sank in den Sessel. Sie hatte sich noch nie so erschöpft gefühlt. Sie wollte aufstehen, ihn berühren, aber ihre Beine gehorchten ihr nicht. Weit entfernt hörte sie, wie Nadia ihren Namen wiederholte, aber ihre Augen fielen einfach zu.

Als Didi ihre Augen wieder öffnete, saßen Nadia, Frida und ein blonder, durchtrainierter Mann vor ihr auf dem Sofa. Kati erklärte die Situation.

»Wir müssen jetzt schnell handeln. Die Nachbarn wundern sich garantiert schon, was hier los ist. Wir müssen Erik an einen Ort bringen, von dem er nicht fliehen kann.«

»Das Mädchen ist aufgewacht«, sagte der blonde Mann und richtete seine klaren, blauen Augen auf Didi.

Didi spürte, wie ihr Atem stockte. »Das ist ein Satyr!«, rief sie allen zu.

»Genau, ich bin darüber auch nicht sehr froh«, sagte Kati. »Aber Nadia hat uns versichert, dass Jesper uns hilft.«

»Das ist der Rotschopf?« Jesper lachte und sah zu Nadia. »Wegen diesem Mädchen seid ihr bereit, alles aufs Spiel zu setzen?«

»Bringt Erik weg«, sagte Kati zu Frida und Jesper. »Wir bleiben hier und entfernen die Spuren.«

Sie betrachtete die zerstörte Wohnung. Aufräumen und Putzen waren noch nie ihre Stärken gewesen. Sie überlegte kurz, nahm dann ihre schwarze Lederjacke vom Boden und marschierte in den Flur, wo noch immer der bewusstlose und gefesselte Erik lag.

»Ich helfe besser Frida und Jesper«, sagte sie. »Bestellt den Schreiner und den Schlosser!«

12

Die Luft im dunklen Keller war feucht und stickig. Erik Mann hörte, wie ein metallenes Rohr gegen die Wand schlug. Er neigte den Kopf und öffnete die Augen ein wenig. Jesper stand vor ihm und schlug erneut das Rohr gegen die Wand.

»Jesper«, sagte Erik, mit ganz normaler Stimme, als würde er ihn grüßen. Er stand langsam auf und sah sich um. Er tat, als hätte er gar nicht bemerkt, dass er an den Boden gekettet war. Er wirkte, als wäre er gerade zu einem Fest erschienen, um dessen Gäste er sich nicht weiter kümmerte.

»Jesper, schließ das auf«, befahl Erik.

»Kati hat den Schlüssel«, sagte Jesper, und da trat Kati zusammen mit Frida aus der Dunkelheit.

»Seit wann nimmt ein Satyr den Befehl einer Nymphe entgegen?«

Frida ging auf Erik zu, und Jesper spürte seinen weißglühenden, gerade noch gezügelten Zorn.

»Hier ist Wasser«, sagte Frida und trat erst gegen einen Eimer, dann gegen einen zweiten. »Und dort ist das Klo. Ich rate dir, das alles mit Bedacht zu nutzen. Man könnte sagen, dass ich Erfahrung mit einer solchen Situation habe.«

»Ach ja«, sagte Erik immer noch kühl. »Hast du dich mit deiner alten Feindin versöhnt? Nur wegen Kati hast du doch so gelitten.«

»Ich bin zu dem Ergebnis gekommen, dass ich nur wegen euch Satyrn gelitten habe«, antwortete Frida.

Jesper wartete darauf, dass Frida ihre Selbstbeherrschung verlieren und Erik angreifen würde. Stattdessen stellte sie sich gelassen neben Kati.

»Ich geh dann mal«, sagte sie. »Gut, dass mich die Rachsucht am Leben gelassen hat, aber jetzt muss ich meine eigene Ruhe finden. Ihr könnt mich kontaktieren, wenn ihr mich braucht.«

Frida drehte sich noch einmal um und sah Erik an. Sie winkte ihm spielerisch zu und verschwand wieder in der Dunkelheit. Kurz darauf fiel irgendwo eine schwere Tür zu.

»Du weißt, was mit dir passiert, wenn ich freikomme«, sagte Erik jetzt zu Jesper. »Auch den unnützen Jungen bin ich schon losgeworden. Die Prophezeiung wird eintreten, und das, was kommt, könnt ihr nicht ändern. Ich werde Desirée bekommen.«

»Träumen darf man immer.« Kati ging auf den Satyr zu, in dessen Rudel sie jahrelang gelebt hatte. Die Situation war äußerst prickelnd. Sie stellte die Weinflasche und das Wasser in eine angemessene Entfernung.

»Ist das jetzt das letzte Abendmahl?«, fragte Erik. »Warum habt ihr mich noch nicht getötet?«

»Didi wollte dich am Leben lassen«, antwortete Kati direkt.

»Desirée?« Erik lächelte. »Natürlich. Selbst du kannst nichts gegen das ausrichten, was geschrieben steht, Echaterina.«

»Vielleicht will Didi dich selbst töten«, sagte Kati. »Lass uns gehen, Jesper.«

»Jesper!«, rief Erik hinter den beiden her. »Du bist mein Diener!«

Jesper blieb stehen. Langsam drehte er sich um.

»Mir befiehlt nur noch mein Herz«, sagte er.

13

So also fühlt es sich an, wenn man verlassen wird, dachte Didi und versuchte, ihren Gefühlszustand zu analysieren. Sie war völlig leer. Sie hatte Freundinnen gehabt, die sitzengelassen worden waren oder die Schluss gemacht hatten. Sie hatte gesehen, wie sie von einem Gefühlszustand zum nächsten geschleudert worden waren, mal geweint und mal gefeiert hatten, aber sie selbst hatte keine Ahnung, was sie tun sollte. Am liebsten hätte sie Laura alles erzählt, aber sie wusste nicht, wie sie das alles in Worte fassen sollte. Es gab Nymphen, Satyrn, den halbtoten Samuel, dem sie ihre Liebe gestanden hatte …

Didi lungerte zu Hause herum, ging Kati auf die Nerven und versuchte sogar, Bücher für die Klausur in Kunstgeschichte zu lesen, aber sie wusste selbst, dass sie sich nur etwas vormachte. Zu ihrer Schicht im Café raffte sie sich auf, denn sie konnte Valtteri nicht noch einmal im Stich lassen.

Vielleicht ist es besser so, dachte Didi. Bald war wieder Vollmond. Es war besser, dass sie Samuel nicht mehr traf. Es war besser, dass sie sich weit entfernt hielt.

In Gedanken wiederholte sie dasselbe immer noch, als sie eines kühlen Morgens an der Hintertür der Uniklinik wartete, dass Samuels Schicht endete. Sie zitterte, hatte Gänsehaut und bereute ihre Entscheidung, in einem dünnen Sommerkleid aus dem Haus gegangen zu sein, aber sie wollte Samuel zeigen, was er verloren hatte.

»Frühstückst du mit mir?«, fragte Didi geradeheraus, als sie Samuel sah.

Er sieht erschöpft aus, dachte sie. Er hat die ganze Nacht gearbeitet. Aber sein Gehör war in Ordnung, und trotzdem trottete Samuel an ihr vorbei, als wäre sie Luft. Didi lief ihm hinterher. »Samuel, warte!«

»Lass mich!« Samuel zuckte zurück.

»Was hast du denn?«, fragte Didi. Eine solche Reaktion hatte sie nicht erwartet.

»Ich kann nicht schlafen. Ich verstehe nichts mehr. Er hat versucht, mich zu töten …«

»Hast du Angst?« Didi erinnerte sich an die verwirrenden Gefühle, die in ihr erwacht waren, als sie von dieser ganzen anderen Welt erfahren hatte. Davon, dass sie eine Nymphe war. Sie versuchte, Samuel zu verstehen.

»Verflucht nochmal!« Er schrie so laut, dass ein Radfahrer sich nach ihnen umdrehte und fast gestürzt wäre. Didi sah Samuel flehend an.

»Ich bin doch immer noch dasselbe Mädchen, das du seit deiner Kindheit kennst«, sagte sie eindringlich, versuchte aber nicht mehr, ihn zu berühren.

»Das bist du nicht.« Er drehte den Kopf. »Du hast deinen Ex-Freund umgebracht. Langsam begreife ich das alles. Du bringst auch andere um, wenn das so weitergeht. Komm nicht mehr hierher.«

Samuel entfernte sich mit schnellen Schritten. Didi war wie gelähmt. »Wo gehst du hin?«

»Weit weg von euch!«

Didi schlich völlig deprimiert nach Hause. Es war wohl illusorisch gewesen zu meinen, dass Samuel bei ihrem Anblick alle Grausamkeiten vergessen und sie in den Arm nehmen würde. Andererseits ging es ja genau darum, dass so etwas zwischen ihnen unmöglich war. Didi warf die Tasche auf den Boden.

»Was ist denn los?«, fragte Kati, die gerade den Nomos-Dolch in die Schublade schob, während sie überlegte, was man am besten damit tun sollte.

»Samuel hat mich angesehen wie ein Wesen aus einem Horrorfilm«, sagte Didi. Das Schlimmste war, dass sie sich auch selbst unnatürlich fühlte, wie ein Monster. Sie tötete sogar, wenn sie lieben wollte!

»Du fängst aber jetzt nicht an zu weinen, oder?«, fragte Kati. »Männer kommen und gehen, das kann ich aus jahrhundertelanger Erfahrung sagen.«

»Nicht so einer wie Samuel.«

»Mach einfach ganz normale Dinge«, riet Kati. »Besser, du vergisst ihn.«

Kati wirkte kühl, aber sie hatte den Vorfall im Badezimmer noch nicht vergessen. Als Didi Samuel in ihrem Schoß gewiegt hatte, musste sie daran denken, wie sie Janos das letzte Mal im Dunkel des Waldes gehalten hatte. In ihrer Vorstellung war Janos nie alt, sondern immer der junge Mann, der ihr im Kampf gegen die Satyrn beigestanden hatte.

»Warum?«, fragte Didi.

»Die Menschen haben uns immer gefürchtet.« Kati führte Didi zum Tisch und setzte sie hin. »Du musst das verstehen. Man hat uns immer gejagt und verfolgt. Man hat uns als Hexen verbrannt, uns gekauft und verkauft. Du und ich, wir müssten die Menschen genauso entsetzt ansehen.«

»Samuel tut uns nichts«, sagte Didi.

»Vielleicht nicht, aber die Menschen schaden sich

oft auch selbst, deshalb solltest du Samuel nicht blind vertrauen.«

Auch eine andere Sache hatte Didi beschäftigt, und endlich schien Kati einmal in der richtigen Stimmung zu sein, um mit ihr zu reden.

»Ich habe Angst vor den Satyrn«, sagte Didi.

»Das ist gut«, antwortete Kati.

»Aber sind wir nicht von derselben Art?«, fragte Didi. »Gehören die Nymphen nicht zu den Satyrn?«

»Ich gehöre zu keinem einzigen Satyr.«

»Und dieser Jesper? Muss ich vor ihm Angst haben? Er hat uns geholfen, und Nadia sagt …«

»Sie sagt, was sie sagt.« Kati stand auf und tat, als hätte sie das ganze Thema satt. »Ich bin eine Nymphe, und ich will frei sein von den Satyrn.«

Katis Haltung frustrierte Didi. Von ihr würde sie nie die Antworten bekommen, die sie haben wollte. Sie stand auf und schleppte ihre Tasche hinter sich her in ihr Zimmer. Nadia erschien an der Tür und winkte sie wortlos zu sich.

»Erinnerst du dich, worüber wir gesprochen haben?«, fragte sie leise und drückte die Tür zu. »Willst du es immer noch?«

»Medizin?«, fragte Didi, und ihre Wangen röteten sich. »Hast du es geschafft?«

»Ich kann nichts garantieren«, antwortete Nadia.

»Die Tests waren vielversprechend. Hast du darüber nachgedacht, was die Folgen sein können? Oder warum du das eigentlich willst?«

Didi hatte nur darüber nachgedacht, wie die Treffen mit Samuel verlaufen waren.

»Ich will wissen, ob ich Samuel wirklich liebe«, antwortete sie. »Oder ob es nur der Wahnsinn ist, den die Hormone mir diktieren. Liegt es nur am …«

»Mond?«

»Ist es nur etwas Chemisches, das mich jeden x-beliebigen Mann haben lassen will?«, fragte Didi. »Wenn mir das Medikament die Lust nimmt und ich Samuel trotzdem vermisse … Ist es dann nicht Liebe?«

Nadia war während des ganzen Gesprächs ernst geblieben, aber jetzt musste sie lachen.

»Stell dir das vor!«, sagte sie kichernd. »Frauen wollen doch supersexy sein und die Männer immer bereit. Jetzt versuchen wir ein Mittel herzustellen, das die Triebe unterdrückt.«

»Tja, ich muss halt immer querschießen, würde meine Mutter sagen …«

Plötzlich musste Didi wieder an Elinas Tod denken und konnte den Satz nicht beenden. Sie spürte Nadias sanfte Berührung, und ihre Blicke trafen sich.

»Auch Elina war eine Heilerin.«

»Das war sie«, sagte Nadia. »Eine tüchtige Heilerin

und eine durch und durch gute und treue Frau des Eichen-Clans.«

Sie schwiegen einen Moment. Dann holte Nadia aus einer der Kommodenschubladen eine kleine Dose und schüttete eine helle Kapsel daraus auf ihre Hand.

Didi starrte sie an. Wenn die Kapsel helfen würde, könnte sie wieder die Didi von früher sein, und Samuel würde es merken.

»Didi, ich kann nicht genau sagen, welche Folgen es haben wird. Bald ist Vollmond, und wenn du es probieren willst, musst du die hier jetzt nehmen.«

14

Kommissar Harju setzte sich an den Cafétisch, bestellte eine Flasche Bier und sah sich um. Desirée Tasson war nirgends zu sehen. Egal, er hatte Zeit zu warten. Er trank langsam sein Bier, blätterte in der Abendzeitung und betrachtete die Gäste des Cafés, die hauptsächlich Studenten waren.

Am Morgen war Harju bei Hannulas Familie gewesen, um sein Beileid auszusprechen. Heikkis Frau war schweigsam gewesen und hatte rote Augen gehabt, aber das Kind hatte gespielt wie immer, ohne die Situation zu begreifen. So geht das Leben weiter, hatte Harju gedacht, auch wenn sein eigenes Leben eigentlich seit Jahren, seit Hannas Tod, stillstand. Es stimmte, dass der Tod des eigenen Kindes das Schlimmste war, was einem Menschen passieren konnte.

Harju dachte immer noch dauernd an seine Tochter, auch an diesem Tag, als er sein Büro auf dem Polizeirevier ausräumte. Achtlos hatte er Papiere und Kram in einen Müllsack gestopft, bis nur noch der an der Wand hängende Traumfänger übrig geblieben war.

Der Talisman hatte ihm nicht geholfen. Nachts erschien ihm Hanna neben dem Bett und sah ihn wortlos an, und jeden Morgen wachte er mit demselben traurigen Gefühl auf, dass ihm alles im Leben genommen worden war.

Auch das Gesetz hatte ihm nicht geholfen.

Es kann diejenigen unverurteilt lassen, die eine Verurteilung verdienen, und diejenigen verurteilen, die es nicht verdienen, dachte Harju. Er hatte Kriminelle gejagt, und jetzt akzeptierte er einen Mord. Er wusste, dass er keinen Tag länger als Polizist arbeiten konnte.

Harju fuhr auf, als er Didis Stimme erkannte. Er sah das Mädchen hinter dem Tresen, wie sie den Gästen dampfende Kaffeetassen reichte und mit ihnen redete. Es gelang ihm, ihren Blick zu erhaschen.

Didi kam auf Harjus Tisch zu, und er sah, wie misstrauisch sie war. Er lächelte beruhigend und wies auf den Stuhl neben sich. Was er sagen würde, hatte er sich bereits vorher überlegt, aber Didis ängstlicher und dennoch so klarer Blick und ihre helle, durchsichtige

Haut verschlugen ihm für einen Moment die Sprache. Vor ihm saß eine Mörderin, die irgendwie auch völlig unschuldig war. Das war schwer zu verstehen.

»Desirée Tasson«, sagte Harju förmlich, denn anders konnte er nicht. »Du warst mein letzter Fall. Heute habe ich meine Pensionierung beantragt, und ab jetzt nehme ich meinen Resturlaub.«

»Der letzte Fall?«, fragte Didi, als würde sie vermuten, dass er ein Geständnis von ihr wollte.

»Keine Panik«, sagte Harju. »Kati hat ziemlich überzeugend erzählt, wie ihr … Was ihr tun müsst, um zu überleben.«

»Es tut mir so leid.«

»Ist schon gut. Ich habe an das Gesetz geglaubt, aber das Gesetz konnte den schwersten Fall meines Lebens nicht lösen.«

Eine Welle des Mitgefühls entströmte Didi; Harju reichte ihr die Hand, aber die Berührung ließ ihn zusammenzucken.

»Warum sind Sie verärgert?«, fragte Didi.

Harju musste nachdenken. Er war tatsächlich verärgert, aber woher wusste sie das?

»Ich ärgere mich über das, was Heikki getan hat«, antwortete Harju, nachdem er kurz nachgedacht hatte. »Und darüber, was Heikki und seine Familie durchmachen mussten. Die Wahrheit ist trotzdem, dass Heikki seine Familie betrogen und viele Menschen angelogen hat.«

»Wenn man sie zwingt, tun Menschen allerlei, auch wenn sie nicht unbedingt etwas Böses wollen«, sagte Didi.

»Das stimmt«, gab Harju zu. »Deshalb bin ich auch gekommen. Ich wollte dir sagen, dass ich euer Geheimnis nicht verrate.«

Didi schien überrascht, als Harju aufstand und zur Tür lief. Er stellte den Kragen seines Mantels auf und ging hinaus. Als er einen Strafzettel an der Windschutzscheibe seines Autos sah, lachte er laut auf.

15

Didi war erleichtert, dass Harju weg war, aber im Laufe des Arbeitstages kam ein mehr und mehr beklemmendes Gefühl in ihr auf. Irgendwie sah sie die Menschen genauer als früher, sie hörte genauer, und vor allem fühlte sie genauer. Sie vermied es, jemanden zu berühren und die Gerüche der Menschen einzuatmen. Als sie nach dem Arbeitstag an die frische Luft kam, verspürte sie eine enorme Erleichterung. Doch sie wollte sich nicht lange draußen aufhalten, denn die Vorboten des Vollmondes lagen bereits in der Luft. Sie rannte beinahe nach Hause. Sie hatte es sowieso eilig, denn Nadia hatte Blutproben von ihr genommen, und sie wollte die Ergebnisse erfahren. Sie ertrug nicht einmal den Gedanken daran, dass die Kapsel ihr vielleicht nicht half.

Im Glauben daran, Nadia bei ihrer üblichen Beschäftigung mit den Kräutern anzutreffen, marschierte Didi direkt in die Küche.

Hoffentlich gibt es Essen, dachte sie, denn die Reizüberflutung ihrer Sinne war bei der Arbeit so stark gewesen, dass sie ihren knurrenden Magen nicht bemerkt hatte. Aber es war Jesper, den sie in der Küche antraf. Didi erschrak. Mit Satyrn hatte sie keine guten Erfahrungen gemacht, und nun war sie anscheinend allein mit einem im Haus.

»Hase mit allen Beilagen«, sagte Jesper, während er eine Flasche Rotwein in den gusseisernen Topf schüttete. »Ich bin an waldorientierte Ernährung gewöhnt, und der Kram, den die Städter essen, stellt mich nicht wirklich zufrieden.«

»Wohl eher ein Stadtkaninchen, oder?«, fragte Didi frech und kam vorsichtig näher. Ihre Angst wollte sie nicht zeigen.

»Nein, ein Hase.« Jesper beugte sich über den Topf und schnupperte. »Selbst gejagt und ein paar Tage lang abgehängt. Jetzt darf er ausgiebig schmoren.«

Plötzlich richtete Jesper sich auf und kam ein paar Schritte auf Didi zu. Sie wich noch immer nicht zurück. Sie hatte das Gefühl, selbst eine Beute zu sein, und wusste, dass Panik und Fluchtversuche in dieser Situation nicht hilfreich waren.

In Jespers Augen zu sehen traute sie sich trotzdem

nicht. Plötzlich griff er sie fest an den Haaren, zog sie an seine Nase und atmete tief ein. Didi fand es merkwürdig, dass ihr die Nähe des Satyrs nicht unangenehm war.

»Unglaublich«, sagte Jesper. »Noch ist es Tag, und du riechst, als würde der Vollmond schon vom wolkenlosen Himmel strahlen. Du wirst noch vielen Satyrn den Kopf verdrehen.«

Jesper ging zurück, um den Topf in den Ofen zu schieben, und Didi verfolgte seine routinierten Handgriffe. Von Kati hatte sie gelernt, dass alle Satyrn sich bedienen und verehren ließen, aber Jesper schien so etwas nicht zu erwarten. Kati hatte gemeint, dass Satyrn dumm und langweilig wären, aber Jesper wirkte locker und hatte Humor. Was hatte Kati ihr sonst noch erzählt? Jetzt hatte Didi die Gelegenheit, einige Dinge zu klären.

»Wie ist dieser Erik?«, fragte sie.

»Manche glauben, Erik sei der nächste Herrscher«, erwiderte Jesper und zuckte mit den Schultern. »Ich habe nie zu Eriks Gefolge gehört, aber alle streben danach.«

»Warum will Erik mich?« Didi stellte die brennendste Frage von allen.

»Erik hat verschiedene Theorien«, antwortete Jesper. »Der Gute ist ein wahrer Professor. Die Mondbewegungen und der Knoten auf deinem Bauch haben damit zu tun … Zeigst du ihn mir?«

Die Frage war so direkt, dass Didi gehorchte und ihr Kleid anhob, bis die Tätowierung zu sehen war. Jesper starrte sie an, bis Didi den dünnen Baumwollstoff wieder fallen ließ.

»Was ist so besonders an meinem Knoten?«, fragte sie.

»Keine Ahnung. Irgendetwas muss es sein, denn Erik war bereit, alles für dich zu opfern.«

Didi spürte, dass Jesper nicht mehr erzählen wollte. Da es aussah, als wäre noch Zeit bis zum Essen, nahm sie sich Salzcracker, ein paar Äpfel und den Schimmelkäse, den Kati sicher verspeisen wollte, wenn sie von der Vollmondnacht zurückkam, die sie wahrscheinlich mit ein paar glücklichen jungen Männern verbrachte.

Didi aß, nickte danach ein und wachte erst am Abend wieder auf. Sie hätte gerne mit Nadia gesprochen und fühlte sich einsam. Der Vollmond stieg am Himmel auf, und sie wusste nicht, ob sie sich selbst trauen konnte. Was, wenn sie ein furchtbares Verlangen überkommen würde, das sie durch die Straßen der Stadt streifen ließ, und am Morgen fände man wieder einen toten Jungen? Didi zitterte vor Angst. Sie erinnerte sich an Harju, der wusste, dass sie Menschen getötet hatte, sie aber dennoch hatte gehen lassen. Das konnte nicht richtig sein!

Didi ging zum Kleiderschrank, um ein Nachthemd zu holen, als ihr Blick auf ein in der Ecke liegendes T-Shirt fiel. Es gehörte Samuel. Es roch noch immer nach ihm, und sie wusste sofort, dass sie ihn wahnsinnig vermisste, sowohl als Freund, als auch …

Didi versuchte, diese Gedanken aus dem Kopf zu bekommen. Zum einen hatte Samuel klargemacht, dass er sie für ein Monster hielt, und zum anderen bestand die Gefahr, ihn zu töten, wenn die Medizin nicht ihren Dienst tat.

Didi spähte aus dem Fenster und sah die leuchtende Scheibe durch die Wolken kommen. Dennoch hatte sie keine Angst mehr, sondern sah den Mond geradezu trotzig an. Dieses Mal würde sie gewinnen, und gleichzeitig würden sich ihr die wahren Gefühle zu Samuel offenbaren.

Es war Vollmond. Sie würde erneut schlafen gehen und am Morgen in ihrem eigenen Bett aufwachen.

Doch etwas zog Didi zum Fenster. Sie presste die Hand an die Scheibe, als würde sie das Mondlicht spüren, fühlte aber nur das kühle Glas. Dann sah sie etwas. Ein Nachtfalter flatterte in die Richtung ihrer Hand. Seine Flügel waren silbern. Dann kam ein zweiter Falter, dann noch einer … Im Nu schienen es Tausende zu sein, und Didi zog ihre Hand entsetzt zurück. Die Falter schwebten einen Moment lang auf der Stelle, so als wären sie verwirrt, dann verschwanden sie so schnell, wie sie gekommen waren.

Didi ging ins Bett. Am Morgen würde sie Nadia nach den Ergebnissen fragen.

16

Gestern konnte ich keine Anomalie in deinem Blut feststellen«, sagte Nadia.

»Was heißt das?«, fragte Didi. Sie wusste nicht, ob das Ergebnis gut oder schlecht war.

»Ich konnte keine angestiegenen Hormonwerte oder andere Veränderungen beobachten«, sagte Nadia. »Hattest du irgendwelche Symptome?«

»Mit war vielleicht ein bisschen komisch … Heute Morgen war aber alles gut.«

Nadia stellte eine Teetasse vor Didi und setzte sich zu ihr. Didi sah sie aufmerksam an. Nadia hatte ein besonderes Glühen an sich.

»Warst du bei Vollmond mit Jesper zusammen?«, fragte Didi, auch wenn sie die Antwort bereits wusste. »Wie ist es mit einem Satyr?«

»Es fühlt sich natürlich an«, antwortete Nadia

schlicht. »Richtig. Mit einem Menschen erfahre ich nichts Vergleichbares.«

»Du warst nie in einen Menschen verliebt, oder?«

Nadia schwieg. Sie hatte Menschen gegenüber vielerlei Gefühle. Sie hatte das Bedürfnis zu helfen und zu heilen, sie hatte Kollegen, die sie mochte. Es gab Nymphen, die sie trotz gutem Willen nicht ausstehen konnte, und Satyrn, die sie geradezu hasste. Und einen Satyr, den sie liebte.

»Nein«, antwortete sie und rutschte etwas weiter weg von Didi.

Kati kam, ging direkt zum Kühlschrank und riss gähnend die Tür auf. »Was für eine Nacht!«

»Allerdings«, sagte auch Nadia mit einem müden Lächeln.

»Aha«, sagte Kati und drehte sich zu ihr um. »Und die kleine Nymphe? Hast du die Sache sauber abgewickelt, oder muss ich Angst haben, dass irgendwo eine Leiche auftaucht? Oder gar mehrere? Hey, wer hat meinen Käse gegessen? Ich habe ihn extra für heute Morgen aufgehoben!«

Didi regte Katis herablassendes Verhalten wahnsinnig auf. Sie hatte es satt, vorsichtig zu sein.

»Ich war ohne Mann«, erklärte Didi. »Nadia hat mir ein Medikament gegeben, das geholfen hat.«

»Verflucht! Nadia, was zum Teufel geht in deinem

Gehirn vor?« Kati warf den beiden Nymphen eindringliche Blicke zu. »Didi hätte sterben können! Warum müsst ihr solche Risiken eingehen?«

»Ich will niemanden mehr töten«, sagte Didi.

Kati starrte Nadia verärgert an. »Du weißt, dass es unsere Aufgabe ist, Didi zu beschützen.«

»Aber nicht nur vor äußeren Gefahren«, sagte Didi. »Man muss mich auch vor mir selbst schützen. Ihr habt eure Kräfte vielleicht unter Kontrolle, ich meine aber nicht.«

»Kati hat trotzdem recht«, lenkte Nadia nun ein. »Du hast doch gesagt, dass du dich komisch gefühlt hast ...«

»Das war etwas Undefinierbares, ich kann es nicht genauer beschreiben«, meinte Didi. »Als wären alle meine Sinne extrem geschärft. Und in der Nacht bin ich ans Fenster gegangen, und da kamen ganz viele Nachtfalter zu mir.«

»So etwas habe ich noch nie gehört. Das muss nicht von dem Medikament kommen«, sagte Nadia. »Du entwickelst dich ja noch als Nymphe.«

»Egal«, rief Kati, die vor Wut fast platzte. »Diese Tests hören jetzt auf. Wir können dir nicht helfen, wenn du nicht die Regeln befolgst.«

»Ich scheiß auf die Regeln«, rief Didi. »Und ich habe dich nicht um Hilfe gebeten. Du willst über mich bestimmen. Du bist genauso wie die Satyrn!«

Didi stürzte aus der Küche. Kati sah Nadia vorwurfsvoll an.

Didi lag zusammengekauert auf dem Bett. Sie hatte Katis Verhalten mit der Bösartigkeit der Satyrn verglichen, aber in Wahrheit hatten die Satyrn ihr Interesse geweckt. Jespers Nähe war elektrisierend gewesen. Bei Erik fühlte Didi jedes Mal etwas anderes. Als sie ihn das erste Mal gesehen hatte, war ihr aufgefallen, dass er unwahrscheinlich gut aussah. Wenn man ältere Männer mochte. Dann hatte sie Eriks Hand berührt und etwas Merkwürdiges gespürt. Beim zweiten Treffen hatte sie den Dolch in den Rücken des Satyrs gestochen. Dennoch war der Gedanke, dass Erik sie so sehr wollte, erregend … Zudem hatte sie das Gefühl, alle in Lebensgefahr zu bringen, weil Erik sie jagte. Wäre es nicht am einfachsten, die Jagd zu beenden und Erik zu geben, was er wollte? Wie wäre es, mit einem Satyr zu schlafen? Nadia zumindest glühte nach einer Nacht in Jespers Schoß. Didi schüttelte die Gedanken aus dem Kopf. Sie sehnte sich nach Gesellschaft, nach ganz normalen Freunden zum Reden, nach einer banalen Diskussion über verschiedene Lippenstiftfarben. Sie kontaktierte Laura, und bald schon sah sie ihre Freundin auf dem Bildschirm des Laptops.

»Wie läuft es mit Samuel?«, fragte Laura als Erstes.

»Musst du mich daran erinnern?«, zischte Didi. »Ich habe ihm von meinen Gefühlen erzählt, und er hat sich aus dem Staub gemacht.«

»Du solltest dich öfter melden. Ich krieg gar nichts mehr mit«, beschwerte sich Laura.

»Hier ist es auch nicht grade super«, sagte Didi, erzählte dann aber doch etwas Harmloses von ihrer Arbeit und den tollen Läden in Helsinki. So etwas hörte Laura gerne.

Trotzdem verschwand Erik nicht aus Didis Kopf. Sie beschloss, Laura nach ihrer Meinung zu fragen.

»Hier gibt es echt viele gutaussehende Männer. In jedem Alter, jeder Größe, jedem Stil ... Hast du dir mal überlegt, wie es mit einem etwas älteren Mann wäre?«

»Hast du schon einen Neuen auf dem Radar?« Laura sehnte sich eindeutig nach spannenden Neuigkeiten. Sie kam näher an den Bildschirm.

»Natürlich nicht. Ging mir nur so durch den Kopf ...«

Didi hätte die ganzen Ereignisse so gerne mit jemandem besprochen. Jetzt fühlte es sich schon falsch an, Laura zu kontaktieren, denn sie musste entweder Dinge verheimlichen oder aber direkt lügen.

»Man könnte bestimmt einen Älteren nehmen«, erwiderte Laura. »Der müsste sein Alter aber mit anderen Qualitäten kompensieren. Er müsste unbeschreiblich gut aussehen, ohne Speckfalten oder scheußliche Altersflecke, und er müsste wahnsinnig reich sein.«

Das war es, dachte Didi. Beide Voraussetzungen waren bereits erfüllt, aber das half in ihrer Situation nichts. Dann merkte sie, wie Laura zusammenfuhr.

»Was ist?«, fragte Didi. »Ist Lasse gekommen?«

»Wir hören uns«, sagte Laura. »Ich hab dir viel zu erzählen!«

Didi blieb alleine. Sie hätte froh darüber sein müssen, dass der Vollmond sich ihrer nicht bemächtigt hatte, aber stattdessen fühlte sie sich leer.

Bei der Arbeit verbesserte Didis Zustand sich etwas. Im Café war viel zu tun, da ein Regenschauer die Menschen nach drinnen trieb. Ein junger Mann bestellte Kaffee und ein Croissant.

»Vier Euro fünfzig.« Didi reichte dem Gast seine Bestellung und nahm das Geld entgegen. Dabei berührten sich ihre Hände leicht, und Didi wusste sofort, was der junge Mann dachte. Sie konnte sich nicht zurückhalten. »Es ist übrigens nicht sehr schmeichelhaft, dass mich einer flachlegen will, ohne mich überhaupt zu kennen.«

Der junge Mann sah Didi bestürzt an und verschwand mit seinem Kaffee. Didi hatte das Gefühl, dass gerade jemand anderes aus ihrem Mund gesprochen hatte, konzentrierte sich aber darauf, den nächsten Kunden zu bedienen.

»Darf man noch nachnehmen?«, fragte ein Mädchen, das anscheinend mit einem jungen Pärchen da war.

Didi goss frischen Kaffee in die Tasse, die das Mädchen ihr reichte, nahm aber plötzlich eine Welle von Gerüchen wahr. Didi drehte sich um und sah das andere Mädchen an.

»Deine Freundin riecht nach deinem Freund. Sie hatte heute schon was mit ihm. Du aber nicht.«

Das Mädchen kniff die Augen zusammen, als hätte man in einer fremden Sprache mit ihr gesprochen.

»Die beiden treiben es miteinander«, erklärte Didi geduldig. »Du solltest ein wenig über die Zukunft nachdenken.«

Das Mädchen wandte sich dem Jungen zu und begann sofort, ihn anzuschreien. Ihre Freundin war schnell verschwunden.

In Didis Kopf hämmerte es. Es wurde ihr so schwindlig, dass sie sich am Tresen anlehnen musste. Sie hatte auch früher schon die Gefühle von Menschen wahrgenommen, aber jetzt überrollten sie Didi geradezu und belasteten sie. Didi wäre sicher zu Boden gesunken, wenn sie nicht plötzlich jemand gestützt und ins Hinterzimmer geführt hätte.

»Gleich kommt eine andere Bedienung!«, rief Kati den verwunderten Menschen über die Schulter hinweg zu und schloss die Tür hinter sich.

»Was machst du denn hier?« Didi lehnte sich gegen eine Leiter und hielt sich immer noch die Stirn. Allmählich ging es ihr besser.

»Ich bin gekommen, um zu sehen, wie es dir geht«, sagte Kati. »Zum Glück.«

»Kann Nadia recht haben?«

»Wegen der Medizin?«, fragte Kati.

»Dass ich mich entwickle«, antwortete Didi. »Ich nehme alles so wahnsinnig stark wahr. Ich habe es nicht mal unter Kontrolle. Ich rede sogar einfach irgendwas.«

»Glaub mir doch.« Kati fasste Didi an den Schultern und schüttelte sie. »Diese Medikamente schaden mehr, als sie nutzen. Du kannst nicht warten, um zu sehen, ob sie dir helfen. Du musst einen Mann suchen!«

»Das ist ja das Problem«, sagte Didi. »Ich töte jeden Mann. Die Nymphen sind dazu da, Gefährtinnen der Satyrn zu sein. Das ist ihre Aufgabe.«

»Sag nicht so was!«, rief Kati hitzig.

»Aber wir sind von derselben Art.«

»Du weißt nichts über das Verhältnis der Nymphen zu den Satyrn!«

»Wie soll ich auch etwas wissen?«, fragte Didi und

sah Kati trotzig an. »Ich darf ja keine eigenen Erfahrungen sammeln.«

»Das ist alles Nadias Schuld«, seufzte Kati. »Sie entwickelt Heilmittel für Dinge, die nicht geheilt werden müssen. Ich dachte mir schon, dass du solche dummen Gedanken haben würdest, wenn sie wieder mit Jesper zusammen ist.

»Aber Nadia liebt Jesper! Und Jesper ist ein Satyr.«

»Nadia kommt noch zu Verstand«, sagte Kati, als wäre das ihre Entscheidung.

»Und der Satyr, der mich will?«, fragte Didi und schärfte ihre Sinne. »Erik Mann. Habt ihr ihn getroffen?«

»Darüber musst du dir keine Gedanken machen. Lass uns nach Hause gehen.«

»Ich muss auf Valtteri warten«, sagte Didi. »Ich komme nach.«

Das war natürlich eine Lüge. Didi suchte Samuels Nummer in ihrem Handy.

17

Was gibt's?« Samuel wollte Didi anscheinend nicht direkt ansehen, denn er konzentrierte sich darauf, eifrig den Untersuchungstisch der Pathologie zu säubern.

»Ich wollte nur sehen, wie es dir geht«, sagte Didi, und teilweise stimmte das auch. Sie wartete, ob von Samuel eine Vibration ausgehen würde wie von dem Kunden im Café. Dann würde sie wissen, was er tatsächlich dachte. Aber all ihre Sinne schienen benebelt zu sein.

»Wo wohnst du denn jetzt?«, fragte sie.

»Hier.«

»Hier?« Didi sah sich in der Pathologie um. »Du kannst doch nicht hier wohnen.«

»Zumindest schlafen. Hier ist es sehr ruhig«, sagte Samuel und warf den Lappen weg.

Ihre Blicke trafen sich zum ersten Mal richtig, und Didi spürte das vertraute Hüpfen ihres Herzens. Sie ging bereits einen hoffnungsvollen Schritt auf Samuel zu, aber er wich zurück.

»Didi, ich schaffe das nicht. Ich will nicht mit dir zusammen sein.«

»Du lügst«, sagte Didi und war sich ihrer Sache sicher. »Du liebst mich.«

»Das ist völlig egal. Wir sollen einfach nicht zusammen sein. Wir gehören nicht zusammen.«

Die Gefühle in Didis Brust, die leichte Hoffnung und die Zärtlichkeit, verwandelten sich in funkensprühenden Zorn. Wie konnte Samuel es wagen, ihr zu widerstehen? Sie war doch eine Nymphe voller magischer Kräfte! Sie versuchte, sich zu beruhigen, denn gerade bei ihm wollte sie ein ganz normales Mädchen sein. Außerdem musste sie sich konzentrieren. Sie hatte Samuel treffen wollen, aber sie wollte auch noch etwas anderes.

»Ehrlich gesagt brauche ich deine Hilfe«, sagte Didi.

»Natürlich, du hattest Hintergedanken«, stellte Samuel bitter fest. »Ich wusste, dass du nicht nur kommst, um über Gefühle und meinen Schlafplatz zu reden.«

Didi behielt es für sich, dass sie während des Gesprächs mit Kati ihre Sinne so angestrengt hatte, dass sie zuerst ein dunkles Haus und dann einen Keller hatte aufblitzen sehen. Sie musste nach Tammisaari.

»Du hast doch ein Auto«, sagte Didi. »Ich würde gerne noch mal zu dem Gutshof fahren.«

»Warum? Wir haben doch dort beim letzten Mal nichts gefunden.«

»Nein, aber Erik ist dort eingesperrt und ich fühle, dass ich da noch mal hin muss.« Didi wanderte umher und spürte, wie Samuel jede ihrer Bewegungen analysierte.

»Dieses Wesen ist dort«, sagte er langsam. »*Ich* will es nicht noch einmal treffen. Und ich kapiere nicht, warum *du* das willst.«

»Aus dem immer gleichen Grund wie letztes Mal«, sagte Didi. »Ich will mehr über mich erfahren. Und wenn der Satyr nur ein ›Wesen‹ für dich ist, dann bin ich das wohl auch.«

»Nein! Kannst du jetzt gehen? Hier dürfen Unbefugte gar nicht rein.«

Didi musste sich auf der Stelle umdrehen, damit Samuel nicht sah, wie ihr Gesicht sich vor Wut verzerrte. Ein wildes Tier tobte in ihr und wollte sich befreien. Sie musste weg, und zwar schnell.

Draußen lehnte sie sich schwer gegen die Wand und schnaufte. Sie wusste nicht, was mit ihr geschah, aber es gab diese beängstigenden Augenblicke, in denen sie das Gefühl hatte, sich nicht im Griff zu haben. Durch ihre Adern strömte eine elektrische Kraft, die wüten wollte, zerstören, sich ihre Lüste befriedigen. Didi brauchte einen Moment, um sich zu beruhigen. Dann merkte sie, dass sie so begeistert von ihren Plänen und dem Treffen mit Samuel gewesen war, dass sie ihre Tasche im Café liegen gelassen hatte. Sie musste zurück.

Durch die Hintertür schlüpfte Didi in den Raum hinter der Küche, und ihr wurde bewusst, dass sie sogar noch ihre Arbeitsklamotten anhatte. Sie öffnete den Schrank und sah sich in einem kleinen Spiegel an. Sie sah irgendwie anders aus. Ihre weichen Züge waren angespannt, und die Augen sahen aus, als würden sie brennen. Didi zog das Shirt aus und sah plötzlich einen blauen Fleck auf ihrem Arm. Eilig untersuchte sie sich von oben bis unten. Auch auf dem Bauch und den Beinen waren blaue Flecke. Was hatte das zu bedeuten?

Didi konnte nicht weiter darüber nachdenken, denn die Bedienung der Abendschicht kam, um ihre Zigarettenschachtel aus dem Schrank zu holen.

»Ah, Didi, du bist ja noch hier. Gerade eben hat jemand im Café nach dir gefragt.«

Didi hatte keine Ahnung, wer das gewesen sein konnte. Sie zog sich langsam um und spähte dann durch die Tür ins Café. Es war Laura. Didi atmete erleichtert auf. Die Tatsache, ihre beste Freundin zu sehen, brachte sie für einen Moment zurück in eine Zeit, in der alles wunderbar normal gewesen war. Sie flog auf Laura zu. Die Mädchen umarmten sich.

»Laura, wie toll!«, seufzte Didi. »Was machst du denn hier?«

Erst jetzt sah Didi, dass auch Lasse dabei war. Ihre Freude schlug sofort in Gereiztheit um.

»Hallo, Lasse«, bekam Didi gerade so heraus.

Laura griff überglücklich nach Didis Hand. »Guck mal!«

Didi sah sofort den Goldring mit dem winzigen Diamanten an Lauras Ringfinger. Lasse war immer schon geizig gewesen ... Didi versuchte, die negativen Gedanken abzuwehren. Sie musste sich jetzt für ihre beste Freundin freuen.

»Das hätte ich doch nicht am Telefon erzählen können«, plapperte Laura. »Lasse hat mir völlig überraschend einen Antrag gemacht, und seither bin ich total durch den Wind.«

Didi sah zu Lasse, der ein wenig schief lächelte. Didi wusste, dass Laura pausenlos redete, wenn sie nervös war oder Angst hatte. Sie betrachtete Laura genauer und bemerkte, dass sie ihre Haare über eine der Schläfen gekämmt hatte, um ein Pflaster zu verbergen.

»Was ist da passiert?«, fragte Didi.

»Jetzt ist alles gut«, sagte Laura schnell. »Wir haben

alles geklärt. Wir sind so glücklich. Nicht wahr, Lasse?«

»Manchmal, wenn man zu stark liebt, kommen allerlei Gefühle hoch, für die man nichts kann. Und Lasse macht das nicht mehr.«

Didi stellte sich vor, wie sie den Tisch des Cafés umwarf und Lasse gegen die Wand schleuderte. Aber es gelang ihr, das Paar nett anzulächeln. Dann griff sie nach Lasses Hand und zog ihn mit sich. »Es ist doch okay, wenn ich Lasse einen Moment entführe?«

Laura konnte nichts entgegnen, denn Didi hatte Lasse bereits ins Hinterzimmer gezogen. Sie lehnte sich betont lässig an den Tisch, nahm einen Schokokeks vom Teller und biss ein Stück ab.

»Glückwunsch«, sagte sie.

»Ich bin nur hergekommen, weil Laura das wollte«, antwortete Lasse.

»Du liebst Laura nicht«, sagte Didi, und der Keks zerbrach in ihren Fingern. »Du bist krank.«

»Du solltest Laura nicht mehr treffen«, sagte Lasse. »Du bist ein schlechtes Beispiel.«

Didis Hände zitterten bereits, und ihr Herz hämmerte. Was für ein Idiot! Sie hatte nie kapiert, was Laura an Lasse fand. Laura hätte einen viel besseren Freund finden können. Aber sie hing gerade an diesem chauvinistischen Schwein.

»Ich habe Laura nie erzählt, wie du dich an mich

rangemacht hast«, sagte Didi. »Jetzt könnte ich es erzählen.«

Lasse kam auf Didi zu und lächelte anzüglich.

»Oho, der Rotschopf scheint ein feuchtes Höschen zu haben«, sagte Lasse. »Laura glaubt mir, wenn ich sage, dass *du* dich an *mich* rangemacht hast.«

Bisher hatte Didi den Blick gesenkt, um sich beherrschen zu können, aber jetzt sah sie Lasse an und spürte, wie das in ihr eingesperrte Wesen durch die Augen herausstrahlte. Es tat gut, ihm die Macht zu überlassen. Sie trat Lasse zwischen die Beine und ließ ihn stöhnend zu Boden sinken. Dann war sie auf ihm, griff flink nach seinen halblangen Haaren und schlug seinen Hinterkopf auf den Boden. Ihre Hände suchten nach seinem Hals, und sie begann, ihn zu würgen. Lasse wurde rot und zappelte.

»Wenn ich auch nur das geringste Gefühl habe, dass du Laura wieder etwas angetan hast, dann werde ich dich suchen«, zischte Didi. In ihrem Inneren tobte ein wildes Tier, dessen Hunger geweckt war. »Und das wird nicht schön!«

Sie schlug Lasses Schädel noch einmal so heftig auf den Boden, dass er bewusstlos wurde. Dann saß sie auf ihm und fühlte sich ruhiger.

Plötzlich blitzte eine Idee in Didis Kopf auf. Sie untersuchte zuerst Lasses Jacke und dann die Hosentaschen, bis sie den Autoschlüssel fand. Dann rannte sie durch die Hintertür nach draußen und sah in einiger Entfernung ein Auto, dessen Lichter blinkten, als sie auf den Schlüssel drückte. Wie es der Zufall wollte, hatte Lasse den schicken Mercedes seines protzenden Vaters genommen.

Der Apfel fällt nicht weit vom Stamm, dachte Didi und erinnerte sich an die vor Lust verengten Augen des Mannes, als Didi mit Laura zu Besuch bei Lasse gewesen war. Es wäre ein Genuss, den Wagen von einer Brücke fahren zu lassen, aber jetzt rief Tammisaari.

18

Erik lag auf einem feuchten und kalten Steinboden. Sein weißes Hemd war dreckig und auf dem Rücken voller Blut. Die Wunde schmerzte noch, aber er erholte sich erstaunlich gut davon. Er machte sich nicht die Mühe, gegen die Fesseln anzukämpfen, aber er sammelte Kraft. Die Nymphen hätten ihn sofort töten können, aber aus irgendeinem Grund war er noch am Leben. Und seinen Plan hatte er keineswegs aufgegeben. Er hatte Desirée Volante Tasson bereits berührt und wusste besser als zuvor, was sie wollte. Erik widmete all den Nymphen, die ihm gewaschen, gekämmt und nackt vorgelegt worden waren, einen kurzen Gedanken. Die Satyrn hatten alle Winkel der Welt durchsucht, um die Nymphe der Legende zu finden. Und ohne Zweifel waren manche der ihm präsentierten Nymphen sehr süß gewesen – Erik erinnerte sich vor allem an Milena, der er so hoffnungsvoll gegenübergestanden hatte –, geradezu delikat. Erik hatte seine Hände über Hintern, Taillen und schön geformte Brüste wandern lassen, aber keine der Nymphen hatte ein Knotensymbol an sich gehabt und deshalb hatte Erik sie den anderen überlassen. Und die Suche hatte sich tatsächlich gelohnt, denn eine Nymphe wie Didi hatte er nie zuvor getroffen. Aber die zarte Rothaarige hatte ihm, ohne zu zögern, den Nomos-Dolch direkt in den Rücken gestoßen. Um einen schwächlichen Menschen zu schützen! Hatte sie nicht gespürt, dass sie zu ihm gehörte?

Erik nahm eine neue Rotweinflasche aus dem Korb neben sich und entkorkte sie. Er trank ein paar durstige Schlucke, bis er ein Geräusch hörte. Jemand kam die Treppe zum Keller herunter. Die Lichter gingen flimmernd an und aus.

Plötzlich stand Desirée in einem rotgeblümten Kleid vor Erik. Er atmete tief ein. Dieser Anblick entschädigte ihn für seine Schmerzen. Didi blieb in angemessener Distanz stehen.

»Du hattest Angst vor mir im Café«, sagte sie.

»Du kommst direkt zur Sache«, antwortete Erik mit tiefer Stimme. »Das stimmt. Und ich habe immer noch Angst vor dir.«

»Was willst du?«, fragte Didi.

»Dich.«

»Du kennst mich doch gar nicht.«

»Nein, so wenig wie du mich«, sagte Erik. »Ich weiß trotzdem, dass wir zusammengehören. Mach mich los, dann erzähle ich dir alles, was Echaterina dir nicht verraten hat.«

Erik bemerkte, wie Didi die Augenbrauen hochzog und wusste, dass er den richtigen Nerv getroffen hatte. Kati wollte immer alle Fäden in der Hand halten, das wurde ihr manchmal zum Verhängnis. Didi war trotzdem keine leichte Beute. Sie entfernte sich ein paar Schritte.

»Wenn der Mond sich verfinstert, müssen wir eins werden«, sagte Erik einladend. »Danach gehört die Zukunft uns. Sofern du das Zeichen trägst.« Er forderte die Nymphe heraus. Andere hätten sich geziert, aber Didi war sich ihrer besonderen Qualität bewusst. Eriks Herz schlug schneller, als sie langsam das Kleid bis über den Nabel hochhob. Dann sah er ihn: den Knoten der Astarte. Niemand konnte mehr behaupten, die Legende sei nur ein reines Märchen.

Erik lächelte Didi an. Er reichte ihr die Hand, und sie kam zu ihm. Er nahm ihre roten Haare in seine Hände und ließ sie herabgleiten. Er sah den hellen Busen, der sich ihm unter dem dünnen Stoff entgegenwölbte.

Didi zog seine Hand auf ihre Brust. Sie ließ die Hand einen Moment dort ruhen, und Erik bemerkte schon völlig berauscht, dass sie bereits seine Hose öffnete. Plötzlich sprang er auf und wich zurück.

»Ich kann nicht mehr dagegen ankämpfen«, sagte Didi mit kühlem Glanz in den Augen.

»Du willst mich, und ich brauche jemanden, der nicht stirbt, wenn er in mir ist.«

»Aber jetzt ist es unmöglich«, widersprach Erik, auch wenn sein Blick auf Didis aufgerichteten Brustwarzen haften blieb.

»Vergiss nicht, dass ich weiß, was du fühlst«, flüsterte Didi ihm ins Ohr.

»Die Legende verbietet es!«, rief Erik. Er konnte nicht seiner Lust die Macht überlassen. Er wollte höhere Ziele erreichen. Seine dunklen Augen ähnelten glühenden Kohlen.

»Ich kann nicht vor der Mondfinsternis mit dir schlafen.«

»Ich werde dich nicht töten«, lockte Didi ihn.

»Aber ich töte dich, wenn ich jetzt mit dir schlafe. Vor der Finsternis darf ich dich nicht anrühren!«

Plötzlich schlug Didi ihm mit der flachen Hand ins Gesicht. »Du Idiot! Ich biete mich dir an. Alle Männer wollen mich!« Sie hatte ihre Hand auf seine Beine gelegt und war außer sich vor Wut.

»Du bist eine Legende«, sagte Erik jetzt gebieterisch mit seiner tiefsten Stimme. »Du trägst den Knoten. Geh und such Nahrung. Such einen Mann, oder du wirst sterben!«

Die Nymphe zischte ihn an. Erik machte eine drohende Geste, um sie tatsächlich zum Gehen zu bewegen. Er hatte viele Nymphen gesehen, die an der Grenze zum Tod gestanden hatten. Didi wollte er davon verschonen. Sie sah ihn mit glasigem Blick an, drehte sich dann aber um und wankte die Treppe hinauf. Erik hörte, wie die Kellertür zuschlug. Er schloss die Augen und hoffte inständig, dass sie schnell jemanden finden würde.

Im dunklen Wald stolperte ein Mädchen vorwärts. Zumindest war der Körper so zart wie der eines Mädchens, das Gesicht aber welkte mit jedem rasselnden Atemzug. Die Lippen waren aufgesprungen, und die roten Haare wurden dünner und grau. Das Mädchen fror, schien es aber nicht zu spüren. In ihr brannte ein Feuer, das alles versengte. Es wankte noch ein paar Meter weiter, dann sank es in die Knie. Das Mädchen schien nicht mehr weiterzukommen. Ein Ziel hatte es nicht. Die Augen schimmerten jetzt im Dunkeln milchig weiß, aber es war unwahrscheinlich, dass es überhaupt noch etwas sehen wollte. Es versuchte, sich zu setzen, legte sich dann aber hin und bewegte sich nicht mehr. Der Nachtwind deckte es bereits mit Blättern zu.

Eine Biene hatte ihren Honigmagen gefüllt und war bereit, nach Hause zurückzukehren, doch dann war sie dem Mädchen gefolgt. Sie zumindest wusste, was zu tun war. Sie musste für ihre Freunde tanzen, sie einladen. So spät in der Nacht würde ihr niemand folgen, aber am Morgen würden es alle tun.

19

Als **Samuel ihr** eine SMS geschickt hatte, in der stand, dass Didi nach Tammisaari fahren wollte, zögerte Nadia keine Sekunde. Didi war stur, und es war nutzlos, sie aufhalten zu wollen. Am besten fuhren sie hinterher und versuchten dann, die Schäden zu beheben. Aber vielleicht war der Schaden dieses Mal zu groß? Nadia betrachtete Katis strenges Profil, als sie wortlos in Richtung Gutshof rasten. Der Schotter flog in alle Richtungen, als Kati im Hof bremste und aus dem Wagen sprang. Nadia eilte hinter Kati her in den Keller. Dort brannte Licht, aber Erik war noch immer gefesselt.

»Erik, wo ist Didi?« Kati griff dem Satyr mit beiden Händen an den Kragen. Sie schien keinerlei Angst zu spüren. »Wo ist Didi?«

Erik lächelte und sah aus, als säße er gelangweilt auf

einer Cocktail-Party und nicht in dreckigen, stinkenden Kleidern in einem alten Keller. Nadia ging wieder hinaus. Didi hatte ihre Reise sicher fortgesetzt. Sie spürte etwas. Eine Art zartes Summen. Es kam aus dem Wald, und sie rannte darauf zu. Sie sprang über Steine und Hecken, und das Summen wurde immer stärker. Nadia blieb stehen. Die Erde schien sich zu bewegen, und sie verstand es zunächst nicht. Sie sah etwas, das aussah wie eine Decke. Eine Decke aus Bienen! Nadia fühlte Erstaunen und Angst zugleich. Unter den Bienen sah sie rote Haare schimmern. Als sie einen Schritt näher trat, flogen die Bienen auf. Unter ihnen erschien Didi, um das Mädchen herum lagen noch Hunderte, wenn nicht Tausende, tote Bienen.

»Didi!«, schrie Nadia, obwohl sie Kati hätte rufen sollen. Sie ging neben Didi auf die Knie und untersuchte ihre Haut. Sie war grau, aber warm.

Eine Legende, blitzte es in Nadias Kopf auf, aber sie hatte keine Zeit, weiter darüber nachzudenken. Didi musste weg von hier. Sie hörte bereits Katis Schritte. Die Bienen flogen noch immer in einem Wirbel über Didi, stiegen dann aber wie auf Befehl höher.

Kati und Nadia hoben Didi hoch und trugen sie mit schnellen Schritten zum Auto. Nadia setzte sich neben sie auf die Rückbank, Kati ging ans Steuer.

»Hast du Erik im Keller gelassen?«, fragte Nadia.

»Natürlich.«

»Es stimmt«, meinte Nadia zu Kati. »Du hast die Bienen auch gesehen. Die Legende ist wahr.« Nadia sagte es jetzt laut. Der Anblick von Didi, die mit Bienen bedeckt war, hatte sie mit unglaublicher Hoffnung erfüllt.

»Hast du daran gezweifelt?«, fragte Kati.

»Natürlich«, gestand Nadia zum ersten Mal. »Du hast auch gezweifelt. Jetzt ist es immerhin sicher. Wir beschützen eine Legende.«

Den Rest des Weges sprachen sie nicht mehr. Als sie zur Wohnung kamen, befahl Nadia Kati umgehend, Didi saubere Bettwäsche zu geben. Sie selbst holte Extrakte und getrocknete Kräuter aus dem Arzneischrank und begann, eine für Didi geeignete Mischung daraus herzustellen. Sie glaubte fest daran, dass sie half, denn Verzweiflung konnte sie sich nicht leisten. Didi durfte nicht sterben! Zunächst zogen sie Didi aus und wuschen sie. Immer noch fielen tote Bienen aus ihren Kleidern und Haaren. Sie legten sie vorsichtig in ein warmes Bad, dem Nadia ätherische Öle beifügte. Dann trockneten sie Didi ab, zogen ihr ein leichtes Nachthemd über und trugen sie zum Bett, das mit ihrem geblümten Lieblingslaken bezogen war. Nadia wollte sich um jedes Detail kümmern. Sie massierte Kräuteröl in Didis Haut ein und befeuchtete ihre aufgesprungenen Lippen. Danach hielten Nadia und Kati abwechselnd neben ihr Wache. Als sie die ersten Lebenszeichen von sich gab, fütterte Nadia sie vorsichtig mit einer nahrhaften Suppe. Ab und zu öffnete Didi bereits ihre Augen ein wenig, sank dann aber wieder in einen tiefen Schlaf, der einem Koma glich. So ging es ein paar Tage, dann holte Kati Nadia von der Patientin weg.

»Müsste Didi nicht langsam aufwachen?«, fragte sie. Nadia sah ihre Freundin an. Kati hatte sich all die Tage zurückgehalten, aber Nadia sah die roten Augen und hörte das Schwingen in der Stimme.

»Vielleicht«, antwortete sie. Nadia war selbst besorgt. Didi wirkte immer noch schwach und lag fast reglos im Bett.

»Du weißt, was helfen könnte«, sagte Kati bedeutsam und sah zu Jesper, der lässig auf dem Ledersofa im Wohnzimmer saß.

»Ich dachte, du bist immer und bei allem gegen die Satyrn«, erwiderte Nadia, obwohl sie auch über die Möglichkeit nachgedacht hatte.

»Schaden würde es wohl kaum.« Kati übernahm wieder ihren harten Stil, ging zum Sofa und trat mit der Stiefelspitze dagegen.

»Fang mal an, dir deinen Unterhalt zu verdienen.«

Jesper sah Nadia fragend an, als sie sich neben ihn stellte.

»Didi braucht Lebenskraft«, sagte Nadia sanft. »Du könntest helfen.«

»Warten wir nicht gemeinsam auf die Mondfinsternis?«, fragte Jesper. Er hob Nadias Hand und strich über den Finger, auf den er kürzlich denselben Ring geschoben hatte, den er ihr vor so langer Zeit in Garda geschenkt hatte. Jesper wusste, dass der Ring noch in Nadias Tasche lag, vor allem wegen Kati.

»Natürlich. Das ist unsere Zeit, aber Didi muss den Weg zurück zu uns finden, und mit dir kann es gelingen.« Nadia sah den Satyrn an, den sie geliebt, verloren und wieder zurückbekommen hatte. Sie verspürte keinerlei Eifersucht, denn sie vertraute ihrer und Jespers Liebe völlig. Sie küsste ihn weich auf die Lippen, nahm ihn an der Hand und führte ihn zu Didis Zimmertür. »Ich warte hier.«

Jesper blieb einen Moment an der Tür stehen, bevor er hineinging. Nadia zündete ein paar Kerzen im Wohnzimmer an und musste plötzlich an die Frauen denken, die sie einst in einem Frauenhaus in Marokko gepflegt hatte. Die Frauen waren vor verschiedenen bedrohlichen Zuständen geflohen, vor gewalttätigen Partnern und Verwandten, und dort hatte man ihnen mit dem Beginn eines neuen Lebens geholfen. Die Situation hier war ähnlich. Sie unterschied sich nur darin, dass Didi eine lebende Legende war und keine normale Frau. Nadias Gedanken wanderten, ohne dass sie es wollte, zu einer Nymphe, die sie vor Jahren getroffen hatte. Milena. Milena war schön und zerbrechlich gewesen, aber viel stärker als sie selbst. Sie schreckte auf, als Jesper bereits nach wenigen Minuten ohne Hemd zurückkam.

»Was ist?«, fragte Nadia. Sie hatte nicht gedacht, dass Jesper Anweisungen brauchen würde, wie er mit einer Nymphe umzugehen hatte.

»Didi meint, sie kann nicht mit mir schlafen«, antwortete Jesper.

»Wieso?«

»Erik sagte, sie würde sterben, wenn sie sich vor der Mondfinsternis mit einem Satyrn vereint. Didi glaubt, sie würde ohne mich eher gesund werden.«

Jesper zog Nadia an sich heran, und sie genossen die gegenseitige Wärme. Dann schlich Nadia leise in Didis Zimmer und hörte, wie gleichmäßig sie nun atmete. Didi hatte gesprochen. Nadia spürte, dass sie auf dem richtigen Weg waren.

Es dauerte noch einige Tage, bis Didi stark genug war, um aufzustehen. Danach kamen ihre Kräfte schnell zurück, und ihre Haut war noch heller als zuvor, der rote Glanz ihrer Haare noch berauschender. Nadias Herz schwoll vor Freude an, als sie Didi aufblühen sah.

Sie hatte sich gerade darauf konzentriert, einen Blumen- und Früchteaufguss zu machen, als sie Schritte von nackten Füßen auf dem Boden hörte. Didi kam frisch und strahlend aus dem Bad in die Küche. Sie trug ein Kleid, dessen heiteres Rosenmuster nicht im Geringsten mit ihren Haaren mithalten konnte. Nadia bot ihr eine Tasse vom Aufguss an, die sie dankend annahm.

»Warum schaust du mich so an?«, fragte Nadia.

»Du hast etwas Besonderes an dir«, sagte Didi zu Nadia. »Du bist unglaublich schön.«

»*Du* bist unglaublich schön«, gab Nadia lachend zurück. Sie begann, die Küche sauberzumachen. Didis Blick fiel auf den Ring an ihrer Hand.

»Ist der von Jesper?«, fragte Didi.

»Ich habe ihn zum ersten Mal im Jahr 1806 bekommen, direkt bevor wir uns trennen mussten.« Nadia hob die Hand und betrachtete den edlen Ring. »Damals warteten wir zusammen auf die Mondfinsternis.«

»Was ist hier eigentlich passiert, während ich meinen Dornröschenschlaf gehalten habe?«

»Jesper hat eine Wohnung gefunden, und ich ziehe dort ein«, antwortete Nadia. »Wir machen jetzt da weiter, wo wir damals aufgehört haben. Die nächste Mondfinsternis kommt in ein paar Monaten, und dann besiegeln wir unseren Bund.«

»Ich dachte, du fliehst vor den Satyrn«, sagte Didi verwundert.

»Vor den Satyrn schon, aber nicht vor Jesper. Und wir sind nicht die Einzigen, die diese Finsternis erwarten. Sie betrifft auch dich.«

»Wie das?«

»Kati möchte auf den richtigen Zeitpunkt warten, bevor wir es dir erzählen«, sagte Nadia. »Auf diesen Moment warten immerhin Hunderte von Nymphen auf der ganzen Welt.«

Nadia verfolgte, wie Didi die Information aufnahm. Sie wollte über die Legende vom Knoten reden und mehr von ihren eigenen Erfahrungen erzählen, aber vielleicht hatte Kati tatsächlich recht, und es war besser, Didi nicht mit mystischen Geschichten zu überschwemmen.

»Lass uns essen«, schlug Nadia vor.

20

Es passt, dass ich jetzt in einer Leichenhalle wohne, überlegte Samuel, denn er fühlte sich wahrlich nicht, als würde er noch unter den Lebenden weilen. Er blieb am Ende des Tages immer ein wenig hinter den anderen Medizinstudenten zurück und schlich sich dann in die Pathologie, wo es immerhin still war. Er hatte sich Decken dort versteckt und machte sich nun jeden Abend das Bett auf einer der Liegen. Mehr brauchte er nicht. Es hatte in der letzten Zeit genug Umwälzungen in seinem Leben gegeben. Er schlief vielleicht nicht gerade gut, aber immerhin war er weit weg von Nymphen und Satyrn. Vielleicht würde er alles vergessen, wenn er nur lange genug so weitermachte. Dann könnte er wieder ein normaler Mensch sein.

Aber Samuel vergaß Didi einfach nicht. Nadia hatte ihm eine SMS geschickt, dass es ihr gutging. Seither herrschte völlige Stille. Zunächst war Samuel damit zufrieden gewesen, aber langsam nagte die Sehnsucht an ihm. Wenn er an Didis Lächeln oder an ihr Kichern an den falschen Stellen im Film dachte, begann es in ihm zu kribbeln. Er hatte auch vorher Freundinnen gehabt, aber keine hatte ihn mit so viel Lust erfüllt wie Didi. Er wollte nicht nur Sex, er wollte Didi ganz und gar.

Jetzt ist es das Beste, zur Arbeit zu gehen, bevor die Gedanken sich in die falsche Richtung verirren, dachte Samuel und raffte sich auf. Außerdem würde man sowieso bald seine Ruhe stören.

Er ging sich waschen und zog sich einen sauberen Arztkittel an. Seine Haut war blass, und er hatte Ringe unter den Augen.

Kaffee könnte die Situation verbessern, überlegte er und ging müde in Richtung Kantine. Er gähnte breit und stieß dabei mit einer blonden, jungen Frau zusammen. Ihr Kaffee schwappte auf ihre Hand und ihr Shirt.

»Oh, Entschuldigung«, setzte Samuel an. »Ich habe gar nicht bemerkt …«

»Ich hab mir die Finger verbrannt«, sagte sie. »Wenn du ein Arzt bist, kannst du Erste Hilfe leisten.«

Samuel bemerkte erst eine Sekunde später, dass die Frau ihn anlächelte.

»Ein Arzt, der schlecht schläft und deshalb nicht aufpasst, wo er hinläuft«, sagte Samuel, und die Frau sah ihn fragend an. »Aber das ist eine lange Geschichte.«

»Ich habe Zeit«, sagte die Frau. »Ich warte, dass mein Vater von einer Untersuchung kommt.«

Samuel sah sich um und stellte fest, dass auch er nicht in Eile war. Zudem hatte er plötzlich das Gefühl, sich lange nicht normal mit einem anderen Menschen unterhalten zu haben.

»Erst mal: Du siehst aus, als wärst du okay«, sagte Samuel. »Ich meine, so als Diagnose von außen. Und zweitens siehst du aus, als würdest du einen neuen Kaffee brauchen. Ich bin Samuel.«

»Jessica. Sollen wir den Kaffee zusammen trinken?«

»Gerne«, antwortete Samuel.

»Wenn ich auch ein Hefeteilchen bekomme, sind wir quitt«, sagte Jessica und lachte.

Sie wartete an einem Fenstertisch in der Kantine, als Samuel das Tablett brachte.

»Zwei mittelmäßige Kaffee und zwei sehr gute Hefeteilchen mit einem Klecks Butter«, sagte er, als er sich hinsetzte. Er nahm einen großen Bissen gegen den schlimmsten Hunger.

»Und du wohnst echt in der Leichenhalle?«, fragte Jessica.

»Schon fast drei Wochen.«

»Probleme zu Hause?«

»Ich hab kein Zuhause mehr«, sagte Samuel. »Ich habe auf einem Boot gewohnt, aber das ist abgebrannt. Dann bin ich zu … einem Mädchen gezogen. Das hat aber nicht funktioniert. Dann habe ich mich hier eingebunkert.«

Samuel sah wieder in die hellblauen Augen. Es war so einfach, über dies und das zu plaudern. Jessica erzählte zwischendurch von sich selbst, wie sie ins Krankenhaus gekommen war, um ihren Vater zu besuchen, der sich von einer Rückenoperation erholte, wo sie arbeitete und noch allerlei andere Dinge. Als Samuel schließlich zur Arbeit musste, lud er sie ins Kino ein. So einfach war es zwischen Menschen.

21

Nadia betrachtete kurz das leere Zimmer, spürte aber keine Wehmut. Ihr ganzes Nymphenleben schon war sie an Umzüge gewöhnt, daran, jeweils nach der Mondfinsternis in ein anderes Land zu gehen und in eine neue Rolle zu schlüpfen. Sie hatte es sogar genossen. Natürlich würde sie Didi und Kati und ihr gemeinsames Leben vermissen, aber jetzt begann endlich ihr Leben mit Jesper.

Kati war bereits auf dem Balkon und mixte starke Drinks für die Abschiedsfeier, während Didi kleine Krabbenbrötchen aß.

»Wann gehst du?«, fragte Didi.

»Jesper kommt mich gleich abholen, aber für einen Drink und etwas zu Essen reicht die Zeit noch«, antwortete Nadia.

Kati hatte eine große Schüssel mit Limettenscheiben vor sich und machte gerade Margharitas. »Nadia badet nur für einen Moment in alter Liebe. Wenn sie merkt, dass sich nichts ändert, dann kommt sie brav zurück.«

»Nicht manipulieren, Kati«, sagte Nadia. Sie drehte sich zu Didi um. »Kati ist der Meinung, dass eine echte Freiheitskämpferin nicht mit einem Satyr zusammenlebt. Jesper allerdings ist auf unserer Seite.«

»Er ist ein Satyr.« Kati reichte beiden ein Glas, und sie erhoben sich.

Das Getränk war angenehm kühl, ließ die Lippen für einen Moment taub werden und das Lachen in der Luft sprudeln. Bald schon musste Kati eine zweite Runde mixen, aber eine Frage schwirrte noch in Didis Kopf.

»Freiheitskämpferin?«

»Moment mal, Nadia …« Kati tat, als hätte sie sich an etwas erinnert, und ging in die Wohnung.

»Kati flüchtet, damit sie nicht antworten muss«, stellte Didi fest.

»Wenn man lange genug gelebt hat, dann weiß man, dass alles seine Zeit hat«, sagte Nadia und leckte das Salz von den Lippen.

Kurz darauf kam Kati mit einer Ladung Wasserflaschen zurück. »Ein Abschiedsgeschenk von uns.«

»Hättest du das vorher gesagt, dann hätte ich mir ein eigenes Geschenk ausgedacht«, sagte Didi beleidigt.

»Ich hab nur versucht, höflich zu sein.«

»Nie nimmst du Rücksicht auf andere.« Didi reichte Kati ihr leeres Glas.

Es klingelte an der Tür, und Nadia sah ihre Freundinnen an. Es war an der Zeit, sich zu verabschieden. Sie umarmte Kati und Didi nacheinander, ohne noch etwas zu sagen. Sie wollte nur diesen dämmrigen Moment auf dem Balkon im Gedächtnis behalten, die Margharitas in den schimmernden Gläsern, die Freundschaft. Sie winkte kurz und ging dann zur Tür, um Jesper hereinzulassen.

Nadia seufzte, als sie von Jesper herabglitt. Sie zog sich die edle Decke über und lachte heiser über Jespers erstaunte Miene. Sie hatte doch nur ihre Verbindlichkeit demonstriert. Und bei der Mondfinsternis würde alles noch besser werden. Darauf richtete Nadia all ihre Erwartungen.

Kurz darauf war auch Jesper bereit, seine Verbindlichkeit zu zeigen, und Nadia wehrte sich nicht, als er die Decke wegzog und sich zwischen ihre Beine legte. Nadia wollte genießen. Sie lag auf dem Rücken, eine Hand im Nacken, mit der anderen streichelte sie Jespers blonde Haare und zog sanft daran, als der Satyr sie mit dem Mund verwöhnte.

Später betrachteten sie Arm in Arm die nächtliche

Landschaft, die sich vor Jespers Dachwohnung ausbreitete. Jesper goss Champagner in zwei Gläser, und sie stießen damit an. In der Wohnung gab es nur eine Matratze auf dem Boden und ein paar Lampen, aber alles Weitere konnte man sich anschaffen. *Zusammen*, dachte Nadia.

»Was machen wir morgen?«, fragte Jesper.

»Ich gehe arbeiten.«

»Warum das denn? Du musst doch nicht mehr arbeiten.« Jesper war erstaunt. Er hatte sich vorgestellt, Nadias ungeteilte Aufmerksamkeit zu bekommen.

»Ich mag meine Arbeit und meine Kollegen.«

»Menschen«, schnaubte er. »Außerdem ist doch geplant, dass ihr wie immer zur Mondfinsternis umzieht. Dann musst du sowieso damit aufhören. Aus verschiedenen Gründen.«

Nadia wusste, dass Jesper das nicht verstehen konnte. Deshalb war es besser, das Thema zu wechseln. »Warum haben wir keine Möbel?«

Jesper schlüpfte unter der Decke hervor und ging zu seiner Sporttasche, aus der er einen Stapel Kataloge hervorkramte, die er Nadia unbekümmert übergab.

»Ich habe die angekreuzt, die ich gut finde«, sagte Jesper.

»Und wenn ich was anderes möchte, als du angekreuzt hast?«, fragte Nadia forschend.

»Kreuz du deine an, und dann gucken wir, wer sich was ausgesucht hat.«

Jesper sah Nadia so treu an, dass sie nachgab. Hatte sie doch über Hunderte von Jahren von unzähligen Menschen gehört, dass genau so das Zusammenleben junger Paare begann. Man musste sich einigen. Und sie war nicht kleinlich. Sie war bereit, es zu versuchen.

22

Das war ein sehr schöner Abend«, sagte Samuel und meinte es auch so. Er hatte ein völlig undramatisches Date gehabt. Niemand hatte ihn bedroht oder über den Tod gesprochen. Stattdessen hatten sie eine völlig schwachsinnige Komödie angeschaut und danach ein paar Bier getrunken. Dann hatte er Jessica nach Hause begleitet, und sie hatten sich auf dem Weg noch ein Eis gekauft.

»Finde ich auch«, sagte Jessica.

Samuel sah sie an. Ihre blonden Haare waren im Nacken zu einem Knoten gebunden, sie trug Jeans, einen Anorak und blaue Pumps. Sie waren ungefähr gleich alt, und die Gesprächsthemen kamen wie von selbst. Samuel begriff, dass Jessica etwas gesagt hatte und gerade noch einmal wiederholte.

»Ich wohne hier.«

»Entschuldige, ich war ein wenig in Gedanken«, sagte er. »Das meine ich jetzt nicht böse, aber du bist wunderbar normal.«

Jessicas staunender Blick ließ Samuel einen Schritt nähertreten, und er spürte in der kühlen Abendluft ihren Atem auf seiner Haut. Es hätte furchtbar einfach sein können, aber er war noch nicht bereit.

»Das war als Kompliment gemeint.«

»Mein Fenster ist dort im zweiten Stock, das mit den roten Vorhängen.« Jessica zeigte nach oben. »Willst du noch auf einen Tee mitkommen?«

Samuel hätte die Einladung gerne angenommen, aber etwas in ihm machte es unmöglich, und Jessica spürte es.

»Ruft die Leichenhalle?«, fragte sie.

»Ein anderes Mal«, sagte er und drückte einen leichten Kuss auf Jessicas rosaroten Mund. Dann lief er von der Hofeinfahrt zur Straße und setzte seinen Weg lächelnd und gedankenverloren fort. Er hatte Lust, einfach zu gehen und nachzudenken. Er wollte Didi vergessen, all die Probleme, Gefahren und Schwierigkeiten, die ihre Beziehung mit sich brachte. Er wollte ein normales und nettes Mädchen finden, mit dem er normale und nette Sachen erleben konnte. Jessica war so jemand. Warum hatte er sich dagegen gewehrt?

Samuel ging, bis er spürte, dass er keinen Schritt mehr weiterlaufen konnte. Er sah sich nach einer Bushaltestelle um, als plötzlich jemand seinen Namen sagte, und er begriff, wo er war. Vor dem Haus der Nymphen. Und er sah direkt in Didis erstaunte Augen.

»Samuel?«, wiederholte Didi. »Was machst du denn hier?«

»Ich weiß nicht«, erwiderte Samuel, der fast immer die Wahrheit sagte. »Heute habe ich eigentlich schon mehrere Stunden überhaupt nicht an dich gedacht.«

Didi, die zuerst erfreut gewirkt hatte, drehte verärgert ihren Kopf weg.

»Ich hatte nicht vor hierherzukommen«, fuhr Samuel fort. »Vielleicht musste ich ausprobieren, wie es sich anfühlt, dich zu sehen.«

Samuel sah Didi an. Sie trug das olivgrüne Kleid, das die roten Haare so verführerisch machte. Er versuchte inständig, sich wieder Jessicas ruhiges Wesen ins Gedächtnis zu rufen, wie sie nebeneinander gelaufen waren und wie sich ihre Hände am Kiosk leicht berührt hatten. Es kostetet ihn einige Mühe, aber er wusste, dass es sich lohnte.

»Ausprobieren?«, wiederholte Didi seine Worte, und schon schwang ein Lächeln auf ihren Lippen. »Na, wie fühlt es sich denn an?«

»Ganz okay«, log Samuel. »Langsam wird es vielleicht einfacher.«

Didis Lächeln erlosch, als sie Samuels Worte verstand, und ihre Augen begannen zu funkeln.

»Fahr zur Hölle«, sagte sie mit zusammengebissenen Zähnen.

»Wie bitte?« Didis Wut erschreckte Samuel.

»Wenn du mich nicht willst, okay. Du hast aber kein Recht hierherzukommen, nur um zu klären, wie du dich fühlst!«

Im gleichen Augenblick ging Didi ein paar Schritte auf Samuel zu, der sie am Handgelenk festhielt, weil ihm das am sichersten schien. »Didi, beruhige dich …«

Didi riss sich los. Einige Passanten sahen sie verwundert an, und einer fragte, ob mit Didi alles in Ordnung sei.

Wenn die bloß wüssten, dachte Samuel. Ich bin hier derjenige, der froh sein darf, dass er noch lebt.

Dann bemerkte er Didis verunsicherten Blick und wusste genau, wie es ihr ging. Er wollte ihr über die Haare streichen, ließ sich aber nicht dazu verleiten. Dann wäre es um ihn geschehen.

»Du darfst nicht mehr herkommen«, sagte Didi und wich zurück. Dann drehte sie sich um und verschwand.

Samuel blieb alleine auf der Straße zurück. Er zitterte. Er hatte nicht bemerkt, wie stark seine Liebe zu Didi tatsächlich war. Als sie nahe beieinandergestanden hatten und er Didis Duft gerochen hatte, war er für einen Moment zu allem bereit gewesen. Nur die Angst hatte ihn abgehalten. Nicht die Angst vor einer festen Beziehung, sondern die Angst um sein Leben. Als der Satyr ihn in die Badewanne der Nymphen gedrückt hatte, hatte er sich gewehrt, bis seine Lungen voll mit Wasser gewesen waren. Es war ihm schwarz vor Augen geworden, und seine Denkfähigkeit war mit jedem Herzschlag weniger geworden.

So fühlt sich der Tod an, hatte er noch denken können, wie es sich für einen Medizinstudenten gehört.

Die Angst vor dem Tod ist die größte Angst, dachte er jetzt. Vielleicht würde ihm diese Erfahrung noch nutzen. Er würde damit von Didi loskommen und auch seine künftigen Patienten besser verstehen. Vielleicht würde er damit auch seinen Vater irgendwie verstehen, der ihn in seinen letzten Stunden hatte bei sich haben wollen.

Einen Ort gibt es, an dem es ruhig und sicher ist, überlegte Samuel, und bald schon stand er wieder unter Jessicas Fenster. Hinter den roten Vorhängen im zweiten Stock brannte noch Licht. Er hob ein paar Steinchen vom Boden auf und warf sie ans Fenster. Kurz darauf waren Jessicas blonde Haare in der Dunkelheit zu erkennen. Sie sagte nichts, sondern warf ihm nur die Schlüssel zu, und als er in ihre Wohnung kam, war das Teewasser schon heiß.

»Ich habe keinerlei Hintergedanken«, sagte Samuel, während er die Jacke auszog und über einen Stuhl hängte. »Aber nur bei dir habe ich das Gefühl, dass alles friedlich ist.«

»Du denkst also nicht an deine Ex«, sagte Jessica. »Aber dir muss klar sein, dass ich keine zweite Wahl bin. Ich kann dir auf dem Sofa ein Bett machen, wenn du hier schlafen willst.«

»Gerne«, sagte Samuel. Wieder sagte er die Wahrheit. Nichts in der Welt wollte er mehr.

23

Jesper hatte versprochen, die Zutaten für das erste gemeinsame Abendessen zu kaufen, und Nadia hatte erwartet, dass sie zusammen kochen würden wie ein unbeschwertes junges Paar. Als Jesper dann verschiedene Fertiggerichte aus der Tüte holte – wenn sie auch hochwertig und schön verpackt waren –, war Nadia enttäuscht. Aber sie versteckte ihre Gefühle und arrangierte alles so appetitlich wie möglich. Immerhin hatte Jesper ihre so geliebten Artischocken gekauft sowie hauchdünnen Parma-Schinken und viele andere ihrer mediterranen Lieblingsdelikatessen. Am liebsten hätte ich das Pesto selbst gemacht, dachte Nadia, aber wir haben ja Zeit. Und für Jesper hieß kochen heute scheinbar nicht viel mehr als das Öffnen einer guten Flasche Wein und die Auswahl der passenden Musik.

»Kati hat mich gebeten, morgen vorbeizukommen«, sagte Nadia. »Ich gehe dann nach der Arbeit hin.«

»Du bist gegen die Satyrn, aber Kati ist auch nicht viel besser«, sagte Jesper und nahm sich eine schwarze Olive vom Teller. »Sie stellt Regeln auf, beschränkt die Beziehungen zur Außenwelt und bestraft, wenn ihr euch nicht an die Vorgaben haltet.«

»Provozier mich nicht«, sagte Nadia verärgert, denn das Ganze hatte einen Funken Wahrheit in sich. »Wir sind gleichberechtigt.«

»Kati übertreibt immer«, meinte Jesper. »Nicht alle Satyrn sind böse, und nicht alle Nymphen wollen fliehen. Und die Legende von diesem Knoten ist völliger Quatsch. Es kommt keine Befreierin, und nichts ändert sich wie von Zauberhand.«

»Wir haben trotzdem das Recht, frei zu sein, wenn wir es wollen«, erwiderte Nadia. So einfach war die Sache für sie, vor allem auch deshalb, weil ihr Glaube an die Legende jetzt stärker war als je zuvor.

»Du willst doch eine Familie mit mir«, sagte Jesper. »Wir warten zusammen auf die Finsternis, das Ritual. Früher wolltest du immer lieber einen kleinen Satyr, keine kleine Nymphe. Ninette …«

»Ich heiße Nadia!« Sie war so sauer, dass sie Jesper mit einer Kirschtomate bewarf. Sie sah, wie es ihn ärgerte, und warf noch eine. Zu einer anderen Zeit hätte es ein Spielchen zwischen den beiden sein können, das in leidenschaftlichem Sex endete und dann wieder bei einem neuen Essen. Jetzt aber lag eine ganz andere Stimmung in der Luft.

»Idiot«, sagte Nadia noch und warf ein drittes Mal.

Sie war völlig überrascht, als Jesper sie plötzlich am Arm packte und ihr mit der anderen Hand Pesto ins Gesicht klatschte. Jesper war nie gewalttätig ihr gegenüber gewesen. Auch jetzt tat er ihr nicht weh, aber die Art, wie er sie anfasste, war erniedrigend. Nadias Augen funkelten. »Fass mich nicht an.«

Jesper war selbst bestürzt und wich schnell ein paar Schritte zurück. Er betrachtete seine Hand und Nadias Gesicht.

»Hey, ich leck das ab«, versuchte er, die Situation zu entspannen, aber Nadia drehte sich auf dem Absatz um.

Im Badezimmer lehnte sie sich gegen den Waschbeckenrand und sah ihr grünes Gesicht an.

Jesper ist vor allem ein Satyr, dachte sie. Ich habe es die ganze Zeit gewusst, den Gedanken aber nicht zugelassen. Vielleicht ist die Freiheit jetzt so nah, dass ich alles mit anderen Augen sehe.

Nadia stellte die Dusche an und zog sich aus. Sie brauchte Wasser. Sie sehnte sich nach dem sanften Geräusch und dem weichen Gefühl auf der Haut. Am liebsten wäre sie in einen frischen Bergsee oder einen kleinen Teich im Dunkel des Waldes gesprungen, aber jetzt musste die hochmoderne, gerade erst eingebaute Regendusche – denn Jesper dachte tatsächlich an sie, das konnte man nicht leugnen – reichen.

Allmählich beruhigte sie sich, und als Jesper an der Glastür erschien, öffnete sie ihm, und schon standen sie zusammen unter der Dusche. Als sie einander in die Augen sahen und die restliche Welt auf der anderen Seite der Tür blieb, liebte Nadia Jesper wieder aus vollem Herzen.

»Ich bin ein Satyr und kann meine Art nicht ändern«, sagte Jesper später zu Nadia, als sie sich gegenseitig trockenrieben. »Ich will dich beschützen, aber du hast recht. Ich kann nicht die Dinge für dich entscheiden. Ich kann dich nicht beherrschen.«

Es waren genau die Worte, die Nadia hören wollte, und gerade, als sie antworten wollte, klingelte es an der Tür. Jesper wickelte sich das Handtuch um, und Nadia zog schnell ein Kleid über. Didi war gekommen.

»Ich habe mich mit Samuel gestritten«, sagte sie, und Nadia umarmte sie liebevoll.

»Lass uns essen und trinken«, schlug Nadia vor.

»Diese Sprache verstehe sogar ich«, meinte Jesper und ging in die Küche, um alles zu holen.

Da die große Matratze immer noch das einzige Möbelstück in der Wohnung war, setzten sie sich alle zusammen darauf und aßen.

»Das Pesto hat aber nicht Nadia gemacht«, stellte Didi fest und biss in ein Stück Baguette, das sie mit einem Berg davon beladen hatte.

»Da hörst du es.« Nadia stieß Jesper in die Seite, aber diesmal war es spielerisch gemeint.

»Wissen wir«, meinte Jesper. »Ich wollte nur ihre Kräfte schonen …«

Didi betrachtete das Paar und begriff erst dann, wobei sie gestört hatte. Sie wurde auf unschuldige Art rot. »Oh, tut mir leid …«

»Macht nichts«, sagte Nadia. »Wir haben jetzt Zeit.«

Sie aßen, und Nadia erzählte von den besten Speisen, die sie gegessen hatte.

»Typisch Italienerin«, sagte Jesper zu Didi. »Redet auch am Esstisch nur vom Essen.«

Nadia ließ sich nicht stören und erzählte ausgiebig vom Küchenleben ihrer Familie. Didi wurde davon fast genauso satt wie von der Mahlzeit. Die von Nadia angebotenen Früchte mit Mascarpone-Schaum lehnte sie trotzdem nicht ab.

Dann waren sie alle drei satt und erschöpft. Zufrieden lagen sie auf der Matratze, Arme und Beine durcheinander. Zwei Nymphen und ein Satyr.

So natürlich kann es sein, dachte Nadia, als sie Jesper

und Didi durch ihre halbgeöffneten Augen ansah, und ein warmes Gefühl stieg in ihr auf.

»Eines Tages, wenn der Mond sich verfinstert, wird ein Nymphenmädchen geboren.« Nadia hatte die Worte der Legende schon früher einmal ausgesprochen, aber sie wusste, dass Didi sie jetzt zum ersten Mal hörte. »Das Mädchen trägt Leidenschaft, Zerstörung, Liebe und Krieg in sich. Der Nymphe soll der Name Epithymia Tha gegeben werden, und ihr Symbol wird ein Knoten sein. Die Nymphe wird auf unserer Seite gegen ihre Herrscher kämpfen. Sie wird die Herrscher besiegen, und der letzte der Herrscher ist der Mond …«

»Ich habe diese Legende auch schon gehört, in mindestens zehn verschiedenen Versionen«, sagte Jesper erschöpft.

»Immer kommt der Knoten vor und die Nymphe, die uns rettet«, sagte Nadia.

Sie beobachtete, welchen Effekt die Worte auf Didi hatten. Die hob sanft ihr Kleid, bis der Knoten auf dem Bauch zu sehen war.

»Das ist kein Geburtsmal, sondern jemand hat es mir auftätowiert, als ich ganz klein war«, sagte Didi.

»Ich bin deinetwegen aus meinem Rudel geflüchtet«, meinte Nadia.

»Ich glaube trotzdem nicht daran«, widersprach Didi.

»Danke, Desirée«, sagte Jesper.

Nadia stand auf und ging zum Fenster. Es war bereits Nacht. Draußen war es ruhig. In einiger Entfernung war eine einzelne Person zu sehen, die ihren Hund ausführte.

»Ich habe einen Beweis«, sagte Nadia und drehte sich zu Didi und Jesper um. »Die Legende sagt doch auch, dass Bienen der Nymphe stets helfen. Didi, als Kati und ich dich im Wald gefunden haben, warst du völlig mit Bienen bedeckt. Du bist die Nymphe der Legende.«

Nadia ging zu Didi zurück, die sie verwirrt anstarrte.

24

Erik Mann war frei. Desirée hatte ihm unwillentlich geholfen. Als sie ihm so nah gekommen war, hatte er seine Gefühle im Zaum halten müssen, aber es war ihm gelungen, eine ihrer Haarspangen zu lösen und in seinem Ärmel zu verstecken. Er hatte gewartet, bis das Auto davongefahren war – sehr schnell, aber Desirée schien noch am Leben zu sein –, und erst dann hatte er damit begonnen, das Schloss der Ketten zu öffnen. Sein Ego litt darunter, dass die Nymphen sich nicht mehr um ihn kümmerten, sondern wortlos verschwunden waren.

Im Haus war es völlig still und dunkel, als er die knarrende Kellertreppe nach oben stieg. Der große Gutshof stand anscheinend schon länger leer, denn die Möbel waren abgedeckt und die Luft stickig. Erik ging von einem Zimmer zum anderen. Kein übler Ort. Er bot viel Platz und hatte Stil. Erik war an eine andere Art von Luxus gewöhnt, aber dieser Ort hatte seinen Reiz. Jetzt musste er jedoch erst einmal Hinweise dazu finden, wo er war und wie er an ein Telefon kommen konnte.

Erik spähte unter die Abdeckungen und entdeckte eine große Kommode, die allerlei Nützliches in sich verbergen konnte. Er öffnete erst eine Tür, dann eine andere und wollte schon enttäuscht aufgeben, als er ein paar kleine Schubladen bemerkte. Er sah hinein. Ein roter Schimmer stieg in seinen Augen auf. Das hatte er nicht erwartet. Ein Anhänger der Eichen! Was hatte das zu bedeuten? Seines Wissens waren alle Angehörigen der Eichen-Familie tot. Anscheinend war Didis Pflegemutter eine von ihnen gewesen, und jetzt tauchte noch ein zweiter Anhänger auf …

Erik hatte keine Zeit, weiter über die Sache nachzudenken. Er hörte ein Auto. Kamen die Nymphen zurück? Jetzt war er bereit dafür. Dass er in Ketten gelegen hatte, hatte ihn keineswegs geschwächt, sondern ihm nur noch mehr Entschlossenheit und Kraft gegeben. Seine Augen leuchteten rot, als er zwischen den Vorhängen hindurch nach draußen sah.

Auf der Fahrerseite stieg ein großer, dünner Mann mit halblangen Haaren aus. Er hatte ein blondes Mädchen dabei, ungefähr zwölf Jahre alt. Sie luden Taschen aus dem Auto, und bald schon war der Schlüssel im Schloss zu hören.

»Sollen wir gleich zu Abend essen?«, fragte der Mann das Mädchen.

»Vielleicht lieber einen Tee trinken. Ich hab nicht so viel Hunger«, antwortete das Mädchen.

Erik stand bewegungslos im Nebenzimmer. Er spürte, dass der Mann seine Anwesenheit ahnte. In dem Augenblick, in dem der Mann eintrat, schlug er ihm mit aller Kraft gegen die Brust. Der Mann ging in die Knie, stand aber unverzüglich wieder auf. Das Mädchen rannte hinter das Sofa. Erik war überrascht, wie schnell der Mann sich erholte. Noch überraschter war er, als er einen Schlag in die Nieren bekam. Erik hätte den Kampf fortgesetzt, aber die Wunde des Nomos-Dolchs schmerzte noch stark. Er warf dem Mann einen Stuhl entgegen und rannte hinaus in die Dunkelheit.

»Der kommt nicht mehr zurück«, schnaufte Matias van der Haas und eilte zu seiner Tochter.

»Soll ich die Polizei rufen?«, fragte Matilda.

»Mach uns lieber Tee. Ich muss etwas nachsehen.«

Matias ging die Treppe hinunter. Im Keller brannte Licht, und er sah die Ketten und die leeren Weinflaschen. Er ging daran vorbei bis ans Ende des Kellers und zog dort eine alte, staubige Kiste hervor. Er öffnete den Deckel und holte unter dem doppelten Boden eine lederne Tasche heraus, die mit einem Eichensymbol verziert war. Er seufzte erleichtert und öffnete sie. Es lagen die Werkzeuge darin, die er brauchen würde: zwei Metallflaschen, ein Nomos-Dolch, Zangen, eine Betäubungspistole sowie ein bläuliches, rundes Glas mit Metallrahmen.

Er legte alles sorgfältig an seinen Platz zurück und ging wieder nach oben zu seiner Tochter.

25

Didi war kein Morgenmensch, aber sie wollte auch nicht Nadias und Jespers blühendes Glück verfolgen oder ständig von Kati angemosert werden. Also war sie früh zur Arbeit gekommen. Sie polierte Besteck, stellte die Backwaren aus, füllte die Salzstreuer.

»Jungsprobleme, oder?«, fragte der scharfsichtige Valtteri nach einer Weile.

»Es gibt keinen Jungen«, sagte Didi.

»Eben.«

»Ich geh raus und stell die Tische auf.«

Didi hatte sich zwar nach frischer Luft gesehnt, bereute ihre Entscheidung aber sofort, als sie auf die Terrasse kam. Dort saß Samuel mit einer blonden Frau. Mit einer blonden und gutaussehenden Frau. Didi wollte zunächst leise wieder zurückgehen, wurde dann aber sauer. Musste Samuel unbedingt mit einer seiner Patientinnen hierherkommen? Didi beschloss, ihm zu zeigen, dass sie sich reif und erwachsen verhalten konnte.

Samuel und die Frau lachten gerade über etwas, und sie berührte seine Wange leicht. Didi überlegte, wie sie den Cappuccino-Löffel als Waffe nutzen konnte, begrub den Gedanken aber sofort wieder. Sie lächelte nett.

»Hallo. Was darf es für euch sein?«, fragte sie, und noch bevor Samuel die Sache in die Hand nehmen konnte, hatte sie der Frau die Hand hingestreckt. »Ich bin Desirée.«

»Jessica.«

»Samuel und ich hatten eine ziemlich verkorkste Beziehung. Ich weiß nicht, ob Samuel davon erzählt hat.«

»Ein bisschen«, meinte Jessica, sah Samuel aber fragend an. »Ich nehme einen Tee.«

»Jessica lässt mich bei sich übernachten. Damit ich nicht mehr in der Pathologie schlafen muss«, erklärte Samuel.

»Du nimmst sicher einen Milchkaffee«, sagte Didi. »Wie immer.«

Sie war schon unterwegs nach drinnen, wandte sich aber noch einmal zu Samuel um. »Mit neun Jahren habe ich mich in dich verliebt, als du mich vor einer Spinne gerettet hast. Zum zweiten Mal habe ich mich dann am Anfang des Sommers verliebt, als du mich vor den Bienen gerettet hast. Ich wollte es nicht, aber es ist trotzdem passiert.«

»Das glaube ich nicht«, sagte Samuel.

»Dass ich dich liebe?« Didi warf sich das Küchenhandtuch über die Schulter und stand mit den Händen in den Hüften da.

»Erst haust du ab und schimpfst. Dann bittest du um Hilfe, dann ziehst du dich wieder zurück. Was ist das denn für eine Liebe?«, fragte Samuel verärgert.

»Samuel«, sagte Jessica vorsichtig.

Das war für Didi der Tropfen, der das Fass zum Überlaufen brachte. Mitleid brauchte sie nun wirklich nicht, und schon gar nicht von der Frau, bei der Samuel jetzt anscheinend wohnte. Sie machte eine schnelle Bewegung und griff nach Jessicas Handgelenk, ohne selbst zu wissen, was sie als Nächstes tun würde. Sie spürte den Pulsschlag und wurde wütend. In ihren Schläfen pochte es. Sie verstand Jessicas Gesichtsausdruck nicht, aber sie krümmte sich vor Schmerz, obwohl Didi gar nicht fest drückte. Blitzschnell ließ sie los.

»Entschuldige«, flüsterte Didi. »Das war nicht so gemeint.«

»Genau davon rede ich«, sagte Samuel.

»Ich hasse das auch!«, sagte Didi. »Und ich liebe dich. Was soll ich denn machen?«

Samuel antwortete nicht, sondern konzentrierte sich auf Jessica. Didi ging ins Café und sah kurz darauf durchs Fenster, wie Samuel den Arm um Jessica legte und sie davongingen.

Didi sah ihre Hand an. Früher hatte eine Berührung ihr ganz deutlich die Gefühle eines anderen Menschen verraten. Jetzt konnte ihre Berührung auch Schmerz erzeugen. Natürlich wollte Samuel nicht mit ihr zusammen sein. Sie war ein Monster.

26

Nadias Gedanken kehrten in der letzten Zeit immer öfter nach Essaouira in Marokko zurück, zu dem weiß gekalkten Frauenhaus. Sie hatte es als ihren eigenen Ort empfunden. Im Lauf der Geschichte hatte sie viele Frauenschicksale mitbekommen, aber dort hatte alles seinen Zenit erreicht. Sie hatte gesehen, was Frauen alles angetan wurde, nur weil sie Frauen waren. Man behandelte sie wie Eigentum, schlechter als Tiere, man nahm ihnen die Freiheit. Nadia wollte eigentlich nicht daran denken, sondern lieber an das, was die Zukunft brachte. Sie wollte heilen und sehen, wie die Frauen das Haus mit Hoffnung auf eine bessere Zukunft verließen. Das war nicht immer so gewesen, aber ihr Herz war dennoch immer voller Zuversicht.

An Milena erinnerte sich Nadia besonders gut. Die junge Frau war halbtot im Frauenhaus angekommen, und schon beim ersten Anblick hatte Nadia sie als Nymphe erkannt. Sie war schön, blond und hatte einen klaren Blick, aber ihr Lebenslicht war fast erloschen. Nadia war bereit, ihr mit allen Mitteln zu helfen, denn es war Vollmond. Aber Milena wollte nicht mit auf Nahrungssuche gehen. Sie hatte frei von den Satyrn leben wollen und war deshalb von ihrem Rudel geflohen. Sie wollte niemandem mehr gehorchen, weder ihren Herrschern, noch dem Mond. Sie hatte bereits unerträgliche Schmerzen, akzeptierte aber ihr Schicksal. Nadia musste gehen, um sich selbst Nahrung zu suchen, auch wenn Milena sie anflehte, bei ihr zu bleiben. Als sie zurückkam, starb Milena, aber auf den aufgesprungenen Lippen lag ein Lächeln. Sie war frei gewesen, wenn auch nur kurz.

Nadia wollte diese Erinnerung am liebsten aus ihrem Gedächtnis streichen und deshalb hatte sie Jesper gerade bis zur Erschöpfung geliebt. Es war selten, dass ein Satyr um eine Verschnaufpause bat.

Nadia lag noch auf Jesper und betrachtete sein leicht verträumtes Lächeln. Die Wahrheit leuchtete für einen Moment in ihrem Kopf auf.

»Ich bin eifersüchtig«, sagte Nadia. »Du denkst an Didi.«

»Desirée Volante, Lust und Wille.« Der erhitzte Jesper ließ sich die Wörter auf der Zunge zergehen.

»Auch wenn ich nicht an euer Märchen glaube, so hat die Rothaarige doch etwas Besonderes an sich. Ihr Geruch ist so viel stärker als bei euch anderen. Er ist in der Decke hier geblieben.«

Jesper zog die Decke an sein Gesicht und atmete tief ein. Er bot sie auch Nadia an, die aber wandte sich ab.

»Wie eine Droge«, sagte Jesper mit rauer Stimme. »Ich bin bereit für eine neue Runde. Vielleicht ist das die Kraft der Nymphe. Die Satyrn geifern hinter Didi her. Was für eine Legende!«

Nadia wurde sauer und glitt von Jesper herunter. Er musste ihren Glauben nicht teilen, aber verspotten musste er ihn auch nicht. Sie wusste nicht, auf welche Art Didi das Leben der Nymphen verändern konnte, aber die Prophezeiung versprach ihnen Freiheit. Die Freiheit zu wählen, wen sie liebten und wann. Nadia stand auf und ging zum Fenster. Sie hatte eine Frage, aber die Antwort machte ihr so viel Angst, dass sie Jesper nicht in die Augen sehen wollte.

»Hättest du damals deine Aufgabe zu Ende gebracht, wenn ich nicht eine der Gejagten gewesen wäre?«

»Ob ich den Rotschopf gefangen genommen und den Rest der Nymphen getötet hätte?«, fragte Jesper. »Sicher hätte ich das. Der Befehl lautete so.«

Jesper ist immerhin ehrlich, dachte Nadia, verfluchte aber gleichzeitig Kati, die wieder einmal recht gehabt hatte.

Sie stand neben der Matratze, und Jesper hob den Arm, um sie wieder in Empfang zu nehmen, aber sie bückte sich und nahm ihre Kleider vom Boden.

»Ninette, nein«, sagte Jesper. »Ich habe doch versprochen, dass ich deine Regeln befolge.«

»Du bist ein Satyr, du kannst dich nicht ändern. Du kannst es für einen Moment oder für ein paar Jahrzehnte schaffen, aber über kurz oder lang befinde ich mich in der gleichen Situation wie vor der Flucht. Das würde ich nicht ertragen.«

Jesper stand auf und ging auf Nadia zu. Nadia dachte, wie schön der nackte Jesper in ihren Augen war, wie sehr sie diesen Satyr liebte, aber sie konnte nicht mehr von ihrem Weg abweichen. Das Ziel war schon zu nah.

Nadia zog langsam den Ring vom Finger und reichte ihn Jesper. Er wollte ihn nicht entgegennehmen. Nadia nahm seine Hand, öffnete sie und legte das Zeichen ihrer jahrhundertelangen Bindung hinein.

»Ich habe doch gesagt, dass ich auf eurer Seite stehe«, sagte Jesper.

»Du kannst dich trotzdem nicht ändern«, antwortete Nadia. »Ich habe mich schon verändert, und ich muss meine eigene Wahl treffen. Ich kann nicht mit dir leben.«

»Verlass mich nicht«, bat Jesper.

»Ich muss.«

Es auszusprechen fiel Nadia schwer, aber sie wusste nicht, was sie sonst hätte tun sollen. »Wenn ich bleibe, bin ich am Ende nur deine Nymphe. Ich will frei sein. Ich will, dass wir alle frei sind.«

Einen Moment später schloss Nadia leise die Tür hinter sich. Sie brauchte die Gesellschaft anderer Nymphen. Sie lief die Treppe hinunter und rannte fast den ganzen Weg bis zur Wohnung. Es störte sie auch nicht, dass Kati wieder einmal sagen würde, dass sie recht gehabt hatte.

Als sie auf den Balkon kam, wo Kati wie gewohnt am Geländer lehnte und Didi unter einer Decke auf einem Stuhl saß, hatte Nadia das Gefühl, zu Hause zu sein.

»Ich komme zurück«, sagte Nadia.

»Ich habe eine neue Gabe«, sagte Didi.

»Ich war auf dem Gutshof.« Kati füllte ein Weinglas und reichte es Nadia. »Erik ist geflohen.«

Nadia sah Kati an und ahnte, dass sie auch etwas anderes auf dem Gutshof gefunden hatte, aber diesmal ließ sie Kati ihr Geheimnis behalten. Am wichtigsten war, dass sie wieder zusammen waren. In der kommenden Nacht würde der Vollmond am Himmel leuchten.

27

Erik wusste, dass seine Abwesenheit Fragen aufgeworfen hatte. Genauso sicher war, dass Mitchell die Gelegenheit genutzt und seinen Bund mit Gabriel Korda zementiert hatte. Erik kannte Korda so gut, dass er daran zweifelte, dass dieser einem Satyr, der seinen Herrn betrogen hatte, völlig vertrauen würde. Andererseits wollte Korda seine Position als Herrscher des Konklaves behalten, und Mitchell gierte nach einer Position als vollwertiges Mitglied. Sie könnten ihn ausspielen … Erik musste sicherstellen, dass das nicht passierte. Er war Desirée jetzt so nah, dass er sich auf keinen Fall zurückziehen konnte. Bisher war Korda ihm immer einen Schritt voraus gewesen und hatte ihn beiseitegestoßen, wenn er gerade erreicht hatte, was er angestrebt hatte, ob es nun um seine Stellung oder um Geld ging. Das würde nicht mehr passieren.

Erik rief Mitchell an, als wäre er die ganze Zeit Herr der Lage gewesen.

»Ich habe mich um ein paar Dinge gekümmert«, sagte er. »Und jetzt kann man Jesper Jansen auf die Liste der zu Eliminierenden setzen. Ich bleibe noch für eine Weile hier.«

Erik legte auf, bevor Mitchell etwas fragen konnte. Erstens wollte er sich keinem Verhör unterziehen, und zweitens erwartete er einen Gast, der sehr pünktlich war. Erik goss bereits den Cognac in die Gläser.

Erik mochte nur wenige Menschen, aber der fast 70-jährige Roland Gyllen war ihm schon seit Jahren ein Freund. Gyllen war sich bewusst gewesen, dass er einen Vertrag mit dem Teufel – einem Satyr – machte, aber er hatte es getan, um die Zukunft seiner Kinder zu sichern. Dank Eriks Hilfe warf der niedergehende Konzern wieder hohe Gewinne ab, und die Verträge waren so verfasst, dass Gyllens verschwenderische Erben weder ihren eigenen noch den Besitz ihrer Nachkommen zum Fenster hinauswerfen konnten.

Als Gyllen ankam, sprachen sie über verschiedene Dinge und genossen den Cognac. Gyllen war alt und weise und brachte die Sache schließlich selbst zur Sprache.

»Ich nehme an, dass du eine Gegenleistung erwartest«, sagte er.

Erik sah ihn an und erinnerte sich kurz an den aufrechten Geschäftsmann mittleren Alters, mit dem er einst den Vertrag geschlossen hatte. Inzwischen war Gyllen dicker geworden, seine Haut blass, und er war ein bisschen zusammengesunken. Aber er hatte noch immer Charisma.

Erik setzte sich bequem hin. Gyllen war einer der wenigen Menschen, denen er wirklich vertraute. Im Allgemeinen sehnten sich die Menschen, sobald sie etwas bekamen, nach mehr. Die Habgier wurde ihnen fast immer zum Verhängnis. Gyllen hatte am Vertrag festgehalten, ohne weitere Forderungen zu stellen. Deshalb hatte Erik beschlossen, so direkt wie möglich mit ihm zu reden.

»Ich habe eine Partnerin gefunden«, sagte Erik, und Gyllen hob fragend die Augenbrauen. »Ich brauche einen sehr ruhigen Ort, an dem wir zusammensein können.«

Gyllen dachte kurz über die Sache nach. Erik sah, dass die Neugier des alten Mannes geweckt war, aber er hielt sich zurück.

»Ich habe ein Sommerhaus auf dem Land. Nachbarn gibt es keine in der Nähe. Ich habe mich selbst oft dorthin zurückgezogen, um nachzudenken und Abstand zu gewinnen. Wäre das in Ordnung?«

Erik musste lächeln. Wenn Gyllen den Ort ein Sommerhaus nannte, war es zweifelsohne eine Villa mit allen Annehmlichkeiten. Er hob das Cognacglas zum Zeichen seiner Zustimmung.

»Warte noch kurz«, sagte Gyllen. »Ich weiß, dass das meine Gegenleistung ist, aber ich bitte dich auch noch um eine Sache. Du hast es sicher schon geahnt.«

»Ja«, sagte Erik. »Ich arrangiere alles, sobald du ein Zeichen gibst.«

»Gut«, erwiderte Gyllen und stand ein wenig unsicher auf. »Schlüssel und Wegbeschreibung bekommst du morgen. Du kannst dort bleiben, so lange du willst. Wie du wohl vermutest, benutze ich das Sommerhaus nicht mehr.«

28

Didi war müde. In der Nacht hatte es ein Gewitter gegeben, und sie hatte unruhig geschlafen. Sie spürte bereits den nahenden Vollmond. Am Morgen war sie zur Vorlesung geeilt, wo sie ständig gegähnt hatte, obwohl sie das Thema – die Jungfrau von Orléans – interessiert hatte. Danach hatte sie noch eine lange Schicht in Valtteris Café übernommen. Zum Glück machte sich nun auch der letzte Gast auf den Weg. Valtteri hatte sich bereits mit Tee und einer Zeitung an den Tresen gesetzt.

»Du hattest heute viele Bewunderer«, sagte er.

Auch Didi wusste das, und auch davon war sie müde geworden. Die Blicke der Männer hatten sich an ihr festgesaugt und sie ausgezogen. Sie hatte sich schutzlos gefühlt. Sie wollte nach Hause und ihre Ruhe haben. Nadias Medizin hatte sie nicht mehr genommen, sie hatte beschlossen, die entscheidende Zeit einfach in ihrem Zimmer zu verbringen. Daran, wie sie im Wald gestürzt war, erinnerte sie sich kaum, dafür aber an den beißenden Schmerz. Sie fürchtete sich wahnsinnig davor.

Didi wischte den Tresen und stellte eine leere Tasse ins Spülbecken. Sie erinnerte sich an einen blonden Mann, der vor einer halben Stunde einen Cappuccino bestellt und sie freundlich angelächelt hatte. Unter der Tasse hatte später ein Zettel mit seinem Namen und seiner Telefonnummer gelegen. Didi hatte ihn ohne zu zögern in den Müll geworfen.

»Der Junge war auch hier«, sagte Valtteri und sah sie an.

»Samuel?«, fragte Didi sofort. »Hat er nach mir gefragt?«

»Nein. Er hatte Gesellschaft. Irgendeine Jenni oder Janika …«

»Jessica.« Didi wandte sich von Valtteri ab und konzentrierte sich intensiv auf das Ausspülen des Lappens. Mit der anderen Hand fischte sie den Zettel aus dem Müll und steckte ihn in die Tasche ihrer Schürze.

»Trink doch auch einen Tee«, sagte Valtteri einladend.

Didi warf einen Blick auf ihren wunderbaren Chef – und erkannte sofort die Symptome. Ein Blick wie ein

Lamm, leicht beschleunigter Atem … Die Situation war absurd. Didi wollte weder ihren Arbeitsplatz noch die Freundschaft mit Valtteri aufs Spiel setzen. Da half nur ein Mittel.

»Valtteri, wäre es schlimm, wenn ich ein paar Tage weg wäre?«, fragte Didi. »Ich muss für eine Prüfung lernen und ein paar andere Dinge …«

»Kein Problem«, sagte Valtteri, auch wenn er enttäuscht aussah. »Wenn du nur nicht wieder völlig verschwindest.«

»Tu ich nicht«, versprach Didi, während sie schon die Schürze auszog. »Danke.«

Sie ging zum Schrank und zog sich ihr Lieblingskleid über. Sie war mit Nadia auf einem Spaziergang gewesen, als sie das Kleid in einem Schaufenster gesehen hatten.

»Das ist absolut deins!«, hatte Nadia sofort gesagt, und sie waren reingegangen.

Das Kleid hatte schmale Träger und war himmelblau mit rosafarbenen und roten Blumen. Es war so geschnitten, dass es rund um die Brust gut saß, und der Stoff war leicht wie der Wind. Didi hatte es ein wenig zu teuer gefunden, aber Nadia hatte sie zum Kauf überredet, und sie hatte es keine Sekunde bereut.

Didi schob ihre Füße in ihre blauen Ballerinas und zog sich die blaue Strickjacke über. Die Farbe betonte den roten Glanz ihrer Haare mehr denn je. Nie hätte sie früher, als ganz normales Mädchen, solche Farben getragen. Eine Nymphe zu sein war nicht immer leicht, aber es verschaffte ihr auch eine ganz neue Sicherheit, die sie genoss.

Didi ging hinaus auf die Straße. Kurz zuvor war sie noch sicher gewesen, dass sie nach Hause wollte, aber jetzt kam ihr etwas in den Sinn. Sie nahm den Zettel aus der Tasche, den der blonde Mann ihr zugeschoben hatte, und dachte kurz darüber nach. Eigentlich durfte sie auch ein bisschen Spaß haben. Samuel hatte gleich jemand Neues gefunden. Weshalb sollte sie nicht auch frei sein können? Es würde nichts ändern. Sie würde einen Mann treffen, ein wenig flirten und dann brav nach Hause gehen.

Im Gegensatz zu den beiden anderen, die nicht das gleiche Problem hatten wie sie, dachte sie. In Katis Augen war bereits der Jägerinnenblick zu sehen gewesen, und Nadia hatte erklärt, dass sie erst am Morgen zurückkommen wolle, wenn sie einige Dinge erledigt hatte. Didi hatte auch ohne Worte verstanden, dass Nadia die Nacht mit jemandem verbringen wollte, bei dem sie nicht an Liebe dachte. Als ob das möglich wäre.

Didi tippte die Nummer in ihr Telefon und blieb an einer Toreinfahrt stehen, um auf Antwort zu warten.

Doch sie bekam keine, denn jemand drückte ihr ein merkwürdig riechendes Tuch aufs Gesicht. Sie wehrte sich, so gut sie konnte, spürte aber bald, wie ihre Beine nachgaben. Dann wurde ihr schwarz vor Augen. Sie strengte sich an, um nicht das Bewusstsein zu verlieren, und spürte, wie jemand sie über die Schulter legte und sie durch die Toreinfahrt zu einem Kleintransporter brachte. Mit einem Knöchel wurde sie am Boden festgekettet, dann fuhr das Auto los.

Didi bekam die Augen kaum auf, schaffte es aber irgendwie, ihren bleischweren Kopf ein wenig anzuheben. Sie durfte nicht aufgeben. Sie tastete nach ihrer Tasche, in die sie gerade noch ihr Handy gesteckt hatte, und suchte eine Nummer. Wenig später war Katis Stimme zu hören.

»Didi …? Didi …?«, wiederholte Kati.

Didi öffnete den Mund, um zu antworten, aber die Stimmbänder versagten. Dann wurde sie bewusstlos.

29

Kati **hatte einen sehr** genussvollen Abend hinter sich. Sie hatte einen Mann verführt, den sie für geeignet befunden hatte und der sie gekonnt und lange geliebt hatte. Dann war er in seinen verdienten tiefen Schlaf gesunken. Kati wäre vielleicht sogar neben ihm liegen geblieben, aber Didis Anruf änderte alles. Sie musste zur Wohnung, und zwar schnell.

»Nadia?«, fragte sie leise, als sie die Tür öffnete, doch es kam ihr nur ein leises Echo entgegen. Sie tippte Nadias Nummer ein und ärgerte sich, als sie das Telefon im Wohnzimmer klingeln hörte. Sie hatte Nadia eingeschärft, das Handy immer mitzunehmen. War es denn so schwer, einem einfachen Befehl zu folgen? Es ging doch um die Sicherheit von ihnen allen!

Sie nahm Nadias Telefon und checkte die letzten Anrufe und Nachrichten. Fridas Name blinkte auf, und sie öffnete die Nachricht. Es waren nur Koordinaten. Das hieß, dass sie Hilfe brauchte. Kati untersuchte Nadias Passversteck. Der Reisepass war verschwunden. Verfluchte Nadia! Sie konnte sich nicht zurückhalten, wenn es darum ging, jemandem beizustehen. Sofort machte sie sich mit Kräutern und Sud auf den Weg, ohne die Folgen oder Gefahren zu bedenken.

Kati lief in Didis Zimmer und fluchte vor sich hin. Das Mädchen war anscheinend nicht zu Hause gewesen, was hieß, dass ihr auf dem Weg etwas zugestoßen sein musste. Kati schlug mit der Faust gegen die Wand und ließ sich aufs Bett fallen. Wenn sie in den Fängen von Erik war, würde sie Didi vielleicht nie mehr sehen. Erik hatte Didi bestimmt entführen lassen, ohne selbst einen Finger zu rühren. Didis Aufenthaltsort war fast unmöglich zu finden. Wenn nicht … Kati wog kurz die Alternativen ab, dann rief sie an. Bald antwortete eine tiefe, ein wenig vorsichtige Männerstimme.

»Harju.«

»Ich brauche Hilfe.« Kati kam direkt zur Sache und erklärte Harju die Situation. »Kannst du irgendwie herausfinden, was mit Didi passiert ist?«

»Big Brother is watching you«, sagte Harju. »In jeder Ecke hängt eine Kamera. Wenn das Mädchen im Stadtgebiet entführt wurde, gibt es Spuren. Ich kontaktiere einen alten Bekannten und melde mich gleich wieder.«

Ab jetzt konnte Kati nur warten. Sie spürte, wie nicht nur die schlimmsten Befürchtungen in ihr aufstiegen, sondern auch Erinnerungen, die sie nur schwer ertragen konnte.

Im Hafen von Tarragona roch es nach Öl und altem Fisch. Der Motor des Autos war überhitzt, und die Sonne knallte vom Himmel. Nadia und Kati hatten Rose, der es nicht gutging, zum Ausruhen in den Schatten getragen. Sie waren erschöpft von der Flucht, wussten aber, dass sie nicht anhalten konnten.

»Wenn uns die Satyrn nicht töten, dann sicher dieser Dreck«, sagte Kati. Sie hatte die Chips und die Schokoriegel satt, von denen sie in den vergangenen Tagen gelebt hatten, weil sie sich nicht getraut hatten, zum Essen anzuhalten. Kati öffnete eine Wasserflasche und nahm einen großen, gierigen Schluck.

Nadia hatte die Knöpfe ihres hellen Baumwollkleides geöffnet, und die Schweißtropfen rannen ihr von der Stirn. Um sich sorgte sie sich nicht, aber um Rose. »Das Fieber ist wieder angestiegen. Wir müssen einen Ort finden, an dem ich deine Schwester versorgen kann.«

»Wir müssen noch weiter«, erwiderte Kati und sah Nadia forschend an. »Was glaubst du, was Rose hat?«

»Ich habe keine Ahnung«, sagte Nadia. »Vielleicht hat sie sich einen Parasiten eingefangen.«

»Lass uns die Medizin besorgen, von der du gesprochen hast.«

»Ich glaube nicht, dass Rose die Fahrt durchhält«, sagte Nadia. Roses Symptome waren speziell, und bisher hatte sie ihr nicht wirklich helfen, sondern nur ihren Zustand ein wenig mildern können.

»Vielleicht sollten wir uns aufteilen, dann schnappen sie uns wenigstens nicht alle«, sagte Kati. »Nimm du das Auto. Ich lasse Rose ein wenig ausruhen und überlege mir dann, wie wir Richtung Italien kommen.«

»Euch zwei findet man zu leicht«, widersprach Nadia.

»Nimm das Auto! Wir kontaktieren dich und dann kannst du uns zu Hilfe kommen.«

Nadia sah Kati ein wenig verwundert an. Kati wollte sie eindeutig loswerden, aber sie wusste, dass es vergeblich war, sie um eine Erklärung zu bitten. Außerdem war es am wichtigsten, dass sie alle am Leben blieben. Nadia streckte die Hand aus, und Kati legte den Autoschlüssel hinein.

Nachdem Nadia weg war, ging Kati zu ihrer Schwester.

»Warum hast du Ninette vertrieben?«, fragte Rose. Ihre Lippen waren aufgesprungen, und ihre Haut war grau geworden. Kati hatte große Angst um sie.

»Man sieht allmählich deine Schwangerschaft. In

dieser Phase will ich kein Risiko eingehen«, sagte Kati. »Es ist einfacher für mich, nur dich zu beschützen und zu pflegen.«

»Gehen wir überhaupt nach Italien?«, fragte Rose, die das Gespräch mitbekommen hatte.

»Nein«, sagte Kati und zog den Ausschnitt ihres weißen, ein wenig schmutzigen Shirts weiter nach unten. »Warte hier. Ich organisiere uns etwas.«

Kati hatte ihnen eine Bootsüberfahrt verschafft, und nach einer Weile waren sie endlich in Montpellier angekommen. Dort war Kati bereit, Zwischenstation zu machen. Sie hatte für sich und Rose einen Ort gesucht, der sicher schien: eine verlassene Wohnung, in der sie sich unbemerkt aufhalten konnten. Sie organisierte eine Matratze für Rose und hörte sich nach Informationen über die anderen Nymphen um. Einige Wochen schien es, als würde es Rose besser gehen, aber je näher die Geburt rückte, desto schlimmer wurde ihr Zustand.

Dann kam die Nacht, in der die Wehen einsetzten. Zu früh, dachte Kati, sagte es aber nicht laut, sondern beruhigte Rose.

»Ich will Ninette«, keuchte Rose.

»Wir sind hier in Sicherheit«, sagte Kati. »Nach der Geburt reisen wir weiter. Gleich, wenn ihr beide, du und das Kind, stark genug seid.«

Plötzlich griff Rose mit enormer Kraft nach Katis Hand. Kati spürte den Druck ihrer Finger und Roses fordernden Blick.

»Versprich mir, Echaterina«, bat Rose in einer Welle von Wehenschmerzen. »Wenn mir etwas passiert, dann kümmerst du dich um das Kind wie um dein eigenes.«

»Dir wird nichts passieren.«

»Versprich es. Sag es laut«, forderte Rose fast zornig.

»Ich verspreche es.« Kati wandte sich ab. Nur wenige hatten jemals Tränen in ihren Augen gesehen, und auch jetzt sollte sie niemand sehen.

Einige Stunden später hielt Kati ein weinendes Neugeborenes in ihrem Schoß.

»Du hattest recht«, sagte sie zu Rose, als könne sie es noch hören. »Es ist ein Mädchen.«

Rose lag in blutigen Laken, ihr Blick war glasig, aber sie sah friedlich aus. Vielleicht hatte sie den ersten Schrei ihrer Tochter noch hören können.

Kati betrachtete das Kind. Sie hatte alles dafür aufs Spiel gesetzt, und jetzt wusste sie nicht, ob sie es liebte oder hasste. Und sie hatte auch nicht vor, lange darüber nachzudenken. Sie hatte Rose ihr Wort gegeben und wollte entsprechend handeln. Es war am besten, die Pläne beizubehalten. Die Legende, auch wenn sie erfunden war, würde das Kind jetzt am besten schützen.

Kati wickelte das Kind in ein Handtuch und brachte es in die Gassen der Altstadt von Montpellier. Dort schlüpfte sie durch eine niedrige Tür, kramte nach einem Bündel Scheine und erklärte, wie die Tätowierung aussehen sollte. Als alles fertig war, rief sie eine Nummer an, die sie sich bereits früher besorgt hatte. Die Satyrn dachten vielleicht, dass sie die Eichen-Familie vor Urzeiten losgeworden waren, aber Kati hatte die Verbindung nicht abbrechen lassen. Und jetzt brauchte sie die Hilfe der Eichen mehr als je zuvor.

Eine Frau antwortete, und sie vereinbarten ein Treffen in einem kleinen Gasthaus, in dem die Frau wohnte. Kati stellte sicher, dass der Tätowierer mit niemandem mehr sprechen konnte, nahm sich das Geld wieder und ging. Sie achtete darauf, dass niemand ihr folgte. Das Kind war merkwürdig still und weinte kein bisschen, sondern sah sie nur mit seinen hellen Augen an. Kati meinte, bereits die roten Haare ihrer Schwester auf dem Kopf des Kindes zu sehen, vielleicht bildete sie sich das aber auch nur ein.

Ein wenig später klopfte Kati an eine Zimmertür. Eine große, dunkelhaarige Frau öffnete ihr. Kati sah sie fragend an, und die Frau zog einen Anhänger aus dem Ausschnitt ihrer Bluse, auf dem drei Eichenblätter zu sehen waren. Kati nickte und reichte ihr wortlos das Kind.

»Kommst du nicht rein?«, fragte die Frau. Sie nahm das Kind unverzüglich und sicher auf den Arm, als wäre es die natürlichste Sache der Welt.

»Nein. Ich will nicht wissen, wo du das Kind hinbringst, bring sie nur weit genug weg, damit ich euch nicht finde.«

»Ich werde mich um sie kümmern«, sagte die Frau.

»Wenn Desirée ins Nymphenalter kommt, kannst du an diese Nummer eine Nachricht schicken«, sagte Kati und schob der Frau einen Zettel zu. »Gib mir die Koordinaten, dann finde ich euch.«

Die Frau wollte etwas sagen, aber Kati hatte die Tür bereits geschlossen. Sie verschwand lautlos aus dem Gasthaus und blieb erst nach einer ganzen Weile stehen.

Rose, dachte sie. Ich habe versprochen, mich, so gut ich kann, um dein Kind zu kümmern. Deshalb ist es am besten, dass es bei jemand anderem lebt.

Dann weinte sie kurz und ging sich eine Flasche Cognac kaufen.

Kati fuhr aus ihren Erinnerungen hoch, als Harju anrief und ihr mitteilte, dass er sie bald abholen würde.

»Wir sind die Überwachungsvideos in der Nähe von Didis Arbeitsplatz durchgegangen und fündig geworden«, erklärte Harju im Auto. »Das Mädchen wurde in eine Toreinfahrt gezogen, und von dort ist dann ein dunkler Kleintransporter weggefahren. Er war recht leicht bis zu einem bestimmten Parkhaus zu verfolgen.«

Wenig später fuhren sie unter die Erde, und Kati fühlte ihren Herzschlag. Der Transporter stand auf der anderen Seite des Parkhauses, es war niemand in der Nähe. Sie hatte versprochen, Didi zu beschützen, und trotzdem war es so gekommen. Sie hatte keine Ahnung, was sie im Auto finden würden. Sie spürte Harjus Blick, wollte aber auf keinen Fall ihre Gefühle preisgeben. Im Gegenteil, sie wirkte ruhiger als je zuvor.

Harju parkte, und sie stiegen aus. Kati ging zögernd zu dem Wagen. Es waren keine Stimmen daraus zu hören.

»Im Kamerabild gab es hier zwei dieser Autos«, sagte Harju. »Man hat sie so geparkt, dass man nicht sehen konnte, was hier passiert ist.«

Kati hörte nicht wirklich zu, sondern betrachtete den Fleck auf der hinteren Stoßstange. Sie wusste ohne genauere Untersuchung, dass es Blut war.

»Ist es in Ordnung, wenn ich aufmache?«, fragte sie und nahm das Stilett heraus, bevor Harju antworten konnte. Sie hatte das Schloss im Nu geknackt und riss die Türen auf.

Dann seufzte sie vor Erleichterung. Auf dem Boden lag eine Leiche, aber es war nicht Didi. Ein junger

Mann mit kurzen Haaren lag nackt da, überall auf seinem Körper waren blaue Flecke. Aus irgendeinem Grund trug er immer noch eine Sonnenbrille. Sowohl Kati als auch Harju hatten bereits früher solche Fälle gesehen.

»Wenigstens hat Erik ihr rechtzeitig Nahrung beschafft«, sagte Kati ruhig, obwohl sie besorgt war, wie es Didi in den Händen des Satyrs ging. Erik hatte immer nur an seinen eigenen Vorteil gedacht, und ihm war es egal, ob er seinen Willen im Guten durchsetzte oder nicht. Die Brutalität eines verärgerten Satyrs kannte keine Grenzen. Vielleicht war es für Didi besser zu sterben, als das zu erfahren.

»Das Auto ist vor ein paar Tagen gestohlen worden, wir sind also in einer Sackgasse.« Harju betrachtete die dunkle und düster dreinblickende Nymphe aus der Entfernung und konnte nicht erkennen, was alles in ihrem Kopf vorging.

»Aber das andere Auto, das hier gewartet hat, ist beim Gyllen-Konzern registriert.«

»Hast du dort schon nachgefragt?«

»Ich habe angerufen, und aus irgendeinem Grund hat man mich mit dem obersten Boss persönlich verbunden, Roland Gyllen«, sagte Harju. »Er hat nur erklärt, dass er über die zahllosen Autos des Konzerns kein Buch führt.«

»Erik kann sich nützliche Partner suchen«, sagte Kati. »Wo ist das Auto hingefahren?«

»Man hat es wohl in einem Wald in der Nähe gefunden. Der, den wir suchen, benutzt es sicher nicht mehr«, meinte Harju.

»Meinst du damit, dass die Spuren hier enden?«, fragte Kati fast knurrend.

Harju ging sicherheitshalber ein paar Schritte zurück, bevor er nickte.

30

Samuel war auf Jessicas weiches Sofa gesunken und blätterte Fotoalben durch. Die Familie im Urlaub, die Familie an Weihnachten, die Familie beim Feiern. Jessica beim Ausblasen von fünf Kerzen mit roten, runden Backen. Jessica mit einem neuen Fahrrad. Jessica und ihr kleiner Bruder beim Aufstellen eines Indianerzelts.

Samuels Kopf wollte die Fotos einfach nicht verstehen. Seine eigene Kindheit hatte keine Fehler gehabt. Sein Vater und seine Mutter hatten ihn geliebt, nur Verwandte gab es keine. Manchmal hatten sie Besuch gehabt, aber hinter allem schien mehr verborgen gewesen zu sein. Er hatte es in dem Blick gesehen, den seine Mutter seinem Vater manchmal zugeworfen hatte. Oder in der Art, mit der seine Mutter seinen Vater auf eine der vielen Dienstreisen verabschiedet hatte. Samuels Hand wanderte zum Hals, um zu prüfen, ob der Anhänger da war, und er erschrak, als Jessica sich neben ihn setzte. Sie trug ein gebügeltes T-Shirt und Jeans. Wie konnte eine Frau so frisch und süß sein?

»Suchst du Geheimnisse?«, fragte Jessica.

»In diesem Album ist jedes Bild perfekt«, sagte Samuel. »Familie, Traditionen, Lächeln. Alles.«

»Ist daran was komisch?«

»Nein«, antwortete Samuel. »Oder ja. Plötzlich habe ich das Gefühl, dass ich etwas verpasst habe.«

Jessica nahm Samuels Hand, und er spürte die Wärme ihrer Haut. Er wohnte inzwischen quasi auf Jessicas Sofa. Am Morgen hatten sie zusammen Müsli und Joghurt gegessen, gelacht und ferngesehen. Die Normalität hatte sich so gut angefühlt, dass Samuel erst nichts überstürzen wollte. Aber jetzt war er bereit, einen Schritt weiterzugehen, und er merkte, dass Jessica dasselbe wollte.

Er sah ihr in die Augen und spürte die Einladung. Er beugte sich ein wenig vor und drückte ihr einen leichten Kuss auf die Lippen. Sie lächelten sich an.

»Ich hätte nicht gedacht, dass ich mich in einen Mann verliebe, der Kaffee auf mich kippt«, sagte Jessica.

Samuel lachte, wusste aber, dass Jessica es ernst

meinte. Er wollte antworten, aber etwas hielt ihn zurück. Er erinnerte sich an die Achterbahnfahrt der Gefühle, die Didi jedes Mal in ihm auslöste, und versicherte sich, dass er das absolut nicht vermisste. Mit den Fingern hob er Jessicas Kinn an und küsste sie erneut, jetzt ein wenig länger und inniger.

»Sollen wir einen Kaffee trinken?«, fragte er dann.

»Warum nicht«, antwortete Jessica, und Samuel sah einen Schimmer von Enttäuschung in ihren Augen.

Er ging in Jessicas kleine Küche, wo alles heimelig und sauber war. Schon als er das erste Mal bei ihr gewesen war, hatte er festgestellt, dass sie sich ein Nest gebaut hatte, in dem alles genau so war, wie sie es mochte. Klar und sauber. In Samuels Kopf blitzte die Küche der Nymphen auf, mit ihren Kräutern, Düften und Weinflaschen. Große Glasdosen voller Paranüsse und Mandeln, die vor allem Nadia so liebte.

Er versuchte, seine Gedanken auf den Duft des Kaffees zu konzentrieren, stellte zwei pastellgrüne Tassen auf den Tisch und schenkte ein.

»Hast du versucht, Didi anzurufen?«, fragte Jessica in möglichst sorglosem Ton.

»Ein paarmal«, antwortete Samuel. Er wollte nicht lügen, konnte aber auch nicht erzählen, dass er es mindestens zehnmal versucht hatte.

»Warum?«

»Ich kenne Didi seit unserer Kindheit.« Samuel zog Jessica auf seinen Schoß und umarmte sie, während er redete. Er wollte, dass sie verstand, dass die Beziehung zwischen Didi und ihm alles andere als einfach war. »Ich hatte schon als Kind ein komisches Gefühl, wenn Didi in Not war. Jetzt habe ich dieses Gefühl die ganze Zeit.«

Samuel wollte weiterreden, spürte aber Jessicas Lippen an seinem Hals. Jessica knabberte leicht an ihm, atmete in sein Ohr und wühlte ihre Finger in seine Haare. Samuel fühlte, wie es ihn erregte. Vielleicht war doch alles ganz einfach, ohne weitere Analysen. Genau danach hatte er sich doch gesehnt! Er presste seinen Mund auf Jessicas und schob sie langsam in Richtung Schlafzimmer, während er ihr das T-Shirt auszog. Sie roch ein wenig nach Waschmittel. Als Jessica den Reißverschluss seiner Hose öffnete und ihn berührte, wehrte er sich kein bisschen mehr. Sie fielen aufs Bett. Samuel fragte sich, warum er so lange gewartet hatte, warum er sich eingeredet hatte, lieber nichts zu überstürzen. Inzwischen hatte er Jessicas Jeans bereits nach unten gezogen und schloss die Augen in der Hoffnung, sich noch ein wenig beherrschen zu können.

Kurz war er im Dunkeln. Er spürte die Angst, die Didi genau in diesem Moment spürte. Seine Hüften waren bereits an Jessicas, doch dann drehte er sich von ihr weg.

»Mit mir vergisst du alles«, flüsterte Jessica ihm ins Ohr. Aber Samuels Lust war verflogen.

»Wenn ich mit dem Verstand entscheiden könnte, würde ich den Rest meines Lebens hier bleiben«, sagte Samuel und streichelte Jessicas Hals. »Aber das kann ich nicht.«

31

Es war dunkel im Zimmer, als Didi vorsichtig die Augen öffnete. Durch die verschlossene Tür schimmerte ein schwaches Licht herein. An die Fenster waren Verdunklungsvorhänge genagelt. An der Decke blinkte ein kleines, rotes Licht. Didi vermutete, dass es eine Kamera war. Irgendjemand beobachtete sie, und sie wollte nicht sofort zeigen, dass sie wach war. Und vor allem nicht, dass sie Angst hatte.

Nach und nach kamen ihr die bisherigen Ereignisse wieder ins Gedächtnis. Der ein wenig nach Schweiß riechende Mann, der sie betäubt hatte, das klappernde Auto, an das sie gefesselt war … Als die Türen geöffnet wurden, war Didi bereits wach gewesen und hatte Schmerzen. Der Einfluss des Mondes hatte begonnen, und das Brennen in ihr war unangenehmer als je zuvor. Dann war der verschwitzte Mann ins Auto gestoßen worden, und sie hatte getan, was eine Nymphe bei Vollmond tun musste, ohne weiter um Erlaubnis zu bitten oder sich zu entschuldigen. Danach war sie wieder betäubt worden, denn an den Weg zu diesem Ort hier konnte sie sich nicht erinnern.

Didi erkundete vorsichtig, wo sie war. Das Bett war angenehm und breit, die Bettwäsche glatt und vermutlich aus Satin. Die Decke war aus leichten Daunen. Sie begriff, dass sie keinen BH trug und nur eine Unterhose anhatte. Sie vermied, darüber nachzudenken, wie jemand sie angefasst und ausgezogen hatte, als sie bewusstlos gewesen war. Sie konnte es sich jetzt nicht leisten, vor irgendetwas Angst zu haben.

Didis Blick wanderte durch das große Zimmer und traf auf eine Kommode und einen Kleiderschrank.

»Sieh genau hin, dort hängt ein Nachthemd auf dem Bügel«, sagte eine tiefe Männerstimme aus einem Lautsprecher, der sich an der Wand direkt unter der Decke befand.

Erik! Didi setzte sich erschrocken auf. Erik war im Parkhaus gewesen. Die Erinnerung war jetzt überraschend deutlich. Erik hatte den Mann ins Auto gestoßen. Didi dachte kurz nach. Der Gedanke, dass sie allein mit dem Satyr war, ließ sie in Panik geraten. Jetzt musste sie selbst die Zügel in die Hand nehmen. Sie wusste, dass Erik sie wollte. Das musste sie ausnutzen.

»Du kannst auch die Nachttischlampe anmachen«, hörte sie Eriks Stimme. »Und ich versichere dir, dass alle möglichen Wege nach draußen versperrt sind. Spar deine Kräfte also besser für etwas anderes als Fluchtversuche.«

Didi hatte keine Zeit mehr, um sich die richtige Taktik auszudenken. Sie musste ihrem Instinkt vertrauen und die passenden Situationen nutzen. Diese war eine davon. Sie knipste das Licht an und sah sofort das cremefarbene, seidene Nachthemd. Zögerlich stand sie auf und zog es über. Sie hätte sich lieber beeilt, um ihre Nacktheit zu verdecken, aber sie beschloss, sich möglichst natürlich zu verhalten, als würde das Auge in der Decke nicht jede ihrer Bewegungen verfolgen.

Das Nachthemd war leicht wie ein Traum. Der mit Spitzen besetzte Saum ging ihr nur knapp über die Hälfte der Oberschenkel, aber immerhin war sie nicht mehr halbnackt.

»Die Schlafzimmertür ist offen«, sagte Eriks Stimme aus dem Lautsprecher. »Komm her.«

»Komm du doch«, sagte Didi herausfordernd.

»Nein, nein«, widersprach Erik lachend. »Geduld, meine kleine Nymphe. Auch diese Zeit wird noch kommen.«

»Das hättest du wohl gerne«, murmelte Didi, ging aber trotzdem zur Tür. Sie hatte erwartet, dass sie von dort aus besser sehen konnte, wo sie sich befand, aber die großen Fenster des Wohnzimmers waren ebenfalls abgehängt. Es gab einige stimmungsvolle Lichter, und die Möbel waren stilvoll und schlicht. Sie gaben ihr keinerlei Hinweise auf den Ort.

Erik trat aus einer Ecke heraus ins Licht, und Didi wich ein paar Schritte zurück. Der Satyr trug einen eleganten Anzug mit Krawatte. Jedes einzelne blauschwarze Haar lag an seinem Platz, und er war glatt rasiert. Solche Männer kannte Didi nur aus der Werbung der großen Modeketten. Doch Erik war anders. In der Werbung taten die Menschen nur so lässig, Erik aber strahlte absolute Selbstsicherheit aus …

Und Gefahr, dachte Didi.

»Du weißt sicher, dass Kati mich schon sucht und bestimmt bald vor der Tür steht?« Didi warf die Frage in den Raum, als würde sie sich vor nichts fürchten. Sie nahm die Rotweinflasche vom Tisch und goss sich ein Glas ein. Sie kostete; der dunkle Geschmack war merkwürdig und bitter. Sie war wohl noch keine echte Frau von Welt, hatte aber nicht vor, Erik das zu zeigen.

»Nebbiolo ist meine Lieblingstraube«, sagte Erik lächelnd, und Didi war sich nicht sicher, ob er ihr die Vorstellung abnahm. »Und Kati kommt nicht hierher, denn sie weiß nicht, wo du bist.«

»Was ist das hier für ein Ort?«, fragte Didi.

»Unser Ort. Mehr brauchst du nicht wissen. Du siehst übrigens wundervoll aus. Bist du nicht dankbar dafür, dass ich dir einen Mann als Nahrung besorgt habe? Deine Augen waren schon milchig und die Haut trocken, als ich ihn dir angeboten habe. Danach hast du ein paar Tage geschlafen. Deine Haut funkelt jetzt geradezu in der Dunkelheit.«

»Such beim nächsten Mal einen, der weniger verschwitzt ist.« Didi wollte sich keine Sekunde länger an die Szene im Transporter erinnern. »Warum bin ich hier?«

Mitten im Wohnzimmer stand ein modernes Sofa und davor ein niedriger Tisch, auf dem ein sehr altes, in Leder gebundenes Buch lag. Erik deutete darauf und gab Didi zu verstehen, dass sie sich hinsetzen sollte. Didi beschloss, dem Wunsch nachzukommen, und der Satyr setzte sich neben sie.

»Was ist das?«, fragte Didi.

»Die Legende des Knotens. Sie ist in Altgriechisch geschrieben, und wir lesen sie erst einmal zusammen …«

»Ich kann kein Griechisch! Und ich habe jetzt keine Lust zu lesen.«

»So, so«, sagte Erik. »Eins nach dem anderen. Die Nymphen haben dir Lügen erzählt, das will ich gerne klären. Wenn du danach immer noch gehen willst, bist du frei, es zu tun.«

Didi nahm das schwere Buch und legte es sich auf den Schoß. Auf dem Einband war das Knotenmuster zu sehen, ihre Tätowierung. Obwohl sie zornig war, wollte sie jetzt doch mehr wissen. Sie öffnete die erste Seite und roch das alte Leder, den Staub, die Hände der Satyrn und Nymphen, durch die es hierhergekommen war. Ihr Blick ging über die alten Zeichen, deren schöne Bögen. Sie sah zu Erik auf.

»Bist du bereit für die wahre Version der Legende?«, fragte er und begann sofort zu lesen: »Als sich der Mond über den hellen Bergen verdunkelte, wurde in der Dunkelheit des Waldes ein schönes Nymphenmädchen geboren …«

Sowohl Eriks Stimme als auch die Geschichte waren hypnotisierend, und während die Erzählung voranschritt, verlor Didi das Zeitgefühl. Sie wusste nicht, ob sie eine halbe Stunde oder mehrere neben dem Satyr gesessen hatte. Zwischendurch war ihr kalt geworden, und Erik hatte Feuer in dem großen, offenen Kamin gemacht und ihr eine Wolldecke gebracht. Der Satyr hatte sich ihr kein einziges Mal genähert oder versucht, sie zu etwas zu drängen. Er hatte nur Didis Neugier geweckt.

»Wenn die Nymphe mit dem Knoten ihre vollen

Kräfte erlangt hat, bedeckt der Vollmond die Erde mit Schatten«, fuhr Erik mit dem Lesen fort. »Der Satyr, der das Blut des Silenos trägt, wird zusammen mit dieser Nymphe die Mysterien von Eleusis im Telesterion durchleben. Wenn die Finsternis vollkommen ist, wird die Nymphe von zwei Mächten schwanger: vom Satyr und dem roten Mond. Und auf der Erde wird ein neuer Silenos geboren …«

Didi lauschte der Geschichte mit großen Augen. Sie hatte nicht einmal die Hälfte davon verstanden, aber die Legende faszinierte sie dennoch. Alles hatte eine neue Wendung bekommen, und sie verlangte mehr Erklärungen. Außerdem musste sie auf Toilette.

»Bist du mit diesem Silenos verwandt? Wer ist das?« Didi stand auf und streckte sich. Die Decke rutschte herunter, und sie spürte den Blick des Satyrs auf ihrer Haut. Es störte sie kein bisschen.

»Hör bis zum Ende zu«, sagte Erik mit leuchtenden Augen.

»Ich muss erst auf Toilette …« Didi ging auf eine Tür zu, hinter der sie das Badezimmer vermutete. Sie schaltete das Licht ein, und der Anblick, der sich ihr bot, verschlug ihr die Sprache.

Im schönen, hellen Licht stand ein Babybett, über dem ein Mobile mit kleinen Vögeln und Flugzeugen hing. Auf den Regalen lagen Spielsachen und Babybücher. Ihr Blick ging zum Wickeltisch, auf dem alles lag, was gebraucht wurde.

Didi spürte Erik direkt hinter sich und beschloss, möglichst gelassen zu tun. Es fiel ihr nicht leicht. Sie hatte die strahlende Hitze des Satyrkörpers schon auf dem Sofa gespürt, und es zog sie mehr zu ihm hin, als sie zugeben wollte. Sie hatte das Gefühl, dass sie, würde sie Erik auch nur ein bisschen nachgeben, im selben Augenblick verloren wäre. Didi drehte sich um und sah ihn an.

»Ich möchte ein bisschen nachdenken«, sagte sie.

»Natürlich«, erwiderte Erik äußerst höflich.

»Ich habe Hunger, und ich möchte mich waschen.«

»Selbstverständlich«, sagte Erik. »Nimm ein Bad und zieh frische Kleider an. Im Schrank ist alles, was du brauchst. Ich mache uns inzwischen etwas zu essen.«

Didi ließ sich von Erik das Bad zeigen, das genauso luxuriös war wie alle anderen Räume. Sie blieb alleine zurück und ließ Wasser in die große, ovale Wanne laufen. Auf dem Rand stand ein Badeöl mit Rosenextrakt, von dem sie ein wenig in die Wanne goss. Das sprudelnde Wasser und der ätherische Duft erinnerten sie an Nadia. Sie vermisste die Ratschläge und die heilenden Hände der älteren Nymphe, aber jetzt musste sie alleine klarkommen. Nadia hatte gesagt, dass mit einem Satyr alles ganz natürlich war. Kati wiederum hasste alle Satyrn. Was fühlte sie selbst den Satyrn gegenüber? Und vor allem Erik? Gedanken schwirrten durch Didis Kopf, als sie in das warme Bad stieg.

Sie hörte, wie Erik sich im Wohnzimmer und in der Küche bewegte, ließ sich aber nicht drängen. Sie wollte selbst den Takt und auch alles andere bestimmen … Wenn sie nur erst einmal wüsste, was sie selbst wollte. Erik war bereit, ihr die Welt auf einem Silbertablett zu servieren, daran bestand kein Zweifel. Didi musste nur zustimmen, und dann würde sie ein luxuriöses Leben führen. Warum stimmte sie nicht zu?

Sie musste nur an Samuels entschlossenen Blick denken, um zu wissen, dass es ihr unmöglich war, sich auch nur vorzustellen, einen anderen zu wollen.

In ihrem Kopf entstand ein Plan, sie war sich nur nicht ganz sicher, ob sie ihn ausführen konnte. Sie badete lange, trocknete sich dann mit einem riesigen Handtuch ab und wickelte sich ein zweites um. Sie öffnete die Tür und sah Erik am gedeckten Tisch warten. Statt ihn anzusehen, ging sie langsam zu ihrer Zimmertür und ließ das Handtuch zu Boden fallen.

»Hebst du es auf?«, fragte sie Erik, und es klang nicht wie eine Bitte.

Nackt in ihrem Zimmer angekommen, öffnete Didi in aller Ruhe den Kleiderschrank. Wäre Laura hier gewesen, hätten sie gekreischt und wären durchs Zimmer gehüpft. Auf den Bügeln hing teure Markenkleidung, genau in der richtigen Größe und aus angenehmer Baumwolle, aus Seide und Leinen. Auf dem Schuhregal standen dazu passende Pumps, Sandaletten mit Absätzen und auch einige flache Schuhe. Eine der Kommodenschubladen stand halboffen, und Didi sah darin schöne BHs in verschiedenen Farben und dazu passende Unterhosen liegen. Jetzt hatte sie nur die Qual der Wahl. Aber Männer waren ja dazu da zu warten.

Didi probierte ein Kleid nach dem anderen an und betrachtete sich im Spiegel. Nach einer Weile hatte sie ihre Wahl getroffen. Ein kirschrotes Kleid, das nur ein wenig länger als ein Minirock war. Der Stoff war aus feiner und weicher Baumwolle, und es fiel fließend an ihr herab. Das Kleid zeigte ihre schimmernden Schultern, und die Farbe betonte den Glanz ihrer Haare. Es war nicht figurbetont, sondern schwingend und stilvoll. Dazu wählte Didi helle Sandaletten mit hohen Absätzen, mit denen sie sich definitiv nicht auf die Pflastersteine der Stadt getraut hätte. Für diese Gelegenheit aber waren sie perfekt.

Didi legte noch etwas Lipgloss auf, sonst aber kein Make-up. Sie war sicher, dass der Satyr seine Nymphe möglichst natürlich wollte. Und sie musste wenigstens eine Zeitlang zeigen, dass sie attraktiv für ihn sein wollte.

Didi hörte Musik aus dem Wohnzimmer. Der südamerikanische Rhythmus übertrug sich auf ihre Beine, aber sie zögerte noch. Sie wollte Samuel, aber sie konnte sich nicht für einen Mann entscheiden, dem sie nie alles geben können würde, was zur Liebe gehörte. War sie tatsächlich sicher, was sie wollte? Und was, wenn der Sex mit dem Satyr tatsächlich eine so einschneidende Erfahrung sein würde, dass sie alles andere aus ihrem Kopf verdrängte?

Didi sah sich noch einmal im Spiegel an. Ihre glänzenden Haare waren immer noch ein wenig feucht, und sie biss sich ein paarmal auf die Lippen. Sie strich über den Stoff des Kleides und spürte die schmeichelnden, glatten Fasern auf der Haut. Dann war sie bereit. Sie öffnete die Tür und ging ins Wohnzimmer.

Der Tisch neben dem Fenster war schön gedeckt. Erik stand daneben, und das weiße Hemd offenbarte, dass sich seine Brust ein wenig schneller hob und senkte als normalerweise.

»Geräucherte Ente und Salat«, sagte Erik, aber sein hungriger Blick blieb auf Didi liegen.

Sie ging auf ihn zu, ihre Hüfte wiegte sich im Takt der Musik. Der Satyr reichte ihr die Hand, und Didi nahm sie. Niemand hatte Didi je so sicher geführt. Sie erinnerte sich, wie sie es gehasst hatte, wenn ein zu betrunkener Junge sich bei langsamen Liedern eng an sie gedrückt hatte. Das hier war weit davon entfernt.

»Seit Jahrtausenden erzählen die Nymphen die Legende von der Befreierin, aber so einfach ist es nicht«, sagte Erik, und sein Griff wurde etwas fester. »Didi, ich merke, wie ich mich in dich verliebe. Bald bin ich dein Sklave. Ich helfe dir, die Legende zu verwirklichen und Silenos zu erschaffen.«

Didi konnte nicht reagieren, da der Satyr sie so drehte, dass er hinter ihr war. Eriks Hände ruhten auf ihren Hüften, und er führte sie von einer Seite zur anderen. Sie spürte seinen Atem auf ihrem Nacken und bald auch seine Lippen. Didi zitterte, aber es war besser, Erik glauben zu lassen, dass es aus Lust war, nicht aus Angst.

»Von Silenos darfst du ein anderes Mal erzählen«, sagte Didi. »Jetzt will ich tanzen, aber nicht zu dieser Musik.«

Didi wand sich flink aus Eriks Griff und drückte ein paar Knöpfe auf der Anlage, bis sie einen passenden Sender fand. Der Satyr sah zunächst verärgert aus, so als hätte sie einen Zauber gebrochen, aber als die Rhythmen der Popmusik durch den Raum klangen und Didi die ersten Schritte dazu tanzte, wurde seine Miene weicher.

Didi gab sich der Musik hin. Sie tanzte für sich selbst mit geschlossenen Augen, als hätte sie ihre Umgebung vergessen. Sie spürte, dass der Satyr sie unaufhörlich beobachtete. Dann nahm sie die Haare mit der Hand aus dem Nacken und ließ sie wieder den Rücken entlang hinabgleiten. Ihre bloßen Schultern leuchteten, und der Schein des Kaminfeuers färbte ihre Haut leicht. Didi legte den Kopf etwas nach hinten und öffnete die Lippen. Sie war eine vollblütige Nymphe, sie wusste genau, welche Lust sie wecken konnte.

Dann öffnete sie die Augen und machte ein paar Tanzschritte auf Erik zu. Sie wollte verführen, spielen, ihre Macht testen. Sie lächelte einladend, aber Erik hatte genug; er griff knurrend nach Didis Hüfte und stieß sie aufs Sofa. Didi lag unter dem starken und schweren Satyr, sein roter, brennender Blick bohrte sich in sie. Didi geriet in Panik. Einen Moment lang hatte sie vergessen, dass die Gefahr echt war, und hatte damit gespielt. Sie hatte geglaubt, die Situation unter Kontrolle zu haben, aber plötzlich sah sie die Hörner aus Eriks Stirn kommen. Sie erinnerte sich an all das, was sie für einen Moment vergessen hatte. Wie Erik Samuel fast getötet hätte, wie sie selbst ihm den Dolch in den Rücken gestoßen hatte …

Didi schrie vor Angst, aber die Erinnerung an

Samuel ließ die Angst zu Wut werden. Sie konnte sich aus Eriks Griff lösen und würgte mit beiden Händen seinen nackten Hals. Das Adrenalin schoss so durch ihren Körper, dass sie keuchte. Angst und Hass strömten ihre Adern entlang und kamen als Starkstrom in ihren Händen an. Ihre Berührung ließ Eriks Atem stocken, ihn vor Schmerz röcheln und nach hinten kippen. Didi war erschöpft. Einen Moment lang verstand sie nicht, was passiert war. Erik befand sich jetzt einen Meter von ihr entfernt, und seine Kräfte kehrten langsam zurück. Das war genau der Augenblick, in dem sie handeln musste. Sie verstärkte ihren Hass, kanalisierte ihn und drückte ihre Hand direkt auf Eriks Halsschlagader. Sie zwang den Satyr auf die Knie. Erik zitterte durch und durch, er verdrehte die Augen, gab aber nicht nach. Doch im nächsten Augenblick glitt er betäubt auf die Seite.

Didi wartete nicht länger. Sie schüttelte die Sandaletten von den Füßen und rannte zur Tür. Sie war nicht verschlossen. So sicher war Erik sich ihrer schon gewesen. In derselben Sekunde war Didi draußen und sah sich um. Die Sonne schimmerte leicht, folglich war es wohl früh am Morgen. Sie sah einen Hof und Wald. Dort würde sie sicher nicht vor dem Satyr fliehen können, aber Erik würde bald zu sich kommen. In der anderen Richtung lag ein Bootssteg an einem grauschimmernden See. Sie musste eine Entscheidung treffen.

Didi rannte zum Bootssteg, sprang ins Wasser und tauchte ab.

32

Samuel war bei Jessica ausgezogen und zurück in der Leichenhalle. Die Nächte dort zehrten an seinen Kräften. Er hatte zwar geschlafen, aber immer wenn er aufwachte, hatte er das Gefühl, geträumt zu haben. Doch es war kein Traum, sondern Erinnerungen, die aus allen Winkeln des Gehirns hervorsprudelten.

Auch an diesem Tag war Samuel viel zu früh aufgewacht und hatte das Gefühl, dass er eigentlich an einem anderen Ort sein sollte. Er hatte sich ins Auto gesetzt und als er sich die Landschaft endlich richtig ansah, stellte er fest, dass er nach Tammisaari fuhr. Bald schon war er am Hof der Familie van der Haas. Er sah das alte Eisentor an, das ein Eichenornament zierte, und holte den alten Anhänger seines Vaters unter seinem Hemd hervor. Einen Moment hielt er ihn in der Wärme seiner Finger, dann stieg er aus. Er atmete die klare Morgenluft ein, die schon den Herbst ankündigte, und der Atem stieg als Dampf in die Luft.

Samuel ging näher an das Tor heran. Die alte Frau, die in einiger Entfernung den Weg kehrte und die er schon einmal mit Didi zusammen getroffen hatte, unterbrach ihre Arbeit. Samuel begriff, dass er immer noch seinen weißen Arztkittel trug und zweifellos einen merkwürdigen Anblick bot. Er hob die Hand zum Gruß und ging durch das Tor.

Die Frau hatte ihre Arbeit wieder aufgenommen und sah Samuel nur im Vorbeigehen an. »Mein Sohn Matias ist dort auf der Veranda.«

Samuel reckte den Hals. Ein Stück weiter vorne stand ein großer Mann mittleren Alters, dessen Gesicht sein Leben anzusehen war. Er hatte mittelbraune, halblange Haare und trug ein Baumwollhemd und Jeans. Er sah völlig normal aus. Samuel näherte sich ihm ein wenig schüchtern.

»Samuel Koski«, sagte er und reichte dem Mann die Hand.

»Matias van der Haas. Lass uns reingehen.«

Matias führte Samuel in ein Zimmer, das man früher wohl Salon genannt hätte. Dort stand eine alte Tischgruppe im gustavianischen Stil, an die sie sich setzten, und Matias schenkte Kaffee ein.

»Mutter hat mich in Griechenland angerufen und

erzählt, dass ihr hier gewesen seid«, sagte Matias. »Du und irgendein hübsches Mädchen.«

»In Griechenland?« Samuel hob die Augenbrauen. Seine merkwürdigen Träume hatten irgendwie mit Griechenland zu tun gehabt. »Wo genau waren Sie dort?«

Matias zögerte mit seiner Antwort. Er warf Samuel einen forschenden Blick zu und überlegte sich seine Worte genau.

»Wir waren ganz an der Südspitze, in Lakonien. Dort gibt es einen Ort namens Velanidia. Meine Tochter Matilda ist jetzt in dem Alter, dass ich ihr zeigen will, was ich mein Leben lang gemacht habe.«

Samuel hatte im Traum fast Wort für Wort dasselbe von seinem Vater gehört. Sein Vater hatte vorgeschlagen, dass Samuel und seine Mutter mit ihm auf Dienstreise kämen, damit er erfahren würde, was sein Vater sein Leben lang gemacht hatte … Samuel hatte bereits gelangweilt gegähnt und gemeint, dass es ihn nicht interessieren würde, wie jemand Medikamente verkaufte. Da hatte seine Mutter trocken gelacht und angemerkt, dass sein Vater gar keine Medikamente verkaufen würde.

Samuel wollte Matias schon etwas von seinen Erinnerungen erzählen, als er plötzlich merkte, dass er direkt in den Lauf einer Waffe sah.

»Hier wurde eingebrochen, deshalb muss ich vorsichtig sein«, sagte Matias. »Was habt ihr das erste Mal hier gemacht, du und das Mädchen? Wie habt ihr hierhergefunden?«

»Didi wollte Informationen zu einem Symbol suchen«, sagte Samuel.

»Wer ist das Mädchen, das etwas über den Knoten wissen wollte?«

»Didi«, wiederholte Samuel. Er hatte nicht im Geringsten vor, Matias von den Nymphen zu erzählen. Ein erwachsener Mann würde so etwas nicht glauben. »Wir kennen uns seit unserer Kindheit.«

»Der ganze Name!« Der Lauf der Waffe war jetzt nur noch ein paar Zentimeter von Samuels Gesicht entfernt.

»Desirée Tasson.«

Es verging eine Sekunde, die sich mindestens wie eine Stunde anfühlte, dann legte Matias die Waffe auf den Tisch. Samuels Herz schlug langsam wieder ruhiger, aber er war noch immer auf alles gefasst. Das hier war kein normales Gespräch am Kaffeetisch. Er hatte Didi aus seinem Gedächtnis verdrängt, aber jetzt reichte das bloße Aussprechen ihres Namens, um die tief in ihm nagende Angst wieder zu wecken. Es war nicht alles in Ordnung.

»Das glaube ich nicht. Sie kann nicht Desirée Volante sein«, murmelte Matias.

»Was soll das heißen?«, fragte Samuel.

»Auf Griechisch ist das Epithymia Tha«, antwortete Matias. »Kennst du die Legende nicht?«

»Nein«, sagte Samuel und tastete dabei nach dem Anhänger an seinem Hals. Er sah Matias' verwirrten Blick. »Hat es damit zu tun? Oder hat Griechenland irgendwie damit zu tun?«

In Samuels Kopf kreisten jetzt so viele Fragen, dass er gar nicht wusste, wo er anfangen sollte, aber wenn Matias ihm auch nur eine Antwort geben würde, könnte er vielleicht etwas von seinen merkwürdigen Träumen verstehen.

»Woher hast du den Schmuck?«, fragte Matias.

»Von meinem Vater, Pentti Koski. Habe ich nach seinem Tod bekommen«, antwortete Samuel. »Ich war ein Teenager, als mich mein Vater auf eine Dienstreise nach Griechenland mitnehmen wollte. Aber irgendetwas lief schief, und ich erinnere mich eigentlich nur noch an ein Krankenhaus.«

Matias war aufgestanden und zum Fenster gegangen. Samuel wagte es noch nicht, sich zu bewegen. Er wollte nicht mehr mit der Waffe bedroht werden.

»Ich habe davon geträumt, aber nichts verstanden«, sagte Samuel, während er sich zu Matias umdrehte. »Es sind eher Erinnerungen, aber ich kann sie nicht richtig verstehen.«

»Hier gibt es jemanden, der dir beim Erinnern helfen kann«, sagte Matias. »Wenn du das tatsächlich willst.«

33

Zuerst dachte ich, dass jemand seine Wäsche zum Steg gebracht hat«, sagte der junge Bauer zu Didi.

Didi ahnte, dass sie ziemlich erbärmlich aussah. Sie hatte es irgendwie geschafft, ans andere Ufer zu schwimmen, dann hatte sie frierend dagelegen. Dunkel hatte sie mitbekommen, dass jemand sie in eine warme Sauna gebracht und ihr scheu aus den Kleidern geholfen hatte. Endlich wurde ihr wieder warm, und sie konnte reden, ohne mit den Zähnen zu klappern. Dankbar trank sie Tee mit Honig und spürte, wie ihre Kräfte zurückkamen.

»Ich habe mich wohl verlaufen«, sagte sie, was zweifellos eine schwache Erklärung war, aber der blonde junge Mann lächelte nur wie ein Schaf. Didi musste die Sache jetzt schnell angehen, Erik konnte ihr bereits auf den Fersen sein. »Hast du ein Telefon?«

Kurz darauf hatte Didi ein Handy in der Hand und tippte Katis Nummer. Sie war darauf gefasst, wegen ihres Verschwindens angeschrien zu werden. Aber im Gegenteil, Katis Stimme klang äußerst besorgt. »Didi, wo bist du? Ist alles in Ordnung mit dir?«

»Ja. Ich bin in …« Didi drehte sich um und sah den jungen Mann fragend an.

»Hauho.«

»Ich bin in Hauho«, sagte Didi und hörte, wie Kati tief einatmete.

»Gib mir die Adresse, ich komme dich holen.«

Nachdem Didi ihr die Adresse gegeben hatte, konnte sie nur noch warten. Ihr wurde Wurst, Kohlsalat und Roggenbrot gebracht, und sie konnte nicht mit Worten ausdrücken, was für ein Festessen das für sie war. Der junge Mann suchte ihr in seiner Kammer ein Shirt und eine Jeans, die sie mit einem Gürtel festzog. Zwei Stunden später winkte sie dem traurig wirkenden Bauern zum Abschied und fuhr mit Kati zusammen nach Hause.

Sie rasten bereits über die Autobahn, als Kati anfing zu lachen.

»Was ist denn?«, wunderte sich Didi.

»Erik hat dich nach Hauho gebracht!«

»Und?«

»Ich wusste nicht, wo er dich hingebracht hat, und

da ich Erik kenne, habe ich an etwas Bombastisches gedacht, Monaco oder so. Aber Erik hat dich in der Nähe versteckt. Ein kluger Satyr, das muss man sagen.«

Die Ereignisse der letzten Tage waren allerdings weniger lustig. Das, was Didi Erik gegenüber gefühlt hatte, kurz bevor er seine Beherrschung verloren hatte, war etwas ganz Neues; beängstigend und faszinierend zugleich. Und das, was sie mit Erik getan hatte, war ausschließlich beängstigend.

»Ich habe ihm etwas angetan«, sagte Didi. »Ich habe ihn verletzt. Schlimm.«

Kati sagte nichts, trat aber ein wenig mehr aufs Gas. »Gut. Was ist dort sonst noch passiert?«

»Erik hat mir aus einem uralten Buch vorgelesen, demzufolge wir füreinander bestimmt sind. Wer glaubt denn an so was?«

Kati antwortete nicht.

»Auch Nadia denkt, dass ich die eine Befreierin der Nymphen bin«, fuhr Didi fort.

»Du solltest damit zufrieden sein«, sagte Kati schließlich. »Nadia kümmert sich um dich, weil sie einen unerschütterlichen Glauben an die alte Legende hat. Aus demselben Grund tut Erik dir nichts Böses. Lass nur alle an das Märchen glauben, wenn du einen Nutzen davon hast.«

»Warum beschützt du mich?«, fragte Didi.

»Habe ich jemals etwas getan, von dem ich nicht selbst etwas hatte?«

»Nein«, antwortete Didi ein wenig enttäuscht. Kati war so erleichtert gewesen, sie unversehrt gefunden zu haben, dass Didi irgendeine Gefühlsäußerung erwartet hatte. Sie beschloss, es dabei zu belassen. Außerdem war sie unendlich froh gewesen, als sie ins Auto steigen konnte. Jetzt traute sie sich, die Müdigkeit zuzulassen. Den Rest des Weges schlief sie.

Als Kati die Wohnungstür öffnete, begrüßte sie zunächst ein üppiger Geruch nach Basilikum, und dann sprang Nadia ihnen barfuß und in einem flatternden Leinenkleid entgegen. Ihr Anblick erleichterte Didi so sehr, dass sie Nadia in die Arme fiel.

»Wo wart ihr? Ich habe schon Angst bekommen.« Nadia schaute besorgt zu Kati.

»Wo warst *du* denn?«, fragte Kati. »Ich habe versucht, dich zu erreichen.«

»Ich war bei Frida«, antwortete Nadia mit gespielter Leichtigkeit, ließ Kati aber mit einem Blick verstehen, dass sie besser später darüber redeten. »Erzählt schon.«

»Das ist eine lange Geschichte«, sagte Didi. »Ich bin völlig erledigt. Ist es okay, wenn ich mich wasche und dann schlafen gehe?«

»Geh nur«, sagte Kati. »Wir reden morgen.«

»Eins will ich jetzt noch sagen. In den letzten Tagen habe ich kapiert, dass ich keine Ahnung davon habe, wie euer Leben gewesen ist. Trotzdem müsst ihr mich über meine Angelegenheiten selbst entscheiden lassen.«

Kati sah aus, als wäre sie genervt, und ihre Miene gab zu verstehen, dass Didi sich so etwas gar nicht erst einzubilden brauchte, aber Nadia nickte.

»Und ich will nicht mehr darüber reden, ob ich eine Legende bin oder nicht«, fuhr Didi fort.

»Du hast es gehört«, sagte Kati zu Nadia. »Ich setze Didi nicht irgendwelche Märchen in den Kopf.«

»Du selbst machst mir mit allem Möglichen Angst«, sagte Didi zu Kati. »Wenn du mir nur endlich mal vertrauen würdest. Und jetzt gehe ich schlafen und morgen arbeiten.«

»Das ist zu gefährlich ...« Kati konnte den Satz nicht beenden, denn Didi drohte ihr mit dem Zeigefinger.

»Okay, probieren wir es. Aber ich verspreche nichts.« Kati seufzte.

Die älteren Nymphen warteten kurz, bis Didi in ihrem Zimmer verschwunden war. Dann ging Kati eine Flasche Weißwein aus dem Kühlschrank holen, goss zwei Gläser ein, und sie setzen sich damit an den Küchentisch.

»Bist du bereit zu reden?«, fragte Kati. »Wo war Frida?«

»In Frankreich, in Nîmes. Dort gibt es ein altes Kloster, in dem sich Nymphen versammelt hatten.« Nadias Augen füllten sich mit Tränen, als sie sich an den Ort erinnerte.

»Erzähl«, forderte Kati sie auf. Sie wusste, dass ihr die Geschichte nicht unbedingt gefallen würde, aber sie musste dennoch alles erfahren.

»Das Kloster war dunkel und feucht, aber es war an einem sicheren Ort.« Nadias Stimme war monoton, als sie sich an die Ereignisse erinnerte. »Frida hatte ihn gut ausgewählt. Und dort gab es junge Nymphen, die sich sicher waren, dass die Mondfinsternis alles verändern wird. Das Gerücht von Desirée hat sich verbreitet und sie dazu gebracht, trotz der Lebensgefahr zu fliehen. Einige waren schwer verletzt. Ich habe versucht, Eliza zu retten, die ein Satyr ...«

Die Erinnerung an die junge Nymphe und ihren letzten Blick ließ Nadia vor Schmerz zittern. Kati wartete, bis sie fortfahren konnte.

»Wenn du ihren Gesichtsausdruck gesehen hättest, als ich ihnen erzählte, dass ich die Nymphe mit dem Knoten getroffen habe«, sagte Nadia. »Ich habe allen gesagt, dass jetzt die Zeit des Widerstands gekommen ist. Dass wir uns gegen die Satyrn auflehnen müssen, unsere eigenen Rechte fordern. Sie waren alle dazu bereit. Auch wenn Didi selbst nicht an die Legende glaubt – sie ist schon jetzt der Leitstern der Nymphen. Allein das Gerücht von der Legende kann alles verändern.

»Sind sie dort geblieben?«, fragte Kati, die ahnte, dass die Erzählung noch weitergehen würde.

»Die Satyrn haben von dem Ort erfahren«, sagte Nadia. »Wir mussten uns aufteilen und fliehen. Es war furchtbar. Ich glaube, dass in dieser Nacht viele gestorben sind, und ich weiß immer noch nichts über Fridas Schicksal. Sie kämpfte und hat mehrere Satyrn mit dem Bogen erschossen, aber dann habe ich den Blickkontakt verloren. Ich bin letzte Nacht aus Frankreich hierher zurückgeflogen.«

Kati verdaute, was sie gehört hatte, und teilte den Rest des Weins auf.

»Didi muss davon nichts erfahren«, sagte sie dann.

»Jetzt noch nicht«, stimmte Nadia ihr zu. »Aber ich weiß nicht, wie lange man es ihr vorenthalten kann.«

34

In dem alten Bibliothekszimmer war es ziemlich dunkel. Samuel verfolgte, wie Matias auch noch den letzten Vorhang zuzog. Die Frau mit den dunklen Augen, die ihm als Salma vorgestellt wurde und Matias' Mutter war, zündete Kerzen an. Samuel hätte am liebsten alles abgeblasen. Für einen angehenden Arzt hörte sich das Ganze nach völligem Hokuspokus an, und aufgrund der Ereignisse der letzten Zeit hatte er Angst davor, dass etwas die Macht über ihn ergreifen könnte. Außerdem war Salma ziemlich furchteinflößend, und Samuels Bedarf an gefährlichen Frauen war bereits gedeckt.

»Setz dich dort auf den Stuhl und entspann dich«, sagte Salma zu ihm, als ob Entspannen möglich gewesen wäre. »Zieh dein Hemd aus.«

Der Befehl war deutlich, Samuel gehorchte. Er sah, wie Salma aus der Schublade des massiven, alten

Schreibtischs eine silberne Schachtel holte und daraus eine von Hand gedrehte Zigarette, die nach Kräutern roch. Er wollte etwas über Drogen anmerken, aber Salma hatte sie schon angezündet und wandte sich erneut an ihn.

»Es tut nicht weh«, versprach sie. »Mach die Augen zu.«

Diesem Befehl wagte Samuel nicht zu gehorchen, er sah entsetzt zu, wie sie die glimmende Spitze der Zigarette seinem Schlüsselbein näherte und auf seine Haut drückte … Es war erstaunlich, aber er fühlte keinen Schmerz, sondern nur ein Jucken und das Gefühl von Wärme. Salma nahm einen tiefen Zug und presste die Zigarette auf eine andere Stelle auf seiner Brust, dann auf eine dritte. Samuels Augenlider wurden immer schwerer, obwohl er sich dem Schlaf zu widersetzen versuchte.

»Schlaf«, sagte sie leise summend. »Ich leite dich.«

Samuel glitt aus dem Bibliothekszimmer. Er sah sich selbst auf dem Stuhl, sah, wie sein Kopf auf die Brust fiel, und wollte etwas sagen, konnte sich aber der Bewegung, die ihn wegführte, nicht entziehen. Dann öffnete er die Augen und war mit seinem Vater in der Kajüte der Robur. Durch das Fenster war eine weißgekalkte griechische Stadt auf dem Gipfel eines Felsens zu sehen.

Sein Vater hatte gerade eine Ledertasche, die mit

einem Eichensymbol verziert war, auf den Tisch der Kajüte gestellt. Er nahm eine Rolle daraus hervor und öffnete sie mit gleichmäßigen Bewegungen. Vor Samuels Augen erschienen eine Betäubungspistole mit Pfeilen, ein Messer, eine merkwürdige Taschenlampe sowie zwei Metallampullen. Der Vater nahm einen der kleinen Pfeile zwischen die Finger.

»Aus welchem Holz ist der gemacht?«, fragte er.

»Aus Eiche«, antwortete Samuel, ohne zu zögern.

»Ziemlich gut. Die Giftbuche gehört trotz ihres Namens zu den Eichen. Sie wächst nur hier in Velanidia.« Mit der einen Hand hielt der Vater den Pfeil, mit der anderen eine der Ampullen, beides direkt vor Samuels Augen. »Jeder Pfeil ist Handarbeit. Und in dieser Ampulle ist das Blut des im Tempel von Oxiá Koiláda geopferten Einhorns.«

Samuel warf seinem Vater einen abschätzigen Blick zu. »Eines Einhorns? Ziemlich fette Lüge. Das ist doch ein Märchen. Ich bin schon dreizehn.«

»Natürlich. Wir sind das Märchen«, sagte der Vater und legte seine breite Hand auf Samuels Schulter.

Er wollte mehr wissen, aber das Gesicht des Vaters begann unscharf zu werden. Er roch wieder den Kräuterduft von Salmas Zigarette, und seine Augen öffneten sich. Er musste Luft in die Lungen saugen, und eine Träne rann ihm über die Wange.

»Ich will mehr wissen«, sagte er.

»Keine Eile«, sagte Matias. »Du fängst langsam an, dich zu erinnern. Ein zu großer Sprung kann schädlich sein.«

»Ist das wahr? Warum ist mir das alles entfallen?«

»Auch an den Grund dafür wirst du dich erinnern«, sagte Salma und legte die Schachtel in die Schreibtischschublade zurück. »Zunächst solltest du mit einer bestimmten Person sprechen.«

Wie auf Befehl öffnete sich die Tür des Bibliothekszimmers. Samuel brauchte einen Moment, um zu erkennen, dass seine Mutter dort in der Dunkelheit stand.

»Im Salon könnt ihr ganz unter euch sein«, sagte Salma.

Samuel stand ein wenig wackelig auf, ging dann aber mit Pauliina in den Salon, und sie setzten sich nebeneinander aufs Sofa. Pauliina umarmte Samuel fest und zerzauste ihm die Haare, wie sie es immer getan hatte. Er roch ihren vertrauten Duft nach Pferdestall und verspürte Erleichterung.

»Ich weiß nicht genau, worüber ihr sprechen konntet«, sagte Pauliina. »Ich kann meinen Part erzählen, aber ich habe mit Matias vereinbart, dass er dir von deinem Vater erzählt. Du kannst dann selbst entscheiden, wie du zu allem stehst.«

»Was weißt du alles?«, fragte Samuel ruhig. Die merkwürdige Situation irritierte ihn.

»Ich weiß zum Beispiel, warum Elina damals in die Nachbarschaft gezogen ist«, sagte Pauliina. »Sie wollte Didis Sicherheit gewährleisten.«

»Du wusstest, was Didi ist?«

Pauliina nickte, und die Erinnerung schien sie immer noch zu schmerzen. »Ihr wurdet wie Pech und Schwefel, aber dann hat Didi sich in dich verliebt. Wir hätten euch nicht mehr kontrollieren können, wenn Didis Gefühle stärker geworden wären. Deshalb haben wir euch getrennt.«

Samuel wog die Worte seiner Mutter ab. Es gab eigentlich nur eine Sache, die er jetzt unbedingt wissen wollte, aber er war ein wenig unsicher, wie er es ausdrücken sollte. Es war völlig klar, dass Pauliina keine Beziehung zwischen ihm und Didi gewollt hatte.

»Ist die Beziehung zwischen einer Nymphe und einem Menschen immer unmöglich?«, fragte Samuel.

»Ja«, antwortete Pauliina. »Du willst das nicht hören, aber es ist die Wahrheit. Hättest du mir erzählt, dass du Didi begegnet bist, hätte ich versucht, dich zu warnen. Ich möchte, dass du ein normales Leben führst.«

Samuel wusste, dass seine Mutter nur das Beste für ihn wollte. Er umarmte sie noch einmal, und sie trocknete ihre Augen. Beide waren es nicht gewohnt, sentimental zu sein.

»Ich gehe jetzt«, sagte Pauliina. »Vertrau Matias.«

Sie stand auf. Samuel wusste, wie widerwillig seine Mutter ihre Pferde für längere Zeit allein ließ, und begleitete sie.

Beim Auto angekommen, drehte Pauliina sich um und umarmte Samuel noch einmal überraschend fest. Sie sagte nichts, lächelte nur ernst.

»Bis bald, Mama«, sagte Samuel. Er wollte den Moment nicht mit noch mehr Gefühlen aufladen. Pauliina war normalerweise sehr zurückhaltend, aber Samuel spürte trotzdem, wie besorgt sie war.

»Wir sehen uns«, antwortete sie, und kurz darauf war ihr Auto außer Sichtweite.

Samuel ging ein wenig spazieren, um über die Worte seiner Mutter und seine Frage an sie nachzudenken. Er hatte es erst verstanden, als er sie ausgesprochen hatte: Er hatte sich in Didi verliebt. Die Angst, die er zuvor bei allem Neuen, Unbekannten und auch Gefährlichen verspürt hatte, war verschwunden. Die Liebe zu Didi war stärker.

Samuel ging wieder in den Salon. Dort saß Matias mit einem Gegenstand, den Samuel sofort erkannte. Es war die alte Ledertasche, die er in seinem Traum in der Kajüte der Robur gesehen hatte. Matias beobachtete seinen Gesichtsausdruck, während er sie vor Samuel auf den Tisch stellte.

»Die Geschichte unserer Familie wird mündlich weitergegeben, von den Eltern zu den Kindern«, sagte Matias. »Meistens werden die Kinder dorthin gebracht, wo die Legende ihren Anfang nahm …«

»Nach Velanidia«, sagte Samuel.

»Ich kannte deinen Vater unter dem Namen Paulos. Er kann dir diese Geschichte nicht erzählen, deshalb tue ich es. Unsere Geschichte ist eng mit der Legende vom Knoten verknüpft. Wir hüten das Geheimnis des Knotens, und es wird mit Hilfe des Inhalts dieser Tasche bewahrt. Diese Tasche gehörte deinem Vater.«

Samuels Blick ging von der Tasche zu Matias. Es war, als würde sich eine Knospe der Erinnerung öffnen. Er legte die Hand auf das Leder der abgenutzten Tasche und schloss wieder die Augen. Gleichzeitig erinnerte er sich daran, wie er in einem Felstunnel gewesen war. Sein Vater beugte sich zu ihm, um ihm etwas zuzuflüstern. Er versuchte, genau zuzuhören.

»Samuel, geh!«, sagte der Vater bestimmt.

Samuel wollte nicht gehorchen. Irgendjemand war mit ihnen im Tunnel, und er wollte bei seinem Vater bleiben. Die Stimme des Raubtieres, was auch immer es war, war bereits in der Nähe zu hören, und sein Vater atmete hektisch. An den Wänden des Tunnels standen Holzkisten. Der Vater griff Samuel mit beiden Händen an den Schultern und stieß ihn dahinter.

»Junge, versuch nicht, den Helden zu spielen!«

Das waren die letzten Worte seines Vaters zu ihm gewesen. Der Vater stellte sich dem Raubtier entgegen. Es war in der Dunkelheit unmöglich zu sehen, was geschah, aber sein Vater ging zu Boden und stand nicht wieder auf … Der Angreifer nahm die Taschenlampe des Vaters, und Samuel sah das Wesen kurz an. Dann verschwand es.

Samuel riss die Augen auf. Das Wesen war zweifellos ein Satyr gewesen. Er sah Matias fragend an, der in die Richtung der Rolle nickte. Samuel wickelte sie auf. Er sah genau dieselben Dinge, die ihm sein Vater gezeigt hatte. Und der Dolch … Einen ebensolchen hatte er in Didis Händen gesehen, als sie ihn dem Satyr mit der Kraft einer rasend gewordenen Nymphe in den Rücken gestoßen hatte.

35

Erik saß vor dem Café und sah sich um. Gabriel Korda hatte sicher bereits Mitchell und Lucas aufgehetzt, um ihn zu suchen und ihn vor das Konklave zu bringen. Aber noch hatte er Zeit, gewisse Dinge zu erledigen, bevor er seine geschliffene Rede vor den anderen Satyrn halten würde. Wenn Korda erwartete, dass er aufgab oder sich unterwarf, hatte der Anführer der Satyrn sich getäuscht. Und er wäre nicht mehr lange der Anführer.

Erik hatte nicht nur angehalten, um sicherzugehen, dass er nicht verfolgt wurde. Die letzten Ereignisse in der Villa hatten ihn verärgert. Er hatte seine Beherrschung verloren, was ihm schon einmal geschehen war. Und es war gefährlich. Seine Kräfte waren im Nu versiegt, als Didi ihm die Hände auf den Hals gepresst hatte. Er hatte keine Luft mehr bekommen und hatte sich verkrampft. Noch schlimmer war die Wildheit im

Blick der Nymphe gewesen, die sie mit einer gewaltigen Wut erfüllt hatte. Erik wusste, dass er seine Karten jetzt richtig einsetzen musste, um sein Ziel wieder vor Augen zu bekommen.

Erik betrat das Café und spürte Eifersucht, als er Didi mit ein paar jungen Männern lachen und reden sah. Er ging wortlos zum Tresen und wartete, dass Didi mit ihrem Tablett dorthin kam. Er sah die kurz aufflackernde Panik in Didis Blick, aber dann setzte das Mädchen eine gelassene Miene auf.

»Ich bin zu weit gegangen«, sagte Erik. »Allerdings solltest du langsam wissen, dass man Satyrn nicht provoziert, wenn man selbst nicht zum Spiel bereit ist.«

»Ich will dich nicht sehen.« Didi stellte die schmutzigen Tassen in einen Korb zum Spülen und wusch sich die Hände.

»Ich habe einen Vorschlag.« Erik griff nach Didis Handgelenk, um ihre Aufmerksamkeit zu bekommen, aber der angespannte Mund der Nymphe erinnerte ihn an sein eigentliches Ziel, und er lockerte den Griff.

»Erinnerst du dich an den letzten Vollmond?«, fragte Erik, und jetzt sah Didi sich immerhin um, ob auch niemand zuhörte. »Ich habe dir Nahrung besorgt, und du hast es genossen. Du musstest dich nicht um die Lieferung der Nahrung kümmern, ebenso wenig um die Entsorgung der Reste. Oder?«

»Ich habe dich nicht darum gebeten. Und ich habe auch nicht darum gebeten, entführt zu werden, oder darum, fast …«

»Darüber reden wir zu einem besseren Zeitpunkt«, sagte Erik. »Jetzt habe ich eine andere Bitte. Ich biete dir wieder Nahrung an, und diesmal kommt sie auf ihren eigenen Wunsch auf den Teller.«

Didi sah Erik befremdet an. Natürlich konnte sie es noch nicht verstehen, aber Erik hatte jetzt die Gelegenheit, zwei Fliegen mit einer Klappe zu schlagen. Er würde eine Gegenleistung erbringen und noch dazu die Nymphe auf seine Seite bekommen. Er musste nur warten, bis Didi ihre eigene Entscheidung traf, ohne Druck.

»Komm mit, und du darfst selbst bestimmen«, sagte Erik zu Didi. Er betrachtete das ovale Gesicht des Mädchens und ihre feinen Züge und dachte kurz an Leonardo und sein Gemälde der Frau mit Hermelin im Arm. Vielleicht würde er aus dieser Nymphe ein Kunstwerk für die Nachwelt schaffen.

Didi überdachte den Vorschlag einen Moment lang und stimmte dann zu: »Hol mich von der Abendschicht ab.«

Das alte, mit dunklem Holz verkleidete Restaurant mit den Kristallleuchtern war genau die Umgebung, in der Erik sich wohlfühlte. Er sah die Nymphe, deren rote Haare sich offen über ihren Schultern ausbreiteten, anerkennend an. Auch Didis Kleidung war angemessen: ein taubengraues Kleid mit einem altrosa Muster. Natürlich hätte ihr der Satyr luxuriösere Materialien und statt der flachen Stiefel hochhackige und schmale Pumps gewünscht, aber die Zeit dafür würde noch kommen. Er würde es genießen, Didi die Freuden des Lebens auf allen Ebenen zu lehren. Nun aber musste er sich auf das Hier und Jetzt konzentrieren. Er bot Didi seinen Arm an, und sie ließen sich vom Kellner zu einem Tisch führen. Roland Gyllen stand auf.

»Roland, das ist Desirée Tasson«, stellte Erik vor.

»Du hast recht, sie erinnert ein wenig an Teresa als junge Frau«, sagte Gyllen, während er den Blick auf dem Mädchen ruhen ließ.

Erik holte Didi einen Stuhl. »Du kannst vor Roland offen reden. Er weiß von uns. Ich kannte ihn und Teresa bereits, als sie ein junges Paar waren.«

Auf Gyllens Zeichen hin wurde eine Champagnerflasche zum Tisch gebracht und allen eingeschenkt, ohne dass jemand nach Didis Alter fragte. Zunächst wurden ihnen Krustentiere serviert. Erik verfolgte zufrieden, wie elegant Didi die Situation meisterte. Sie aß und redete, lachte an den richtigen Stellen, aber ohne zu viel Aufmerksamkeit zu erregen. Alles in allem besaß die Nymphe genau die richtigen Züge. Zwischendurch tauschten Erik und Gyllen eine wortlose Nachricht, und Erik wusste, dass Gyllen zur Erfüllung des Vertrags bereit war. Er spürte die Traurigkeit des alten Mannes und wurde selbst für einen Moment schweigsam, als er darüber nachdachte, wie die lange Freundschaft nun ihrem Ende zuging. So war es immer mit den Menschen.

Gyllen wird trotzdem noch sein Leben genießen, überlegte Erik schmunzelnd, als er das Zeichen gab, das geröstete Perlhuhn und das Wurzelgemüse in Honig zu servieren.

Als das Dessert kam, berührte Didi Erik leicht am Arm.

»Entschuldigung, ich würde gerne kurz mit Erik sprechen«, sagte sie höflich zu Gyllen, und sie entfernten sich vom Tisch.

Erik wies Didi den Weg zu einem kleinen Raum, wo sie in Ruhe reden konnten. »Hast du deine Entscheidung getroffen?«

»Ich bin gekommen, um wiedergutzumachen, dass ich dich verletzt habe«, sagte Didi in ihrer direkten Art. »Warum sollte ich mich darauf einlassen?«

»Ich habe dir die Legende vorgelesen«, sagte Erik. »Wir gehören zusammen, aber du gehörst dennoch nicht mir.«

Didi warf ihm einen erstaunten Blick zu, und es war offensichtlich, dass sie die ganze Zeit geglaubt hatte, sie sei nur ein Objekt für ihn, sein Eigentum. Erik wusste, dass er Didi eine Falle stellen konnte. Er musste Didi ihre Einzigartigkeit spüren lassen.

»Würde ich nur irgendeine Nymphe wollen, wäre ich nicht hier«, fuhr er fort. »Ich will genau dich, weil eine wie du auf dieser Welt noch nicht geboren wurde. Du solltest an die Geschichte glauben.«

»So wie Nadia sie glaubt, oder?«

»Die Version der Nymphen ist eine Gutenachtgeschichte, die sie beruhigt, aber lass dich nicht täuschen und glauben machen, dass es die ganze Wahrheit ist.«

Dann konnte er sich nicht mehr beherrschen. Er beugte sich vor und küsste Didi sanft auf die Lippen. Er spürte, wie Didi zunächst zurückwich, dann aber den Kuss geschehen ließ, ihn sogar erwiderte. Als sie sich voneinander lösten, war Didis Blick erstaunt.

»Wenn ich zustimme, versprichst du dann, dass du Kati und Nadia in Ruhe lässt?«, fragte sie.

»Ich verspreche es, wenn du mir hilfst, mein Versprechen Roland gegenüber zu halten«, antwortete Erik. »Eines solltest du aber noch wissen. Die Satyrn jagen auch mich. Man bedroht mich, weil ich bereit bin, dir zu helfen. Deshalb muss ich nach all dem hier für eine Weile verreisen.«

Der Satyr und die Nymphe sahen sich einen Moment lang an.

»Gut«, sagte Didi. »Komm nicht mehr ins Restaurant.«

Erik wollte anmerken, dass ihn noch nie eine Nymphe kommandiert hatte, aber vielleicht war es tatsächlich besser so. Außerdem spürte er die Nähe von Mitchell und Lucas. Es war klug, so zu tun, als würde er freiwillig mit ihnen gehen.

Erik nickte. »Was in der Villa passiert ist, tut mir leid. Aber du hast auch deinen Teil dazu beigetragen. Wie du dich bewegt, wie du gerochen hast … Es gibt keinen Satyr, der sich da beherrschen könnte.«

Erik legte die Hand auf Didis Wange. Dann ging er, ohne sich noch einmal umzusehen.

Draußen wartete er nur wenige Sekunden, bis Mitchell schon wie ein Schatten hinter ihm stand. Erik drehte sich um und sah seinen früheren Lakaien an, ohne seine Missgunst zu verbergen.

»Jetzt möchte ich nach Zürich«, sagte Erik.

36

Didi stand in Gyllens Schlafzimmer und fragte sich, wie sie dort gelandet war. Sie brauchte noch nicht unbedingt Nahrung, und sie hätte nie gedacht, dass sie mit einem so alten Mann schlafen könnte. Sie bekam vom bloßen Gedanken daran schon Gänsehaut.

Gyllen spürte anscheinend, was sie dachte, denn er kam zu ihr und ging mit ihr zum Bettrand.

»Setz dich hier neben mich«, sagte er und nahm Didis Finger in seine Hand, die trocken und warm war. Die Haut war glatt und runzlig zugleich, irgendwie dünn und spröde. »Was fühlst du?«

Didi vertrieb ihre Angst und konzentrierte sich. Das konnte sie. Sie ließ Gyllens Gedanken und Gefühle langsam durch die Fingerspitzen in sich überfließen, und kurz darauf sah sie … Didi fuhr zusammen.

»Wieso kannst du nicht weinen?«

»Ich habe viel geweint, seinerzeit.« Gyllen lächelte sanft, während er sich erinnerte. »Teresa und ich waren ungefähr vierzig Jahre verheiratet. Wir haben uns wirklich geliebt, in guten wie in schlechten Tagen, und im Scherz haben wir uns versprochen, dass wir gemeinsam von hier gehen würden … Teresa war nie gut darin, Versprechen zu halten. Die Sehnsucht ist grausamer als der Tod.«

»Woran ist deine Frau gestorben?«, fragte Didi.

»An Krebs.«

Didi hob die Hand zum Gesicht des alten Mannes und sah ihm in die Augen. Sie sah ein langes, gelebtes Leben, große Freuden und heftige Enttäuschungen, und alles dazwischen. Die vorherrschenden Gefühle waren Trauer und Erschöpfung. Die Welt interessierte Gyllen nicht mehr, sie konnte ihm nichts Neues mehr bieten. Außer vielleicht dieser letzten Erfahrung.

»Erik meinte, du wärst einfühlsam«, sagte Gyllen. »Hilfst du einem alten Mann? Es ist an der Zeit, dass ich zu Teresa gehe.«

Eine halbe Stunde später stand Didi vom Bett auf und zog sich ohne Eile an.

Diese Kleider benutze ich nie mehr, dachte sie. Vergessen will ich das hier nicht, aber dauernd daran denken brauche ich auch nicht. Sie ging zu Gyllen zurück, zog die Decke ordentlich über ihn und schloss die bereits glasig gewordenen Augen des alten Mannes.

»Alle wollen etwas von mir«, sagte Didi zu ihm, und er schien ihr besser zuzuhören als irgendjemand Lebendiges. »Nicht nur du und Erik.«

Didi sprach die Worte aus und begriff, dass es nicht ganz stimmte. Der Gedanke hellte ihre Stimmung auf.

»Oder vielleicht nicht ganz alle. Es gibt einen, der nur wollte, was ich selbst wollte. Und genau ihm kann ich nicht nahekommen. Ist das nicht ein ziemlich großes Problem, Roland?«

37

Der **Saal war Erik** vertraut, aber er wurde ihm nie überdrüssig. Er war imposant. Der riesige alte Holztisch war poliert und von schweren, mit Leder bezogenen Stühlen umringt. Gabriel Korda setzte sich als Erster und selbstverständlich an den Kopf des Tischs. Danach waren die Satyrn an der Reihe. Erik allerdings blieb stehen. Er wartete bereits auf den Tag, an dem er selbst diesen Platz einnehmen würde. Der Platz, der ihm ursprünglich zugestanden hatte. Er hatte nicht die Absicht, sich einem Verhör zu unterziehen. Und anders als Mitchell in seinem ein wenig zu glänzenden Anzug und mit seiner Fliege sah er keineswegs nervös aus.

»Du kannst anfangen«, sagte Korda zu Erik. Mit den geöffneten Knöpfen an seinem maßgeschneiderten Hemd sah Korda aus, als hätte er gerade einen Abend lang Baccarat gespielt, doch Erik wusste, dass die Gelassenheit nur vorgetäuscht war. Ein Spieler aber war er natürlich.

»Ich jage Nymphen«, sagte Erik kurz.

»Ist das alles? Du verteidigst dich kein bisschen? Im Zusammenhang mit deinem Namen flüstert man von Ketzerei.«

Erik registrierte, wie um den Tisch herum genickt wurde. Er musste die Situation zu seinem eigenen Vorteil wenden. Deshalb lachte er. »Habe ich ein Gesetz gebrochen? Dann sagt es geradeheraus und intrigiert nicht hinter meinem Rücken.« Die anderen Satyrn erhoben Einspruch, aber Gabriel Korda hob die Hand zum Zeichen, dass Ruhe einkehren sollte. Er bekam sie unverzüglich.

»Entschuldige, aber habe ich richtig gehört?«, zischte Korda. »Wir intrigieren hinter deinem Rücken?«

»In der Satyrgemeinschaft knirscht es mehr als je zuvor«, sagte Erik. »Ihr braucht euch nicht einzubilden, dass die Nymphen das nicht merken. Sie wollen die Grenzen testen, sie fliehen aus den Rudeln. Und wer hat Schuld daran?«

»Du, meinen viele«, antwortete Korda.

»Ich bin einer von euch. Die Nymphen erzählen sich die Legende von einer Rothaarigen, die unter Menschen aufgewachsen ist.« Erik machte eine tragende Pause, damit ihm auch alle zuhörten. »Denkt darüber nach. Die Nymphe ist im Schutz der Eichen aufgewachsen. Wie ist das möglich? Ihr habt doch die Eichen in Velanidia schon im 14. Jahrhundert zerstört, angeblich ohne auch nur eine von ihnen am Leben zu lassen.«

Sowohl Erik als auch Korda registrierten das Erstaunen der anderen Satyrn. Erik beschloss, die Situation endgültig unter Kontrolle zu bringen.

»Ich jage diese rothaarige Nymphe. Ich bin auf den Vorteil dieser ganzen Gemeinschaft bedacht.«

»Aber du hast die kleine Nymphe nicht erwischt«, sagte Korda abwertend. »Es wäre etwas anderes, wenn du uns die Leiche gebracht hättest.«

»Dann hätten die Nymphen eine Märtyrerin bekommen, und ihr Widerstand hätte sich verstärkt«, sagte Erik. »Stellt euch aber vor, ich würde die Nymphe der Legende als meine mir hörige Partnerin vorstellen. Was würde dem Widerstand schneller ein Ende bereiten?«

Erik registrierte, wie Mitchell das zustimmende Gemurmel der anderen Satyrn frustriert verfolgte. Er wusste ganz genau, dass Mitchell einen eigenen Sitz im Konklave anstrebte. Um ihn noch mehr zu ärgern, nahm Erik seinen eigenen Stuhl und setzte sich darauf, um zu zeigen, dass es seiner, und nur seiner, war. Die anderen Satyrn fingen an zu klatschen und nachdem noch ein paar allgemeine Dinge behandelt worden waren, war die Sitzung beendet.

Erik ging in seine eigenen Räumlichkeiten im pompösen Bankgebäude des Konklaves, war aber nicht lange alleine, denn Mitchell kam mit Lucas im Schlepptau zu ihm.

»Du hast gut gesprochen«, sagte Mitchell. »Manche haben dir geglaubt, aber Gabriel Korda nicht, und die Entscheidungsmacht liegt bei ihm. Man hat Arrest angeordnet. Ich bringe dich jetzt ins Gewölbe.«

»Gut, dass du gekommen bist«, sagte Erik gelassen. »Ich habe auch noch etwas zu erledigen.«

Bevor Mitchell antworten konnte, hatte er bereits Eriks glühende Hand auf der Brust. In der anderen Hand hielt Erik einen Dolch, mit dem er Lucas auf Abstand hielt. Als Satyr war Erik deutlich stärker als Mitchell.

»Du Narr«, knurrte Erik. »Du musst mich schon töten, wenn du meinen Platz einnehmen willst, und das wirst du nie schaffen. Ich habe nicht vor, mich in Arrest zu begeben, sondern sehe mir das alles hier bis zum Ende an. Vielleicht solltet ihr euch überlegen, warum ich mir als Hilfe eine verräterische Nymphe und eine alte, entflohene Geliebte ausgewählt habe. Warum habe ich mich von einer kleinen Nymphe im Kampf besiegen lassen? Habt ihr nicht vermutet, dass dahinter ein Plan stehen könnte?«

Erik nahm die Hand von Mitchells Brust und reichte Lucas den Dolch. »Ich bringe das hier zu Ende. Dann komme ich euch hinterher.«

Mitchell sank zu Boden, während Erik in aller Ruhe nach draußen ging.

Mitchell versteckte seine Nervosität hinter einem kühlen Lächeln, als er mit seinen Handlangern in die stillen Gewölbe des großen Gebäudes hinabstieg. Die Schlösser wurden geöffnet und die schwere Eisentür aufgezogen. Er betrat das hell erleuchtete Gewölbe und verspürte Angst. Aber die Rachsucht trieb ihn an. Erik Mann würde ihn nicht noch einmal demütigen!

Am anderen Ende des langgestreckten Gewölbes stand ein Stuhl mit hoher Lehne, auf dem eine Frau in blauem Gewand saß. Obwohl sie schon seit Jahrhunderten gefangen war, waren die Haare der Frau dunkel und ihre bloßen Schultern muskulös. Sie hielt den Kopf gesenkt, hob ihn aber langsam an und sah zu Mitchell, der zusammenzuckte. Er hatte gehört, dass diese Frau Menschen mit ihrem Blick zu Stein werden lassen konnte. Ihre Augen leuchteten hell wie Saphire.

»Erik Mann«, sagte Mitchell.

»Enipeus.« Aurelias Stimme war tief und klanglos, als sie den Namen aussprach, unter dem sie den Satyr gekannt hatte. Ihre Nasenlöcher bebten. »Du warst ihm nahe.«

»Ich bin gekommen, um dich zu retten«, sagte Mitchell. Seine Hände zitterten leicht, als er das Bild der rothaarigen Nymphe aus der Brusttasche zog. »Hier ist Eriks Auserwählte. Desirée Volante Tasson.«

Aurelia stand auf. Mitchell und die bewaffneten Satyrn, die ihn begleiteten, wichen ein paar Schritte zurück. Aurelia ging mit zögerlichen Schritten auf Mitchell zu.

»Ihr wollt, dass ich Erik umbringe und meinen tödlichen Kuss auf die Lippen der kleinen Nymphe drücke«, flüsterte Aurelia kaum hörbar. »Warum sollte ich euch diesen Gefallen tun?«

»Aurelia, man hat dich jahrhundertelang von einer Zelle zur anderen gebracht«, sagte Mitchell und versuchte, autoritär zu klingen. »Ich gebe dir die Möglichkeit, dich an Erik und allen anderen zu rächen. Du bist frei.«

38

Didi **hatte sich nach** frischer Luft gesehnt und wollte zu Fuß von der Arbeit nach Hause gehen. Sie hatte gehofft, dass sie sich draußen besser fühlen würde, doch das Problem blieb bestehen. Sogar die Männer auf der anderen Straßenseite sahen sich nach ihr um. Die Blicke blieben an ihr haften, bis sich ihre Haut klebrig anfühlte. Endlich war sie vor ihrem Haus angekommen und fühlte sich schon sicher, da stieß sie am Eingang auf den Boten des Blumenladens, der ihr eine Sendung übergab. Seine Berührung dabei zog sich ein wenig zu sehr in die Länge, und im Nu war der Hunger im Blick des Boten zu sehen.

Didi sprang die Treppe nach oben, knallte die Tür hinter sich zu und wickelte den pompösen Blumenstrauß aus der Folie, während sie ins Wohnzimmer marschierte.

»Ich verliere schon jetzt die Nerven, und es sind noch zwei Wochen bis zur Mondfinsternis«, klagte sie. »Sogar der Blumenbote hat mich angetatscht. Jeder Typ im Café starrt mich an und versucht mich aus irgendeinem Vorwand zu berühren.«

»Das ist die Wollust«, sagte Kati. »Es ist wie die Brunft bei den Tieren.«

»Es ist die Glutzeit«, korrigierte Nadia und warf Kati einen kritischen Blick zu.

»Wieso nennt man die Finsternis Glutzeit?«, fragte Didi.

»Man will primitiven Dingen immer einen schönen Namen geben.« Nadia roch zufrieden an den Pfingstrosen und dem Enzian.

»Weil es besser klingt als Wollust oder Brunft«, sagte die realistische Kati.

Nadia suchte die Karte in den Blumen und reichte sie Didi. Darauf stand nur ein Buchstabe, E.

»Dieses ganze Berühren hängt mit derselben Sache zusammen«, erklärte Nadia. »Die Selbstbeherrschung fällt schwerer. Uns und anderen.«

»Jemand ist anscheinend schon in die Falle gegangen«, sagte Kati und nickte in Richtung Karte.

Didi wollte keine Diskussion über Erik anfangen und auch gar nicht an den Satyr denken. Es war am besten, die ganze Sache zu verdrängen.

»Erik hat versprochen, euch in Ruhe zu lassen. Ich hätte genauer sein und darauf bestehen sollen, dass er auch mich in Ruhe lässt.«

Didi warf die Karte auf den Tisch, aber der feine Duft der Blumen hatte auch sie erreicht. Ein stechender Schmerz ließ sie erzittern, und die älteren Nymphen tauschten wissende Blicke aus. Alles kündigte nur eine Sache an, und darauf mussten sie gefasst sein.

»Ihr dürft jetzt ganz unter euch über Glutzeiten und Spitzen-BHs quatschen und euch meinetwegen gegenseitig die Nägel lackieren. Ich geh pennen«, sagte Kati. »Didi, vergiss nicht, Französisch zu lernen. Ich mache einen unangekündigten Test.«

»Ja, Frau Lehrerin!«, rief Didi Kati noch hinterher, aber die Tür war bereits zugefallen.

Didi nahm ihr altes Französischbuch vom Sofatisch. Es war ein komisches Gefühl, dass sie vor nur wenigen Monaten morgens zur Schule gegangen war, Freunde getroffen und mit Laura zusammen gekichert hatte. All das war ein lang zurückliegendes Leben. Manchmal vermisste sie es, aber die Dinge, die sie als Nymphe wahrnahm, die starken Empfindungen, waren wie eine Droge. Sie wusste nicht, wie sie sich noch einmal mit einem Alltag ohne all das zufriedengeben könnte. Sie hatte viel verloren, aber vielleicht noch mehr bekommen. Allerdings war ihr die einzige Sache, die sie mehr als alles andere wollte, verboten.

»So ist das Leben im Paradies.« Didi seufzte leise und versuchte, sich auf die Grammatik zu konzentrieren.

»Warum müssen wir denn nach Frankreich ziehen?«, fragte sie Nadia nachdenklich.

»Zur Zeit der Mondfinsternis wechseln wir das Land und die Kultur«, sagte Nadia. »Wir werden ja nie älter, wir reifen nur zu besonderer Schönheit. Die Menschen würden das allmählich merken und mit Faltencreme oder Fitnessstudio kann man das nicht erklären.«

»Und deshalb gehen wir nach Frankreich?«, fragte Didi, der sofort viele andere Orte einfielen, die für eine junge Nymphe passender waren.

»Es gibt auch Alternativen. Kanada, Benin, Monaco … Kati regelt das, und es ist besser, dass wir es nicht genau wissen. So verraten wir nicht versehentlich etwas.«

»Vertraust du Kati wirklich so sehr?«, fragte Didi. Es stimmte, dass Kati sie aus vielen heiklen Situationen gerettet hatte, aber ein Teil von Kati blieb ihr verschlossen.

»Kati manipuliert«, antwortete Nadia und betastete den Ring, der an ihrer Halskette hing. »Vielleicht kenne ich sie schon so lange, dass ich mich daran gewöhnt habe, aber bisher hat Kati immer an das Wohl aller gedacht. Jetzt steck die Nase ins Buch. Ob du nun eine Legende bist oder nicht, lernen musst du.«

Didi wollte sich gerade auf die unregelmäßigen Verben stürzen, als das Klingeln der Tür sie rettete. Sie rannte sofort hin, bevor Nadia widersprechen konnte. Kati war allerdings schneller gewesen und stand mit dem Stilett in der Hand im Flur. Didi wartete auf ihre Erlaubnis und öffnete dann vorsichtig die Tür. Sie sah in Samuels blaue Augen wie an einem Morgen nach einem Sturm und war sofort weich wie Wachs.

»Ist es okay, wenn ich wieder hier einziehe?«, fragte Samuel ganz direkt. »Ich habe auch gute Gründe dafür.«

Kati hatte nicht einmal die Chance, aus dem Weg zu gehen, denn Samuel zwängte sich entschlossen in den Flur und griff nach Didis Hand. Die warf den anderen einen etwas verwunderten Blick zu, saß aber schon bald auf ihrem Bett neben Samuel.

Sie sah ihn an. Etwas hatte sich verändert. Samuel strömte eine Sicherheit aus, die sie nie zuvor gespürt hatte.

»Was hast du?«, fragte sie.

»Du hast deine eigenen Wurzeln gesucht, während ich dachte, ich würde meine kennen«, antwortete Samuel. »Ich dachte, dass wir nicht zusammen sein sollten, aber tatsächlich ist mein Platz neben dir. Ich gehöre zur Familie der Eichen, wie deine Mutter. Meine Aufgabe ist es, dich zu beschützen.«

Didi begriff, wie glücklich Samuel darüber war, aber sie selbst war bestürzt. Sie wollte Samuel nicht als Beschützer. Samuel klang, als sollten sie geschwisterlich wie in einer Familie leben. Es war, als hätte das neue Wissen Samuel immun gegen ihre Reize gemacht.

»Woher weißt du das?«, fragte Didi.

Plötzlich stieß Kati die Zimmertür auf. Didi wollte sie vertreiben, aber Samuel sah immer noch zufrieden aus.

»Vielleicht ist es besser, wenn ich es euch allen zusammen erkläre«, sagte Samuel.

Sie gingen in die Küche, wo Nadia sie erwartete. Samuel legte seine Tasche auf den Tisch. Sie war alt und abgenutzt und hatte ein Eichenmuster.

»Warum bist du gekommen?«, fragte Kati, ohne preiszugeben, wie sehr die Tasche sie aus dem Konzept brachte. Eine ebensolche hatte sie vor langer Zeit gesehen.

Janos, dachte sie.

»Um von meiner Familie zu erzählen«, sagte Samuel. »Mir ist klar geworden, dass ich genau hierhergehöre.«

»Bist du eine Eiche?«, fragte Kati.

»Ich helfe euch, gegen die Satyrn zu kämpfen«, sagte Samuel.

Nadia warf Kati einen Blick zu. Elina war die letzte der Eichen gewesen, mit der sie zu tun gehabt hatten, und Nadia hatte nicht mehr geglaubt, noch einmal jemanden von ihnen zu treffen. Sie selbst war bereit, Samuel aufzunehmen, weil sich die Geschichte glaubhaft anhörte und sie sich nicht vorstellen konnte, wie die Tasche der Eichen in falsche Hände hätte geraten können.

»Schaffst du es, die Hosen anzulassen?«, fragte Kati und bekam von den beiden anderen missbilligende Blicke zugeworfen. »Die Glutzeit kommt, und zumindest ich kann für nichts garantieren.«

Katis Stimme enthielt eine direkte Drohung, aber Samuel saß immer noch aufrecht auf dem Sofa.

»Entschuldige«, sagte Didi. »Kati, Nadia und ich beraten uns kurz.«

Didi sah vor allem Kati auffordernd an, und sie zogen sich ins Wohnzimmer zurück.

»Die Glutzeit lässt dich Samuel verfallen, ob du willst oder nicht«, sagte Kati sofort. »Das sieht man euren Blicken jetzt schon an.«

Nadia nickte zustimmend, aber Didi wollte keine Verbote hören. Samuel war bei ihnen, und Didi hatte nicht im Geringsten vor, jetzt alles aufzugeben. Zu lange hatte sie darauf gewartet. Außerdem war sie völlig sicher, dass sie der irdischen Verlockung widerstehen konnte. Es brauchte nur viel Willenskraft. Oder vielleicht einen Keuschheitsgürtel. Das aber sagte sie nicht zu Kati. Vor allem vertraute sie ihrer Liebe zu Samuel. Nie im Leben würde sie ihm etwas Schlimmes antun.

»Du hast monatlich versucht, mich dazu zu bringen, Samuel zu zerstören«, zischte Didi leise. »Und jetzt beschützt du ihn?«

»Samuel ist eine Eiche«, sagte Kati, und die Ernsthaftigkeit in ihrer Stimme ließ Didi die Dinge neu abwägen. »Die Eichen haben sich jahrtausendelang um uns gekümmert. Ich bin es ihnen schuldig, Samuel nicht in Gefahr zu bringen.«

»Kati hat recht«, meinte auch Nadia. »Samuel ist bei uns in Gefahr.«

»Samuel bleibt hier, und damit basta«, sagte Didi. »Die Legende hat gesprochen.«

Sie ging zurück ins Wohnzimmer, wo der angespannt wirkende Samuel sie erwartete.

»Du kannst bleiben.«

Samuel stand auf, und sie gingen ein paar Schritte aufeinander zu, ohne zu wissen, was sie tun sollten. Dann umarmten sie sich ein wenig verlegen.

»Jetzt weiß ich, warum ich nicht von dir loskomme«, sagte Samuel, während er sich wieder hinsetzte.

Sag es, sag es!, dachte Didi. Ihr Herz schlug wild. Ihr war nicht bewusst gewesen, wie sehr sie sich gewünscht hatte, dass Samuel ihr seine Gefühle gestehen würde, oder zumindest zugeben würde, dass er nichts für Jessica empfunden hatte.

»Ich gehöre zu der Familie, zu der auch mein Vater und Elina gehörten«, begann Samuel zu erzählen. »Unsere Nachbarschaft war organisiert. Wir Eichen haben eine Aufgabe, und das Symbol dafür ist in deine Haut eintätowiert.«

»Warum habe ich den Knoten? Steht er für die Verbindung zwischen den Nymphen und den Menschen?«, fragte Didi. »Nadia meint, dass der Knoten heißt, ich sei die Retterin der Nymphen. Für Erik bedeutet er, dass wir beim Vollmond zusammen einen neuen Herrscher erschaffen sollen.«

»Der Knoten erklärt, warum du von den Eichen großgezogen worden bist«, sagte Samuel. »Deshalb haben wir uns schon als Kinder kennengelernt.«

»Gab es denn keine wirklichen Gefühle zwischen uns?«, fragte Didi. Diese Frage hatte sie pausenlos im Kopf gehabt, und es war die Antwort darauf, die sie zugleich befürchtet und erhofft hatte.

»Du konntest mir bei Vollmond widerstehen. Das beweist, dass auch du tief in dir weißt, dass uns etwas Wichtigeres als reine Lust verbindet.«

Reine Lust!, dachte Didi. Wenn Samuel das sagen kann, hat er sicher noch keine wahre Lust verspürt.

»Aber warte«, sagte Samuel. »Was hast du über dich und Erik gesagt?«

Jetzt ist Samuel doch eifersüchtig, dachte Didi und lächelte zufrieden.

39

Auf dem Heimweg von der Arbeit hatte Nadia Zeit zum Nachdenken. Am Institut war es stressig gewesen, aber das machte ihr nichts aus. Ihr gefiel es dort, und sie hatte das Gefühl, dass sie dort mehr erreichte als je zuvor. Die Mondfinsternis näherte sich allerdings, und bald würde sie sich verabschieden müssen. Sie überlegte, warum sie sich mit Jesper über ihre Arbeit gestritten hatte. Aber sie kannte den Grund genau. In alten Zeiten hatte ihr der Gedanke, allein Jesper zu gehören, grenzenlose Freude bereitet, doch jetzt engte er sie ein. Das Alter ließ auch Wissen und Schmerz größer werden, daran war nichts zu ändern.

Ein junges Paar, das sein erstes Kind erwartete und heute in der Sprechstunde gewesen war, hatte ihren Schmerz noch vergrößert, auch wenn sie ihnen gute Nachrichten übermitteln konnte. Es hatte keine Anzeichen einer Erbkrankheit gegeben, das Fieber und die Schmerzen der Frau schienen andere Ursachen zu haben. Die Erleichterung, die sich auf den Gesichtern des Paares breitgemacht hatte, und die Liebe zwischen ihnen waren der beste Lohn für ihre Arbeit. Aber als Nadia das Ultraschallbild angesehen hatte, war ihr etwas aufgefallen. Sie hatte die Symptome, wegen der die Frau zur Sprechstunde gekommen war, bereits früher gesehen. Vielleicht hatte sich die Sache nach und nach in ihre Gedanken eingeschlichen, aber jetzt glaubte sie, recht zu haben.

Zu Hause traf sie Kati beim Hanteltraining an. Katis Ziel war es zweifellos, die Einflüsse der Finsternis so lange wie möglich zu unterdrücken.

»Woher weißt du, dass die Nymphe mit dem Knoten vor siebzehn Jahren in Montpellier geboren wurde?« Nadia hatte beschlossen, direkt zur Sache zu kommen. Vielleicht war Kati verschwitzt ein wenig williger, wahrheitsgetreu zu antworten.

»In dem Buch, das Mitchell gefunden hatte, stand es geschrieben«, antwortete Kati. »Ich konnte nicht wissen, dass die Satyrn es glauben und wir in Lebensgefahr geraten würden.«

Nadia schüttelte den Kopf. Kati war genauso unaufrichtig und manipulativ wie immer. Sie hatte nicht vor, diese Erklärungen zu schlucken.

»Bei mir war heute eine Frau, die an einer besonderen Erbkrankheit leidet. Der Embryo und die Mutter können sich gegenseitig abstoßen. Die Symptome sind genau dieselben wie damals bei Rose.«

Katis Hantel fiel zu Boden. Sie setzte sich auf.

»War Rose schwanger?«, fragte Nadia laut.

»Didi ist Roses Tochter.«

Nadia hatte gedacht, dass sie wütend auf Kati werden würde, aber stattdessen liefen ihr Tränen über die Wangen. Sie trauerte um Rose, und es überkam sie Mitgefühl sowohl für Kati als auch für Didi. Sie zitterte.

Kurze Zeit später ruhte Nadia sich in der Badewanne aus. Sie ließ die beruhigende Wirkung der Passionsblume in ihre Glieder dringen und versuchte, den Kopf freizubekommen.

»Du darfst Didi nichts davon erzählen«, bat Kati und setzte sich auf den Wannenrand. »Versprich es.«

»Didi hat das Recht, es zu wissen«, sagte Nadia.

Die Nymphen sahen sich kurz an. Nadia brannte eine Frage auf der Zunge, die sie fürchtete zu stellen, deren Antwort sie aber wissen musste. »Wer ist Didis Vater? Wohl nicht Erik?«

»Ich würde Didi nicht Eriks Spielchen überlassen, wenn er ihr Vater wäre«, sagte Kati kopfschüttelnd. »Das solltest du aber wissen.«

»Ich bin mir nicht mehr sicher, wozu du in der Lage bist«, sagte Nadia. »Du hast mir vieles verschwiegen, die ganze Zeit eine Intrige gesponnen. Hast du Didi den Knoten tätowiert?«

»Natürlich nicht«, sagte Kati. »Ein Seemann war das. Didi darf nichts davon wissen. Es ist besser, wenn sie an die Legende glaubt. Das schützt sie.«

»Wie kannst du mich anlügen, Frida, Ana-Claudia …«

»Ich habe auch euch beschützt«, sagte Kati. »Aber natürlich habe ich es vor allem für Rose getan.«

Kati hatte ihre Schwester mehr geliebt als alles andere, das wusste Nadia, und sie verstand es. Aber sie konnte immer noch nicht begreifen, warum Kati nicht die Folgen ihrer Taten eingestand. Das Leben von ihnen allen war in dem Moment durcheinandergeraten, als Kati ihren Plan gesponnen hatte.

»Wusstest du, dass die Nymphen überall auf der Welt an die Legende glauben, die du verfasst hast und dass sie ihr Leben dafür aufs Spiel setzen?«

»Was ist daran so falsch?«, fragte Kati erstaunt. »Wir wollen doch frei sein von den Satyrn.«

40

Aurelia lebte in aller Stille unter dem Schiffsdeck. Die Jahrtausende hatten sie gelehrt, unsichtbar zu bleiben, und das Leben in den Zellen und Gewölben hatte sie an geschlossene Räume gewöhnt. Freiheit bedeutete für sie nicht, nach Lust und Laune kommen und gehen zu können. Freiheit bedeutete für sie einzig und allein Rache. An den selbstherrlichen Satyrn, den verräterischen Nymphen und allen, die ihnen dienten. Und Erik zu töten würde ihr die größte Befriedigung bereiten. Eine kleine Unannehmlichkeit davor war Nebensache.

Sie war zwischendurch im Schutze der Dunkelheit an Deck gegangen, und als die Landschaft sich in ein karges Schärenmeer verwandelt hatte, ahnte sie, dass das Ziel nicht mehr weit war. Mitchell hatte ihr ein Foto von der rothaarigen Nymphe gegeben und von einer kalten Stadt im Norden mit dem Namen Helsinki erzählt.

Aurelia hatte in Gefangenschaft gelebt und war dennoch nicht unwissend geblieben. Aus verschiedenen Quellen hatte sie hin und wieder etwas über die Veränderungen in der Welt erfahren und konnte sich Dinge zusammenreimen. Die Satyrn brachten ihr Nahrung, aber nur spärlich. Immer wenn das Schiff anhielt, ging sie unsichtbar an den Hafenkai und fand leicht Beute. Sie konnte einen Mann mit ihrem Blick lähmen, seine Lust nur mit einem Atemzug wecken. Sie wusste auch, dass sie mehr Kraft brauchte. Sie wollte Enipeus töten, daran gab es keinen Zweifel, und sie genoss schon jetzt den Gedanken daran, was für ein leichter Gegner er sein würde. Außerdem war auch die rothaarige Nymphe eine Möglichkeit, um Enipeus Schmerzen zu bereiten. Erik, wie er sich heute nannte. Aurelia schloss die Augen, und ihre Gedanken flogen in den von Fackeln erleuchteten Säulensaal. Die tiefschwarze Nacht über Eleusis war durch die offenen Fenster zu sehen. Sie hörte die Zikaden und spürte Laertes' Nähe. Er war ihr Wächter, der auch der Wächter ihres Herzens geworden war. Sie wusste nicht, ob es Glück oder Pech war, dass Enipeus diese Aufgabe gerade Laertes übertragen hatte. Vielleicht hatte man geglaubt, dass der aufrichtigste und stärkste der Männer Aurelias Zauberkraft am besten widerstehen könnte. Doch Aurelia selbst konnte Laertes nicht widerstehen. Sie verliebte sich, obwohl sie nie zuvor jemanden geliebt, und schon gar nicht so sehr gewollt hatte. Und sie liebte Laertes so innig, dass sie ihm nicht das Leben nehmen wollte. Deshalb war ihre Liebe verboten und heimlich, sie konnte nur zwischen den Mauern leben, in kleinen, verweilenden Blicken, in kurzen Berührungen, in fast lautlosem Flüstern.

Dann war der Vollmond, *dikhomēnis*, zur gleichen Zeit eingetreten, als Tag und Nacht gleich lang waren. Aurelia hatte furchtbare Schmerzen. Sie schwitzte und zitterte, in ihrem Inneren brannte ein solches Feuer, dass sie sich wand. Sie versuchte leise zu sein, aber immer wieder kamen ihr Klagelaute und Stöhnen über die Lippen, und Laertes kam nicht umhin, es zu hören. Das wurde ihnen zum Schicksal.

Aurelia erinnerte sich an Laertes' strenges und männliches Gesicht, als würde sie mit den Fingern über seine Stirn, seine gerade Nase und das starke Kinn streichen. Laertes hatte sich vor sie gekniet, und sie sah ihren eigenen Schmerz in seinen Augen.

»Du kannst das nicht tun«, hauchte Aurelia, als Laertes den Ledergürtel öffnete. »Enipeus will, dass dieser Mond mich tötet. Wenn du mich verschonst, erklärst du ihm den Krieg.«

Laertes antwortete nicht, sondern schob seine Hand unter ihre weiße Tunika. Ihre Haut war so heiß, dass er erschrak.

»Ich vergebe mir nie, wenn ich es nicht wage, dir zu helfen«, sagte er. »Es ist mir egal, ob ich sterbe. Du kannst mich nicht aufhalten.«

Aurelia drückte sich enger an den Geliebten, wandte aber den Mund noch ab.

»Wenn ich meine Lippen auf deine presse, atme mich ein«, sagte sie leise, und der Geruch des Mannes überwältigte sie. »Lass meinen Atem durch dich hindurchfließen. Nimm mich entgegen. Wenn du stirbst, tötest du auch einen Teil von mir.«

Dann gab sich Laertes dem Kuss und der Liebe hin.

»Erbitte Gnade für mich bei Enipeus«, flüsterte Aurelia, als sie engumschlungen auf dem hellen Marmorboden lagen. »Ich bin nicht bereit, mein Leben aufzugeben. Und auch dich nicht.«

Es war unvermeidlich, dass sie entdeckt wurden. Dass Aurelia noch lebte, war Beweis genug, und Laertes verheimlichte das Geschehene auch nicht. Sie wurden zu Enipeus gebracht. Aurelia erinnerte sich, wie seine fast schwarzen Augen vor Wut rot wurden, er sich aber dennoch kontrollierte.

»Mein Diener und eine Nymphe verspotten mich also?«, sagte Enipeus. »Gut, dann liebt euch.«

Laertes warf Aurelia einen Blick zu, aber die Nymphe wusste, dass man sie nicht für alle Ewigkeit glücklich zusammensein lassen würde.

Enipeus stand auf und sah sich um, bis seine Augen auf Laertes' Bruder trafen. Er ging gelassen auf ihn zu, legte ihm die Hand auf die Brust, und kurz darauf lag der Mann tot am Boden. Laertes wollte auf Enipeus losgehen, wurde aber zurückgehalten.

»Ja, liebt euch«, wiederholte Enipeus. »Dabei erzähle ich euch, wie ihr bestraft werdet. Ich versammle die Satyrn, deren einzige Aufgabe es ab heute sein wird, jeden Einzelnen deiner Familie zu vernichten, ob Mann oder Frau. Ich werde nicht ruhen, bevor nicht alle von der Erde verschwunden sind.«

Es folgte ein großes Schlachten. Laertes' Familie wurde wie Wild gejagt. Sie kämpften, aber Tag für Tag wurden sie weniger. Eine kleine Gruppe versuchte, unter Führung von Laertes und Aurelia zu fliehen. Eines Tages teilten sie sich auf, um eine Gefangennahme zu vermeiden, und als Aurelia Laertes das nächste Mal sah, lag seine Leiche auf einem Scheiterhaufen.

Aurelia hatte vorher nicht gewusst, wie viel Trauer und Wut auf einmal in ihr Platz fanden. »Wer hat das getan?«

»Die Nymphen baten Laertes um Hilfe«, sagte ein

Mann. »Sie wollten vor Enipeus beschützt werden. Laertes glaubte ihnen.«

Aurelia sank zu Boden. Sie hasste nicht mehr nur die Satyrn, sondern auch die Ihren, die Nymphen. Als der Scheiterhaufen brannte, entfuhr ihren Lippen ein Schrei, der auch Tage danach nicht zu verhallen schien. Der Schrei hatte sie am Leben gehalten.

Aurelia verschwand für mehrere Tage in einer Höhle. Laertes' Truppe wachte davor. Als sie endlich wieder erschien, begann sie, die Truppe anzuweisen, wie die Satyrn zu besiegen waren. Sie zeigte ihnen den Weg zur Wurzel eines uralten Baums und befahl ihnen zu graben, bis ein stämmiger Schenkelknochen zum Vorschein kommen würde.

»Der Vater der Satyrn ist Silenos«, sagte Aurelia. »Das hier ist Silenos' Grab.«

Sie fertigte ihnen zwei Dolche. Einer davon war *anthropos*, der Mann, der andere war *gynaika*, die Frau, und zusammen wurden sie das Gesetz, *nomos*. Aurelia hob sie in die Luft, damit alle sie sehen konnten, und entblößte ihre Brust, auf die mit einer Nadel ein Knoten tätowiert war. Sie nahm ein Stück Pergament und zeichnete einen dicken Baum darauf.

»Packt alles zusammen, was ihr noch besitzt«, sagte Aurelia. »Reist nach Süden, nach Velanidia. Dort wachsen die Giftbuchen. Der Saft dieser Eiche schwächt die

Satyrn. Dieser Baum ist jetzt euer Baum. Hört mir zu: Mit Hilfe der Eichen und der Dolche gewinnt ihr den Kampf gegen die Satyrn!«

»Wohin gehst du?«, fragte einer der Vertreter der Familie.

»Ich habe meine eigenen Aufgaben«, antwortete Aurelia.

Ich habe meine eigenen Aufgaben, wiederholte Aurelia jetzt. Das Schiff war im Hafen angekommen. Zuerst musste sie sich Nahrung suchen. Dann wollte sie sich Kleider beschaffen, und mit Hilfe ihrer Sinne würde sie bald den Ort kennen, wo die Nymphe oder Enipeus gewesen waren. Danach wäre alles ein Kinderspiel.

41

Didi wachte schweißgebadet auf, aber es lag nicht an der Sonne, die warm durch die Vorhänge hindurchschien. Sie hatte zwar geschlafen, aber sehr wirr geträumt. Der Grund dafür lag noch zufrieden schlafend auf der Matratze neben ihrem Bett. Sie musste sich die ganze Zeit beherrschen, damit sie Samuel nicht berührte, ihm nahe kam, seine Hand auf ihre Brust legte … Didi wischte sich die Stirn. Ihre Gedanken drehten sich im Kreis.

Didi hatte fest daran geglaubt, dass es funktionieren würde, aber dann bekam sie seinen Duft in die Nase oder sah ein wenig von der bloßen, muskulösen Brust zwischen den Knöpfen, und sofort hatte sie Lust, Samuel das Hemd vom Leib zu reißen, seine Hose zu öffnen … Nein, mit diesem Gedankenspiel durfte sie jetzt nicht anfangen!

Didi stand langsam auf, nahm ihre Kleider und zog sich im Wohnzimmer an. Sie musste all ihre Lust verdrängen und überlegen, was für alle das Beste war. Es war klar, dass Samuels Anwesenheit auch für Nadia und Kati eine Versuchung bedeutete, auch wenn sie ihre Lüste freier zu befriedigen schienen.

Didi hatte die Sache bereits ein paar Tage lang überdacht. Sie wusste nicht, wie lange sie ihr Versprechen halten konnte. Und es gab keine Lösung. Die Mondfinsternis rückte bedrohlich näher.

Erik hatte ihr beständig aufmerksame, kleine Geschenke und Nachrichten zukommen lassen. Didi prüfte im Spiegel, ob sie genauso weiblich war, wie der Satyr es wollte. Sie trug ein helles Kleid mit rotem Kragen und leichte Sandalen. Sie wollte sich auch nicht zu unwiderstehlich machen, diesen Fehler hatte sie schon einmal begangen.

Eine hübsche, dunkelhaarige Nymphe öffnete die Tür der Suite fast im selben Moment, als Didi klopfte. Sie ging hinein und sah, dass Erik gerade beim Essen war. Es war erst Morgen, aber der Satyr hatte bereits Wild und Rotwein vor sich stehen. Erik sah freudig überrascht aus und kam ihr sofort entgegen.

»Didi, das sind Jamila und Sofia«, stellte Erik die beiden Nymphen vor, die sich in der Suite um Kleidung und Schreibarbeiten zu kümmern schienen.

»Ich freue mich sehr, dass du meiner Einladung endlich gefolgt bist.«

»Ich bin neugierig«, erwiderte Didi und setzte sich an den Tisch. »Worum geht es?«

»Ich will dich davon überzeugen, dass ich bereit bin, alles für dich zu tun, wenn du nur zustimmst, die Legende mit mir zu erfüllen«, sagte Erik.

»Du meinst die Finsternis«, sagte Didi und bemerkte, dass Erik den Blick nicht von ihren Lippen lassen konnte.

»Genau«, antwortete Erik und wies eine Nymphe an. »Jamila, bring die Dokumente.«

Jamila nahm Papiere aus einem dünnen, ledernen Ordner vom Tisch und reichte sie Erik.

»Auf dem ersten sind die Unternehmen aufgelistet, auf dem zweiten der Grundbesitz und das dritte zeigt den restlichen Besitz«, erklärte Jamila.

»Sowohl Jamila als auch Sofia werden dir behilflich sein, wenn du dich dafür entscheidest«, sagte Erik zu Didi. »Lies dir die Papiere durch. Wenn du unterschreibst, ist deine Zukunft gesichert.«

»Ich brauche einen Moment Ruhe«, sagte Didi.

Sie ging zum Schreibtisch und las die Vertragstexte. Es war nicht sonderlich kompliziert, und sie verstand sehr schnell, dass durch ihre Unterschrift ein bedeutender Besitz auf ihren Namen übergehen würde. Und brachte das nicht Freiheit? Sie könnte wohnen, wo sie wollte, tun, was sie wollte, zum Beispiel Valtteris Café kaufen. Die Summe wäre nur ein Taschengeld. Kati könnte sie nicht mehr herumkommandieren, sondern sie selbst würde die beiden willigen Nymphen für sich laufen lassen. Der kleine Haken an der Sache war, dass sie mit Erik schlafen und sein Kind austragen musste.

Mit Erik schlafen … Didi stellte sich das nicht sehr angenehm vor. Erik wollte etwas von ihr, sie selbst konnte es vielleicht geben, aber wie verhandelte man über so etwas? Oder hatte sie Angst davor, den Sex mit einem Satyr zu erleben? Nadia zufolge war es natürlicher und befriedigender als alles andere, aber Didi hatte das Gefühl, dass sie an Eriks Seite den menschlichen Anteil in sich verlieren würde. Sie würde vergessen, wer sie war, was sie vom Leben wollte.

Und alles, was sie wollte, war Samuel! Sie würde ihn endgültig vergessen müssen, wenn sie hier zustimmte.

Erik spürte anscheinend ihren Zweifel. Er schnipste mit den Fingern, und Jamila brachte eine Champagnerflasche und zwei Gläser.

»Ich bin keine Gefahr«, sagte Erik. »Ich will euch nichts Böses. Wenn du willst, bekommst du all das als Wiedergutmachung für das, was passiert ist. Und ich verpflichte dich zu nichts während der Finsternis.«

Der Korken knallte, und Erik goss die sprudelnde

Flüssigkeit in zwei Champagnergläser. Didi hatte Eriks Vorschlag hören wollen, und sie war bereit zuzustimmen – aber als sie die beiden unterwürfigen Nymphen sah, die auf ihre Entscheidung warteten, als wären sie Objekte, wich sie zurück. Die Freiheit stand nicht nur einer einzigen Nymphe zu, sondern allen.

»Ich würde mich an dich binden, auch wenn ich nicht in allen Teilen zustimmen würde«, sagte Didi. »Und das will ich nicht.« Sie ging zur Tür und fürchtete die ganze Zeit, dass Erik sie nicht mehr gehen lassen würde, aber bald war sie schon im Park und atmete die frische Luft und den Duft der Bäume ein.

Schon nach wenigen Sekunden spürte Didi, wie sich die Köpfe der vorbeigehenden Männer nach ihr umdrehten. Einer stolperte sogar auf dem ebenen Asphalt. Die Glutzeit rückte immer näher, und sie hatte keine Ahnung, welche Mächte sie überkommen würden.

Als sie zu Hause ankam, saßen zwei ernst dreinblickende Nymphen mit Samuel in der Küche.

»Was ist?«, seufzte Didi auf. Es lag Unruhe in der Luft.

»Wo warst du?«, fragte Kati. »Du kannst nicht gehen, ohne etwas zu sagen. Das ist zu gefährlich!«

»Ich habe eigene Dinge zu tun«, antwortete Didi leicht beleidigt.

»Harju hat angerufen«, sagte Kati. »Am Frachthafen hat man zwei Leichen gefunden. Du ahnst sicher, was man für Spuren entdeckt hat.«

Didi erschrak. Etwas war nicht in Ordnung, auch sie spürte das. Dann wurde ihr klar, warum alle sie mit ihren Blicken maßen.

»Ich war es nicht!«, sagte Didi. »Wie könnt ihr glauben …«

»Das ist nicht alles«, fuhr Kati fort. »Jemand war im Café. Valtteri ist tot.«

Nadia und Samuel mussten Didi halten, damit sie nicht zu Boden stürzte. Sie halfen ihr, sich hinzusetzen.

»Ich würde Valtteri nie etwas antun«, schluchzte sie. »Niemals …«

»Natürlich nicht«, sagte Nadia. »Jetzt ist etwas in Bewegung, das viel stärker ist als wir.«

»Ihr habt mich gewarnt, ihr habt gesagt, dass ich nicht zu viel mit Menschen zu tun haben soll«, weinte Didi.

»Es ist nicht deine Schuld«, sagte Kati, nachdem sie einen scharfen Blick von Nadia bekommen hatte. »Aber jetzt müssen wir auf alles gefasst sein.«

Erst dann bemerkte Didi, dass Samuel seine Ledertasche vor sich hatte. Sie war aufgerollt, und die Pistole wartete darauf, geladen zu werden.

»Ihr wisst, wie die funktioniert?«, fragte er die Nymphen. »Ich habe nie mit so etwas geschossen.«

»Öffne die Ampulle«, antwortete Kati und nahm einen Pfeil. Sie steckte ihn in die Ampulle und dann in die Pistole. Mit routinierten Bewegungen zeigte sie Samuel, wie man die Waffe entsicherte.

Didi verfolgte alles von der Seite. Manchmal schien das Leben der Nymphen und Satyrn wie ein Spiel, dann wieder schlug die Realität mit voller Wucht zu. Sie hatte schon geglaubt, dass sie nach dem Verlust von Elina nichts mehr zu verlieren hatte, aber jetzt verstand sie, dass alle, die ihr nahestanden, in Gefahr waren. Hätte sie das verhindern können, wenn sie Eriks Plan zugestimmt hätte?

Es klingelte an der Tür.

In der Küche herrschte große Stille. Niemand rührte sich.

»Wir müssen nicht aufmachen«, sagte Nadia leise.

Kati reichte Samuel den Dolch aus der Rolle und nahm selbst die Pistole.

Sie nickten einander zu und gingen in den Flur.

»Samuel, geh nicht«, hauchte Didi.

»Ich bin vorsichtig.«

Samuel und Kati stellten sich an beiden Seiten der Tür auf. Dann stieß Samuel sie auf. Erik stürzte herein und schloss sofort die Tür hinter sich.

»Ich habe Besorgungen gemacht und als ich in die Suite zurückkam, waren meine Nymphen tot«, berichtete er und lief ins Wohnzimmer. Alle anderen folgten ihm.

»Das interessiert uns nicht«, fuhr Kati ihn an. »Am besten wäre es für uns, dich zu töten.«

»Ich kann euch jetzt eine Hilfe sein.«

»Wie das denn?«, fragte Nadia.

»Der Täter ist weder ein Satyr noch ein Mensch. Nicht einmal mehr eine Nymphe«, antwortete Erik. »Es ist Aurelia.«

Didi verstand kein Wort, mischte sich aber nicht ein. Ihr war klar, dass sie alle in Lebensgefahr schwebten.

»Warum sollten wir diese Geistergeschichte glauben?«, fragte Kati, aber in ihrer Stimme war Unsicherheit zu hören.

»Aurelia ist real«, sagte Erik. »Durch mich ist sie entstanden. Ich habe einen Mythos geschaffen.«

»War Aurelia die, die von acht Satyrn an die Höhle der Medusa gefesselt wurde, um ihre Mordlust zu zähmen?«, fragte Nadia.

»Du kennst dich aus in der Mythologie«, sagte Erik. »Aurelia kann man nicht mehr aufhalten, wenn sie eine Fährte hat.«

»Bleib du hier, wir müssen uns beraten«, sagte Kati.

Erik blieb alleine im Wohnzimmer zurück, die anderen gingen in die Küche. Es blieb nicht viel Zeit, und es war unmöglich zu sagen, ob man Erik vertrauen konnte und welche Gefahr sie wirklich erwartete.

»Wir müssen fliehen«, sagte Didi.

»Wohin?«, fragte Nadia. »Wir haben keinen Ort, an den wir gehen können.«

Sie sahen sich an, und Kati machte sich Vorwürfe, dass sie keinen Zufluchtsort organisiert hatte. Sie war unvorsichtig geworden, obwohl so viel auf dem Spiel stand.

»Ich wüsste einen Ort«, sagte Samuel. »Wartet kurz, dann regle ich das.«

»Du hast eine Stunde«, sagte Kati. »Danach verschwinden wir von hier.«

Samuel zog sich die Jacke an und ging. Die Nymphen kehrten zurück ins Wohnzimmer, aber Didi schlich in ihr Zimmer und warf ein paar Kleider in eine Tasche. Dann wickelte sie ihren eigenen Nomos-Dolch in ein Handtuch und versteckte ihn darunter.

»Ist der Junge abgehauen?«, fragte Erik.

»Samuel haut nicht ab, auch wenn ich es mir für ihn wünschen würde«, antwortete Didi. Sie verstand nicht, wie dieser überhebliche Satyr sie für einen Moment angezogen hatte, sie sich sogar auf seinen Kuss eingelassen hatte.

»Stimmt«, sagte Erik. »Er gehört zu den Eichen, denen liegt die Selbstzerstörung in den Genen.«

»Lass Didi in Ruhe!«, sagte Nadia wütend, und Kati lächelte zustimmend.

Dann schwiegen alle. Sie konnten nur warten.

42

Matias van der Haas fuhr zu dem Ort, den Samuel ihm genannt hatte. Er war gerade von Besorgungen in Tammisaari zurückgekehrt, als der Junge ihn erreicht hatte. Samuel wollte am Telefon nicht sagen, worum es ging, aber er hatte besorgt geklungen.

Die Ereignisse der letzten Tage hatten Matias bereits vorsichtig werden lassen. Er spürte eine Gefahr in der Luft, die er nicht benennen konnte. Er hatte alle Sicherheitsvorkehrungen auf dem Gutshof getroffen, wusste er doch aus Erfahrung, dass das nie schadete.

Jetzt saß er im Auto und wartete. In seinem Kopf hatte sich das Gespräch mit Samuels Mutter wiederholt. Als Pauliina auf dem Hof gewesen war, hatte Matias die Gelegenheit genutzt und mit ihr gesprochen. Er wollte wissen, was die anderen über die Ereignisse der Vergangenheit wussten. Deshalb hatte er Pauliina gefragt, ob Samuel zu den Eichen gehörte. Pauliina hatte ihn mit ihren kühlen Augen angesehen und dann erzählt, dass sie als junge Frau im Libanon gearbeitet hatte und Samuel das einzige Souvenir war, das sie von dort mitgebracht hatte. Matias wurde daraus nicht schlau, aber die Dinge waren wahrlich nicht, wie sie oberflächlich aussahen.

Matias sah, dass Samuel sich näherte, und öffnete die Autotür.

»Ich will die Nymphen zum Gutshof bringen«, sagte Samuel sofort.

»Das geht nicht«, widersprach Matias. »Deine Aufgabe ist es, sie davon fernzuhalten. Erik Mann ist euch auf der Spur.«

»Erik ist dabei, er hilft uns«, sagte Samuel.

Matias erschrak. Die Situation hatte sich in der Tat schneller entwickelt, als er befürchtet hatte.

»Ihr kommt nicht auf den Hof«, wiederholte er und öffnete die Tür zum Zeichen, dass Samuel gehen sollte. Dann brauste er davon.

Auf Samuels Handy kam eine Nachricht an. Eine unbekannte Nummer.

Didi wartet auf dich in der Pathologie.

Samuel hatte jetzt keine Zeit, zu überlegen oder sich zu fragen, was passiert war – er musste handeln.

Die Pathologie war Samuel vertraut, und weder der Umgang mit den Toten noch das Übernachten dort hatten ihm viel ausgemacht. Er hatte immer zwischen Lebenden und Toten unterscheiden können, und noch vor ein paar Monaten hätte er heftig abgestritten, an irgendetwas Übernatürliches zu glauben. Jetzt öffnete er die Tür des Seziersaals und spürte sofort, dass etwas anders war. Der Saal war dunkel, und er konnte nicht sehen, wo Didi war.

Samuels Telefon klingelte. Der Anruf kam von Didi.

»Wo bist du?«, fragte Samuel.

»Zu Hause. Wo bist du?«

»Hier in der Pathologie, wo ihr mich hinbestellt habt …« Er verstand die Sache in dem Moment, als Didi es sagte.

»Samuel, das ist eine Falle!«

Er ließ den Blick durch den Saal gleiten. Er sah nichts, spürte aber etwas.

»Sie ist hier«, sagte er und legte auf.

43

Didi war bereits aufgesprungen, als Kati sie abfing.

»Wir schaffen es nicht mehr hin«, sagte Kati nachdrücklich, ohne ins Detail zu gehen.

»Ich lasse Samuel nicht im Stich!«, rief Didi hitzig und suchte Nadias Blick. Doch auch sie stand nur da. Didi lief zu Erik und nahm ihn an der Hand. »Hilf du!«

»Warum sollte ich einem Menschen helfen?« Erik klang geradezu überrascht.

»Du hast versprochen, alles für mich zu tun. Wenn ich dem zustimme, was du willst. Hilf Samuel, und ich gehöre dir.«

Die Nymphen versuchten zu widersprechen, aber Didi kümmerte sich nicht um sie.

»Versprichst du es?«, fragte Erik.

»Wenn du Samuel rettest.«

Erik musste Didi nicht mehr antworten. Sie holte

ihre Tasche, und sie waren bereits in der Einfahrt, als Kati sie erreichte und Erik die Pistole in die Hand drückte. Er war sich nicht sicher, ob sie gegen Aurelia nützen würde, nahm sie aber entgegen.

Dann lenkte er seinen Geländewagen in Richtung Krankenhaus. Didi kannte die Seitentür, durch die man in die Pathologie kam, und bald waren sie dort. Didi führte Erik und fand schnell den Seziersaal. Sie ging hinein. Auf der anderen Seite des Saals bemerkte sie Samuel und seufzte erleichtert. Gleichzeitig fiel ihr auf, dass Erik nicht mehr da war, aber sie wollte nicht weiter darüber nachdenken. Sie sah nur Samuel an, der auf sie zukam … Doch plötzlich kam etwas von der Seite!

Didi blieb stehen. Vor ihr stand eine Frau, die Macht und Furchtlosigkeit ausstrahlte. Ihre Augen waren wie eine kochende Flüssigkeit, mal blau, mal rot. Sie nagelten Didi an Ort und Stelle fest. Die Frau streckte ihre Hand nach Samuel aus, doch dann fiel ihr Blick auf seinen Anhänger. »Was bist du?«, fragte sie ihn mit dunkler und erstaunter Stimme.

Didi hörte nur Samuels schneller werdenden Atem, konnte sich aber nicht rühren. Die Frau hatte sie erstarren lassen.

»Aurelia.« Eriks Stimme kam von der Tür des Saals. »Ich bin der, den du suchst.«

Zu Didis Erleichterung zog die Frau ihre Hand zurück und löste den Blick von Didi. Didi schüttelte sich wie eine Gefangene, deren Fesseln man abgenommen hatte. Sie sah zu Erik. Sie hatte keine Ahnung, wie der Satyr sich aus der Situation befreien wollte, aber er hatte versprochen, Samuel zu retten, und hatte jetzt die Aufmerksamkeit des schauerlichen Wesens auf sich gelenkt. Doch Didi hatte nicht vor, weiter zuzusehen, was passierte, sondern nahm Samuels Hand und rannte zur Tür. Aurelia durfte Erik behalten.

»Das Auto ist hier!«, rief Didi Samuel zu und zog ihn mit sich. »Hast du ein Versteck für uns gefunden?«

»Ja«, log Samuel. »Ruf Nadia und Kati an, dass sie zum Gutshof in Tammisaari fahren sollen.«

Didi tat wie befohlen, und bald schon waren sie auf der Straße, die nach Westen führte. Didi hatte das Gefühl, dass ihr Atem sich nie mehr beruhigen würde. Der Mond schimmerte durch den leicht bedeckten Himmel und erinnerte sie daran, was noch vor ihr lag.

Samuel sagte nichts, sondern starrte nur vor sich hin und fuhr. Die Fahrt ging schnell, und sie waren schon fast in Tammisaari, als Samuel am Straßenrand anhielt. Ohne es zu wollen, legte Didi die Hand auf seinen Oberschenkel. Sie wagten kaum zu atmen, als sie einander in die Augen sahen.

»Samuel, heute Nacht ist die Mondfinsternis«, sagte Didi. »Ich habe Angst.«

»Wovor?«, fragte Samuel weich und kam ihr ein Stück näher.

»Ich habe Angst, dass das unsere letzte gemeinsame Nacht ist.«

Samuel nahm Didis Hand in seine eigene. Didi wusste, was sie wollte, und ebenso, was Samuel wollte.

»Ich habe jeden Menschen getötet, mit dem ich geschlafen habe«, flüsterte Didi.

»Wenn das unsere letzte gemeinsame Nacht ist, dann will ich dich ganz«, sagte Samuel.

Didi hatte nach all dem, was passiert war, keine Widerstandskraft mehr. Sie hatte schon so viele Male das Schlimmste befürchtet, dass sie jetzt nur noch Samuel wollte und sich nicht mehr um die Folgen kümmerte. Sie wollte ihre Arme um seinen Hals legen und ihn küssen. Sie wollte dem einzigen Menschen, der in ihr all diese Gefühle auslöste, so nah wie möglich sein. Ihre Wange legte sich an Samuels, und sie atmete tief ein. Sie wusste nicht, was die Zukunft brachte, aber gerade jetzt wollte sie nicht darüber nachdenken. Das musste ihr Moment sein.

Von draußen war der dumpfe Ruf einer Eule zu hören, der sie auseinanderfahren ließ. Didi drehte den Kopf und sah, wie der Vollmond hinter den Wolken zum Vorschein kam. Sie konnten nicht aufgeben. Sie betrachtete Samuel und sah, dass er dasselbe dachte. Wenn man jemanden liebt, will man noch lange dieselbe Luft atmen. Samuel startete das Auto.

44

Der Gutshof schien im blauen Licht des Mondes zu baden, als Didi und Samuel ankamen. Im großen Saal war die Stimmung genauso kühl, die Eichen hatten sich verschanzt. Salma und Matias saßen an einem Tisch am Fenster, und Matias hielt Ausschau. Auf der anderen Seite des Saals saßen Kati und Nadia, die offensichtlich keine willkommenen Gäste waren. Sowohl Didi als auch Samuel bemerkten, dass Matias' Tochter die Einzige war, die ruhig wirkte. Sie saß im Sessel und las ein Buch. In der anderen Hand hielt sie eine Tüte mit Süßigkeiten, als gäbe es keine Sorgen in der Welt.

Die Nymphen versammelten sich zu einer Besprechung, während Samuel zu Matias ging.

»Was machen wir jetzt?«, fragte Samuel.

»Ich habe einen Verbündeten, der bald kommt«, sagte Matias. »Ansonsten warten wir einfach.«

Didi lief zu einer Holzbank in einer Ecke des Saals, weg von den anderen Nymphen. Samuel kam zu ihr. Didi spürte Katis warnenden Gesichtsausdruck, als Samuel sich neben sie setzte, kümmerte sich aber nicht darum.

»Du riechst gut«, sagte Didi, ohne Kontrolle über ihre Worte. Sie rückte ein wenig näher an Samuel heran, ließ aber noch etwas Abstand. Sie sah, dass Samuel etwas auf dem Herzen hatte, und verstummte, um ihm Zeit zu geben, die richtigen Worte zu finden.

»Du meintest im Auto, dass du einige Männer getötet hast ... Wie viele waren es?«

»Dich habe ich nicht getötet.«

Samuel schien in Gedanken zu versinken. Didi musste sich beherrschen, um ihn nicht zu schütteln. Sie wollte, dass er wenigstens irgendwie reagierte. Dann nahm sie ihn an der Hand.

»Ich kann meine Gefühle kontrollieren«, sagte Samuel. »Nicht dir gegenüber. Aber Nadia und Kati gegenüber fühle ich nichts. Sollten nicht die Anziehungskraft der Nymphen und der Mond einen Einfluss auf mich haben?«

Didi war überrascht. Sie hatte den Reiz der Pheromone für unausweichlich gehalten. Als sie auf die Straße gegangen war, waren ihr die Männer unwillkürlich gefolgt. Das musste doch auf alle Nymphen zutreffen.

Didi wollte gerade antworten, als Salma sich mit einem Teetablett näherte. Didi nahm eine Tasse entgegen und löffelte viel Honig hinein, um Energie zu bekommen. Sie wollte nichts mehr, als Samuel weiter nach seinen Gefühlen zu befragen, aber anscheinend war für Matias, der sie schon länger beäugt hatte, das Maß voll. Er marschierte wütend direkt auf Samuel zu.

»Ich habe es dir verboten! Wir müssen die Nymphen zur Mondfinsternis mit allen Mitteln meiden. Jetzt hast du sie hergebracht, und zu allem Überfluss ist euch eine Mörderin auf den Fersen!«

»Du hast gesagt, dass noch jemand zu Hilfe kommt«, entgegnete Kati und entschärfte so die Situation.

Matias sah zu ihr hinüber, und sein Atem beschleunigte sich. Seine Aussprache wurde breiig.

»Das ist falsch. Ich kann euch nicht … Samuel muss euch wegbringen!«, rief er und verließ mit großen Schritten den Saal.

Samuel sah Nadia und Kati abwechselnd an.

»Die Mondfinsternis nähert sich«, antwortete Nadia auf die ungestellte Frage. »Das wird bald noch schlimmer. Zur Glutzeit haben sich die Männer in unserer Nähe nicht mehr unter Kontrolle.«

Nadia sah Samuel und Didi forschend an. Didi ließ langsam Samuels Hand los.

»Reagiert Samuel nur auf dich? Kein bisschen auf Kati oder mich?«, fragte Nadia. Sie wollte sich vergewissern und streichelte leicht mit den Fingern über Samuels Arm.

»Können Eichen immun sein?«, fragte Didi.

»Du hast doch Matias gesehen«, sagte Nadia. Sie sah Didi an, dass sie mit Samuel allein sein wollte, und ging hinüber zu Matilda.

Didi verfolgte kurz, wie Nadia das Mädchen unterhielt. Nadia ging immer so ungezwungen mit allen um, sogar jetzt, wo sie sich in Lebensgefahr befanden. Didi legte von neuem die Hand in Samuels und wartete.

»Vielleicht heißt das einfach, dass meine Gefühle dir gegenüber echt sind«, sagte Samuel zu Didi.

Im selben Moment kribbelte es in Didis Brust, und sie hätte Samuel gerne geantwortet, aber da schlug die Eingangstür zu. Anscheinend war die Hilfe, von der Matias gesprochen hatte, endlich angekommen. Oder aber der Feind … Alle Blicke wandten sich in Richtung der schweren Schritte. Im Saal erschien eine dunkle Person, die langsam die Kapuze vom Kopf zog.

»Ihr habt wohl kein besseres Versteck gefunden«, meinte Jesper. »Zum Glück seid ihr auf unterschiedlichen Wegen hierhergekommen. Aurelia folgt den Gerüchen. So haben wir mehr Zeit, uns vorzubereiten.«

Jesper schien es überhaupt nicht zu kümmern, dass Satyrn auf dem Gutshof keine willkommenen Gäste waren, sondern begann sofort, Befehle zu geben, welche Sicherheitsvorkehrungen getroffen werden sollten. Didi bemerkte, dass die Situation für Nadia geradezu unerträglich war. Sie konnte ihren ehemaligen Geliebten, der sofort die Rolle des Anführers eingenommen hatte, nicht einmal ansehen. Sie ging ins Nebenzimmer und polterte mit den alten Möbeln, als würde sie ihm gehorchen, aber in ihrem Innern schäumte sie vor Wut. Erst kam Didi hinter ihr her, dann Kati.

»Jesper hat recht«, sagte Kati. »Wir müssen uns besser verschanzen. Lasst uns den alten Schrank hier vor die Tür schieben.«

»Damals, vor siebzehn Jahren, bin ich vor den ständigen Befehlen der Satyrn geflohen«, sagte Nadia. »Du könntest das hier genauso gut regeln.«

»Wir brauchen Hilfe, und Jesper kann uns wirklich helfen«, sagte Didi.

»Das stimmt«, meinte Kati, die ausnahmsweise fand, dass der Satyr jetzt wirklich von Nutzen sein könnte. »Du musst heute Nacht all deine Gefühle vergessen. Wir sind auch früher schon in Gefahr gewesen, aber jetzt haben wir eine ganz besondere Aufgabe. Wir beschützen Didi.«

Didi schämte sich plötzlich. Sie begriff, dass die Nymphen tatsächlich dazu bereit waren, sich für sie zu opfern. Sie hatte sich geärgert und war kindisch gewesen, aber jetzt ging es um das Leben von allen. Die beiden hätten fliehen können, sie ihrem eigenen Schicksal überlassen, aber sie war nun das Wichtigste.

»Ihr könnt gehen«, flüsterte Didi. »Dann seid ihr alle sicher.«

»Red keinen Mist, sondern hilf«, sagte Kati.

Kati ging zum Schrank und half Didi und Nadia. Er war schwer, und sie konnten ihn kaum bewegen, aber immerhin war nun ein Weg ins Zimmer versperrt. Didi sah sich um und überlegte, was sie noch tun könnten, als sie merkte, dass hinter dem Schrank etwas zum Vorschein gekommen war. Sie rückte die Stehlampe näher. Auf die Wand war ein Baum gezeichnet, Zweige, Namen.

»Was ist das?«, fragte sie verwundert.

»Kati, guck mal!«, sagte Nadia. »Der Stammbaum der Eichen. Und hier ist der Zweig von Montpellier … Elina.«

Didis Lippen bewegten sich leicht, als sie die fremden Namen las. Sie bemerkte nicht, wie Katis Kopf sich senkte.

»Janos Drys«, las Nadia. »War dein Janos eine Eiche?«

»Ich habe seinerzeit in Velanidia einigen Eichen geholfen«, sagte Kati. »Danach haben sie mich unterstützt. Ohne sie wäre Didi nicht mehr am Leben.«

Didi und Nadia lasen noch immer Namen und Jahreszahlen. Plötzlich spürte Didi, dass Nadia Schmerzen hatte, sie verstand aber den Grund dafür nicht. Sie legte ihr die Hand auf die Schulter. Nadia lächelte sie ruhig an.

»Ich habe lange gelebt«, sagte Nadia. »Auch das Leben einer Nymphe endet einmal. Meines kann heute Nacht enden. Nichts in der Welt ist ewig. Nur die Liebe.«

Nadias Worte erschütterten Didi. Sie waren so weit gekommen, und sie war nicht bereit, heute etwas aufzugeben.

»Niemand stirbt heute Nacht«, sagte Didi bestimmt. Sie stand auf und ging in den Saal. »Ich würde das nicht ertragen. Man hat mir schon zu viel genommen.«

»Kati, du musst Didi die Wahrheit erzählen, bevor es zu spät ist«, sagte Nadia leise zu ihrer alten Freundin.

Jesper und Samuel waren unterdessen dabei, Möbel zu rücken und Schlösser zu überprüfen. Salma war nicht mehr zu sehen.

Die Spannung und Jespers überhebliches Verhalten ließen Samuels Kräfte spürbar schwinden.

»Ziehen wir noch die Vorhänge zu?« Didi bat Samuel um Hilfe, damit sich die Situation auflockerte. Sie griff den dicken Samtstoff mit beiden Händen, damit sie das Fenster mit den vielen kleinen Scheiben verdecken konnte.

»Was soll das denn überhaupt bringen?« Samuel wandte sich verärgert an Jesper. »Wenn Aurelia ein Wesen mit gewaltigen Kräften ist, wie sollen sie dann ein paar Kommoden und Stoff vor dem Fenster aufhalten?«

»Das werden sie auch nicht«, sagte Jesper. »Aber sie machen Aurelia langsamer. Und glaub mir, auch nur ein Augenblick mehr Zeit zur Verteidigung kann viel bedeuten. Wir machen uns die Dunkelheit und das Dämmerlicht zunutze. Passt auf, dass kein Spalt zwischen den Vorhängen bleibt.«

»Du bestimmst hier nicht, das hier ist der Ort der Eichen!«, rief Samuel und war mit ein paar Schritten direkt vor Jesper. »Dieses ganze Chaos ist die Schuld der Satyrn. Wegen euch sind Didi, Nadia und Kati in Gefahr.«

»Beruhige dich.« Jespers Ausdruck war völlig distanziert. Er hatte sich auch schon früher auf Krieg vorbereitet und wusste, dass die Gefühle mit einem durchgehen konnten. »Wir müssen zusammenhalten. Aurelia findet sicher hierher, indem sie den Gerüchen folgt. Es gibt allerdings ein altes Mittel dagegen. Didi, lass uns ins Gewächshaus gehen.«

»Zu zweit geht ihr nirgendwohin«, widersprach Samuel, ohne sich von der Stelle zu bewegen.

Es war, als hätte Jesper an Samuel etwas Neues wahrgenommen. Sie starrten einander an, und keiner hatte vor nachzugeben.

Matilda hatte bis dahin weiter in ihrem Buch gelesen, legte es jetzt aber beiseite und hörte zu.

»Ich gehe mit Samuel«, sagte Didi. »Was sollen wir dort suchen?«

»Ich zeige es euch«, sagte Matilda und reichte ihnen Taschenlampen.

Sowohl Samuel als auch Didi beruhigten sich in der kühlen Nacht. Selbst die Dunkelheit fühlte sich weniger bedrohlich an als die angespannte Stimmung im Haus. Matilda führte sie in die Richtung eines Lichts, das in einiger Entfernung schimmerte. Hinter den Bäumen war das alte Gewächshaus mit seinen vielen Fenstern zu sehen.

»Wie kann dich Matias hierherkommen lassen?«, fragte Didi Matilda.

»Ich sollte nicht hier sein, aber ich möchte bei euch sein«, sagte Matilda und stolperte beinahe. Samuel hielt sie.

»Danke«, sagte Matilda, ließ ihn aber nicht los. »Haben wir uns früher schon mal berührt?«

»Ich glaube nicht.« Samuel fand die Frage merkwürdig. »Wieso?«

»Weiß Didi, dass du auf sie geprägt bist?«

Didi und Samuel verstanden die Frage nicht, und Didi konnte nicht weiter nachbohren, denn Matias war an der Tür des Gewächshauses erschienen.

»Matilda!« Seine Stimme klang warnend. »Sie hätten auch allein hergefunden. Du musst in den Keller! Deine Großmutter wartet dort.«

Matilda blieb stehen. Sie lächelte Samuel an, winkte und lief zurück. Dann blieb sie aber noch einmal kurz stehen.

»Du musst keine Zweifel haben, du bist ein ganz normaler Junge«, rief sie Samuel zu. Sie wandte sich an Didi. »Zweifel auch du nicht an deinen Gefühlen, sie sind echt.«

Dann verschwanden Matilda und der Lichtkegel ihrer Taschenlampe schnell in der Dunkelheit.

»Was war das denn?«, fragte Samuel Matias im Gewächshaus.

»Geschichten von frühreifen Teenagern sollte man nicht so viel Beachtung schenken«, antwortete Matias. »Kommt hierher.«

45

Das **Gewächshaus mit** seinen üppigen Düften und Farben war eine ganz eigene Welt. Es herrschte ein feuchtwarmes Klima wie in den Tropen. Didi hätte es gerne länger genossen, aber Matias brachte ihnen baumwollene Beutel.

»Sammelt diese weißen Blütenblätter«, riet Matias. »Ihr Duft verdeckt den Geruch von euch Nymphen, und sie können euch heute Nacht retten. Vielleicht gelingt es uns, Aurelia in die Irre zu führen.«

Didi nahm eine der Blumen in die Hand und befühlte ihre dicken, wachsartigen Blütenblätter. Der Duft verstärkte sich in ihren Fingern. Dann richtete sich ihre Aufmerksamkeit auf kleine Körner, die auf dem Tisch lagen. Sie nahm eines zwischen die Finger.

»Was ist das?«

Matias kam zu ihr und nahm das Korn. Er tastete nach einer kleinen, hölzernen Dose auf dem Tisch und gab die Körner hinein.

»Samen«, sagte Matias. »Und das hier sind die Blumen, die von den Satyrn so gut wie ausgerottet wurden. Die hier würden sie auch vernichten, wenn sie hierherkämen. Deshalb ist dieser Ort unser Geheimnis, und leider auch Jespers.«

Didi versuchte, die Dose genauer anzusehen. Auf dem Deckel war ein Muster eingebrannt, aber sie hatte es nicht richtig sehen können. Matias legte sie schon in eine Schublade.

»Ich bringe die erste Ladung ins Haus, macht ihr weiter«, sagte Matias und verschwand nach draußen.

Didi und Samuel sammelten die empfindlichen Blütenblätter und legten sie in die Beutel. Didi hatte das Gefühl, dass es ihr leichter fiel, über die Dinge zu sprechen, die in ihrem Kopf vorgingen, wenn sie etwas zu tun hatte.

»Nadia sagt, dass die Satyrn und die Nymphen sich bei Beginn der Mondfinsternis einen Ort suchen, der sie an die Gegend ihrer Geburt erinnert«, sagte sie. »Und wenn die Finsternis einsetzt, können Verbindungen eingegangen werden. Nie sonst. Dann lieben die Nymphen nach bestimmten Ritualen.«

»Rituale?«, fragte Samuel. Er tat, als würde er sich

auf seine Aufgabe konzentrieren, aber der Gedanke setzte sich in seinem Kopf fest.

»Ich weiß auch nichts Genaues darüber«, sagte Didi. »Diese Nacht ist aber überall auf der Welt die Festnacht der Nymphen. Meine erste Finsternis ist allerdings alles andere als ein Fest.«

Didis Stimme klang so grenzenlos traurig, dass Samuel ihr unwillkürlich einen Schritt näherkam, aber Didi wich zurück.

»Nicht jetzt«, sagte Didi. »Wir müssen vorsichtig sein.«

Sie setzten ihre Arbeit fort, trauten sich aber nicht, sich anzusehen. Didi hatte dennoch das Gefühl, dass sie Samuel alles sagen musste, was in ihrem Kopf vorging. Sie bat ihn, sich auf eine alte Eisenbank zu setzen, und sah sich kurz um. Das Gewächshaus war wie ein Paradies. Am liebsten hätte sie den Rest der Welt vergessen … Doch das war unmöglich, und Samuel musste wissen, womit er es zu tun hatte.

»Hier hört man das Rauschen der Bäume«, sagte Didi kurz darauf. »In der Stadt hört man das nie. Immer gibt es andere Geräusche, Lärm …«

Samuel spürte deutlich, dass es eigentlich um etwas anderes ging, und wartete, bis Didi bereit war zu reden.

»Ich hatte mich in Johannes verliebt«, sagte sie leise. »Johannes war ein bisschen wie du. Nett und lustig. Er kam mir zu Hilfe, als ich mit dem Fahrrad gestürzt bin. Trotzdem habe ich das Gefühl, dass ich Johannes ohne den Mond nicht auf diese Art gewollt hätte. Ich hatte mich nur in ihn verguckt, ich habe ihn nicht geliebt.«

»Du kannst nichts für den Mond«, sagte Samuel.

»Mich reißen zwei Dinge in völlig verschiedene Richtungen«, fuhr Didi fort. »Ich bin eine Mörderin, und ich will mit dir zusammen sein. Oder ich akzeptiere, dass eine Nymphe nur mit einem Satyr zusammen sein kann. Aber ich will das nicht, ich will nicht die Menschlichkeit verlieren, die ich in mir habe.«

Didi sah Samuel hilfesuchend an. Sie fürchtete sich vor der Nacht, die vor ihr lag. Sie würde ihr Samuel womöglich endgültig entreißen.

»Bis vor kurzem wusste ich nichts über Nymphen«, meinte Samuel. »Als ich davon erfahren habe, hatte ich zuerst Angst vor euch, aber dann habe ich etwas Entscheidendes verstanden. Ihr seid Naturgeister, und die Natur kann niemand beherrschen. Jetzt habe ich keine Angst mehr. Zumindest nicht um mich.«

Didi musste weinen.

»Habe ich dich verletzt?«, fragte Samuel besorgt.

Didi schüttelte den Kopf. Samuels Worte waren ein ungeheurer Trost und auch wenn bald alles vorbei wäre, würde sie diese Worte nie vergessen. Sie war in Samuels Augen kein Monster.

»Ich wünschte, jemand würde mich so sehen, wie ich wirklich bin. Ich will für ihn eine Frau sein, die sich nicht verändern muss.« Über Didis glänzende Wangen liefen große Tränen.

»Ich sehe dich so«, sagte Samuel. »Ich habe dich seit dem ersten Moment so gesehen.«

Ihre Gesichter kamen sich näher. Die Lippen spürten einander bereits. Da leuchtete plötzlich ein ganz neues Licht in Didis Augen auf.

»Komm!«, rief sie Samuel zu und lief zum Tisch, an dem Matias gearbeitet hatte, um ihn zu untersuchen. »Jetzt weiß ich, was ich gesehen habe.«

Didi öffnete enthusiastisch die Schubladen und durchstöberte sie. Mit ihren Fingern tastete sie in jede Ecke, bis sie die kleine, runde Holzdose fand. Samuel kam zu ihr und leuchtete mit der Taschenlampe darauf, damit sie die Dose besser sehen konnten. Auf dem Deckel war ein Knotensymbol eingebrannt.

»Das hat irgendwie mit den Samen zu tun.« Didi drehte die Dose auf und sah hinein. Ihr Herz pochte noch stärker als zuvor, und sie spähte nach draußen zum Mond.

Sie lehnte sich an den Tisch. In jeder Zelle spürte sie, wie sie ihr eigenes Selbst war. Sie war ein Naturgeist, der nicht zu bändigen war. Sie zog Samuel an sich und strich einen Träger ihres Kleides von der

Schulter. Sie begann zu schmelzen. Sie wollte Samuel genau in diesem Augenblick. Warum in aller Welt widersetzte er sich? Er musste doch dasselbe fühlen!

»Didi, jetzt ist nicht der richtige Zeitpunkt.« Samuel ging einen Schritt zurück.

»Glaubst du, den gibt es? Kann man darauf warten?«

»Ich traue mich nicht einmal, dich zu berühren«, sagte Samuel seufzend. »Sobald ich dich spüre, kann ich dir nicht mehr widerstehen. Und dann kann ich euch nicht mehr helfen.«

Didi wollte diese Worte nicht hören. Sie brannte schon.

46

Der **Saal des Gutshofs** war bereit, um alle Eindringlinge fernzuhalten. Matias hatte Anweisungen gegeben, wie die Blütenblätter an alle Türen und Fenster zu streuen waren, um Aurelias Geruchssinn durcheinanderzubringen. Danach war er wortlos gegangen.

Kati hatte ein altes Jagdgewehr gefunden, und Jesper hatte seine eigenen Messer, die Kati ein wenig neidisch betrachtete. Sie verstand vielleicht nichts von Handtaschen, aber die Handarbeit japanischer Schmiede wusste sie zu schätzen. Sie sagte nichts zu Nadia wegen des Schürhakens, mit dem sie sich ausgestattet hatte. Seine Wirkungskraft gegen die Kräfte von Aurelia …

»Ich schau noch mal nach …« Jesper war auf dem Weg in die Bibliothek, als es heftig an die Tür klopfte. Alle verstummten sofort und sahen einander an.

»Aufmachen!«, hörte man eine leicht erstickte Stimme.

»Das ist Erik!«, rief Nadia. »Wir können ihn nicht reinlassen. Es sind nur noch zwei Stunden bis zur Finsternis.«

»Ich bin allein«, versicherte Erik.

Die Nymphen beobachteten Jespers Gesichtsausdruck. Wem gegenüber würde der Satyr loyal sein, ihnen oder Erik? Jesper wog die Situation kurz ab und zog dann eins seiner Messer. Er gab Kati ein Zeichen, die Tür zu öffnen, und Erik fiel geradezu herein. Er hielt sich die Seite und keuchte vor Schmerzen. Zwischen den Fingern lief Blut hervor. Zu dritt trugen sie ihn zum Sofa.

Als Nadia die Wunde untersuchte, schrie Erik laut auf.

»Zu deinem Glück ist Glutzeit, und du bist bei einer Heilerin«, sagte Nadia. »Ansonsten wärst du bald tot. Bringt mir Verbandszeug.«

»Gerade noch wolltest du nicht mal die Tür öffnen. Wir müssen ihn nicht versorgen«, sagte Jesper. »Verletzt schadet Erik uns nur.«

Kati brachte trotzdem alles, worum Nadia gebeten hatte. Nadia schnitt Eriks Hemd auf, säuberte die Wunde, aus der dickes, rotes Satyrblut herausquoll, und verband sie.

Sie schätzte die Situation ein. Die Blutung würde nur mit einen Verband nicht gestillt werden können. Entweder müsste sie Erik vor ihren Augen sterben lassen, oder sie konnte ihre eigenen Mittel anwenden.

»Ich muss dich küssen«, sagte Nadia.

»Danke.« Eriks Stimme war kaum mehr als ein Flüstern, aber er lächelte Nadia an. »Ich weiß, dass du mir nicht helfen musst.«

Jesper lächelte nicht. In ihm brodelte es, als er sah, wie zärtlich und vorsichtig Nadia den anderen Satyr behandelte, und als Nadia dann noch ihre heilenden Lippen auf die Wunde und schließlich auf Eriks Mund drückte, war er bereit zu töten. Dennoch bewunderte er Nadias Talent, denn Eriks Zustand verbesserte sich im Handumdrehen. Langsam setzte der Satyr sich auf.

Seine Augen schlossen sich, als hätte er vor, sich auszuruhen, aber dann war er plötzlich auf den Beinen. Er riss das Messer aus Jespers Gürtel und legte es ihm an den Hals.

»Um Aurelia das erste Mal zu bezwingen, bedurfte es acht Satyrn«, krächzte Erik. »Ihr glaubt doch nicht, dass ihr das diesmal mit so wenig Waffen schafft?«

Die Satyrn hätten sich fast gegenseitig mit den Hörnern gestoßen, doch Jesper bewegte sich nicht. Erik ließ das Messer sinken und gab es Jesper, der wütend in die Bibliothek ging.

»Wir werden alle gebraucht«, sagte Kati nachdrücklich.

Nadia war in der Bibliothek, ordnete das Verbandszeug und tat, als würde sie Jesper nicht sehen, obwohl er sich direkt vor sie stellte.

»Du kannst nicht vor dem fliehen, was zwischen uns ist«, sagte er.

Nadia stand auf und sah ihn mit ihren dunklen Augen furchtlos an. »Ich habe meine Seite gewählt. Ich kämpfe für die Nymphen und gegen die Satyrn. Du hattest versprochen, anders als die anderen Satyrn zu handeln, wolltest mich aber trotzdem sofort zu deinem Eigentum machen.« Jesper lächelte, und Nadia wurde wütend. Sie fand an der Situation nichts amüsant.

»Sieh mich an«, sagte Jesper und ging so nah an sie heran, dass Nadia seinen Atem auf ihrer Haut spürte. »Ich habe mich gegen die Satyrn, mein eigenes Volk, gewandt. Ich bin hierhergekommen.«

»Du kannst gleich wieder gehen, wenn du es meinetwegen tust.«

»Natürlich habe ich es für dich getan«, sagte Jesper.

»Ich ändere meine Meinung nicht«, sagte Nadia trotzig.

»Dann nicht«, erwiderte Jesper und nahm sie in den Arm.

Nadia spürte, wie sich ihre Lippen öffneten, und sie fühlte Jespers starken Körper, der all ihre Lust weckte. Und es hatte nicht nur mit dem Mond oder der Finsternis zu tun. Sie hatte vor Hunderten von Jahren gewusst, dass sie nur Jesper lieben würde.

»Ich habe Didi lange nicht gesehen«, sagte Kati, die in der Tür erschienen war und sie auseinanderfahren ließ.

47

Didi und Samuel saßen engumschlungen in der Dunkelheit des Gewächshauses, lösten sich aber voneinander, als die Taschenlampe direkt auf sie zeigte.

»Hier bist du«, sagte Kati.

Didi erwachte wie aus einer Trance. Sie konnte nicht begreifen, wie die Situation so weit hatte fortschreiten können. Auch Samuel schien es peinlich zu sein.

»Etwas liegt in der Luft«, sagte Kati.

Didi musste sich konzentrieren, um ihre Sinne von Samuel loszubekommen, aber kurz darauf nickte sie. »Ich rieche es auch.«

»Aurelia ist in der Nähe«, fuhr Kati fort. »Sie wird uns zuallererst im Gutshaus suchen. Wir müssen ein besseres Versteck finden.«

»Matias hat von einem Keller geredet«, erinnerte sich Didi.

Kati tastete nach ihrem Handy und spähte dabei in die nächtliche Dunkelheit.

»Matias? Gibt es hier noch einen anderen Ort, an dem wir uns verstecken können?«, fragte Kati. »Einen Stall oder ein Lager, wo man nur eine Tür bewachen muss?«

»Nein«, antwortete Matias kurz angebunden. »Ihr müsst im Haus bleiben. Ihr könnt nicht woandershin gehen. Wenn ihr die Finsternis übersteht, könnt ihr morgen früh alle gehen …«

»Wo bist du?«, fragte Kati. »Matias?«

Aus dem Telefon war nur noch ein Dröhnen zu hören und dann ein gedämpfter Aufschrei.

Didi erstarrte. Ihre schlimmsten Befürchtungen traten ein, und sie hatte keine Ahnung, was sie tun sollte. Gerade eben noch hatte sie in Samuels Armen gelegen und alles um sich herum vergessen. Jetzt begriff sie, wie gefährlich das gewesen war.

»Aurelia ist irgendwo in der Nähe«, sagte Kati. »Lasst uns wieder zum Haus gehen und uns darin verschanzen. Einen anderen Ort haben wir nicht.«

Sie waren bereits draußen, als Samuel stehenblieb. »Ich lasse Matias nicht im Stich.«

»Du kannst ihn nicht suchen gehen!«, sagte Didi. »Du darfst mich nicht im Stich lassen. Kati, lass Samuel nicht gehen.«

»Matias gehört zu meiner Familie«, sagte Samuel zu Kati und lief den Pfad in die andere Richtung davon.

Kati hielt Didi fest, damit sie ihm nicht folgte. Dann war Samuel nicht mehr zu sehen.

Didi ließ sich widerwillig von Kati führen. Sie konnte Samuel nicht nachgehen, wollte aber auch nicht alleine im Gewächshaus bleiben. Es war magisch gewesen mit Samuel, märchenhaft, aber ohne ihn war alles düster und beängstigend.

Sie kamen zum Gutshaus und wurden eingelassen. Als Didi Erik sah, geriet sie in Panik und wollte sofort fliehen.

»Was macht er hier?«, schrie sie.

»Keine Sorge«, sagte Nadia und nahm sie in ihren Schutz. Sie gab den Satyrn ein Zeichen, den Raum zu verlassen.

»Es ist nur noch eine Stunde bis zur Finsternis«, sagte Nadia zu Kati. »Das ist der richtige Moment, Kati.«

Sie ging den Satyrn nach, und Didi blieb mit Kati alleine zurück.

Didi zitterte von Kopf bis Fuß. Sie hatte Angst um Samuel. Und sie traute Erik nicht, dafür jedoch der Stärke der Nymphen. Die unbekannte Bedrohung aber war am schlimmsten. Sie wusste nicht, wie sie dagegen kämpfen sollte. Was war so grausam, dass sogar die Satyrn Angst hatten?

Didis Verzweiflung war ihr anzusehen. Kati kam zu ihr. Didi erwartete, dass sie ihr befehlen würde, sich zusammenzureißen und stark zu sein, aber Kati war völlig still. Sie holte die Holzdose aus ihrer Ledertasche, die Didi zuletzt im Gewächshaus gesehen hatte, und stellte sie auf den Tisch. Dann sah sie Didi ernsthaft an.

»Ich verspreche dir, dass wir das hier schaffen.« Kati versuchte, ihre Stimme möglichst ruhig und überzeugend klingen zu lassen. »Ich habe deiner Mutter versprochen, dass ich dich immer beschützen werde.«

Didi verstand nicht genau, was Kati meinte. Sie hörte zu und wagte kaum zu atmen. Sie spürte, dass Kati ihr etwas Entscheidendes erzählen wollte.

»Ich hatte eine Schwester«, sagte Kati. »Eine Naturnymphe, die auf den Baumwollfeldern von Southampton geboren wurde. Rose, rothaarig und widerspenstig. Kommt dir das bekannt vor? Ein Satyr hat unsere Eltern verbrannt, und Erik hat uns in sein Rudel gerettet. Die Zeit verging, und Erik wählte Rose für sich aus. Rose war damit jahrhundertelang einverstanden. Dann übertrug Erik ihr eine Arbeit in London, und ich hörte viele Jahre nichts von Rose. Als sie sich endlich meldete, war sie schwanger. Meine Schwester erwartete ein Kind. Von einem Menschen! Die Satyrn hätten sie dafür getötet.«

Didi hörte Katis Geschichte mit großen Augen zu. Jetzt brach Katis Stimme, und Didi sah, was für eine große Anstrengung es für sie bedeutete, all das preiszugeben, was sie so lange geheim gehalten hatte.

»Wie war Rose?«, fragte Didi.

»Wie gesagt, rothaarig und widerspenstig«, erwiderte Kati lachend, aber die Erinnerungen ließen sie wieder ernst werden. »Einfühlsam und stark. Und unkontrollierbar, so wie du.«

»Desirée ist Roses Tochter?« Erik hatte nicht die Geduld gehabt, sich fernzuhalten, sondern war leise zurückgekommen und hörte Kati aufmerksam und ungläubig zu.

»Rose starb, als du geboren wurdest, Didi. Ich habe meiner Schwester versprochen, dass ich mich mit allen Mitteln um dich kümmere, dich beschütze«, sagte Kati.

Jesper und Nadia kamen ebenfalls in den Saal und setzten sich. Kati nahm die hölzerne Dose vom Tisch und hob sie hoch, damit Didi sie sehen konnte.

»Eigentlich ist es kein Wunder, dass wir hier gelandet sind. Die Eichen haben die Nymphen immer beschützt. Deshalb ist auch diese Dose hier.« Kati drehte den Deckel der Dose auf und nahm ein Samenkorn zwischen die Finger. »Mit Hilfe dieser Samen können

Nymphen eine Verbindung mit Menschen eingehen und Kinder bekommen.«

»Die sollte es nicht mehr geben«, knurrte Erik.

»Die hat es immer gegeben, und es wird sie immer geben. Ebenso wie die Eichen«, sagte Kati, die ihre Wut kaum beherrschen konnte. »Du kannst sie nicht alle töten, was auch immer du versuchst.«

Erik lehnte sich in seinem Stuhl zurück und dachte nach über das, was er gehört hatte. »Rose hat mich mit einem Menschen betrogen?«

Kati kümmerte sich nicht um ihn.

»In diesem kleinen Samen ist ein Wunder verborgen«, sagte Kati. »Wenn du den Samen der Königin der Nacht in dir hast und Samuel ebenso, dann könnt ihr gefahrlos zusammen sein. Ich wusste nicht, dass es diese Samen noch gibt.«

Katis Erzählung hatte Didis Gedanken einen Moment von Samuel und der Gefahr, in der er schwebte, weggeführt. Jetzt kam die Angst wieder zurück.

Samuel leuchtete den gewundenen Pfad vor sich aus und lief, so schnell er konnte. Die erste richtige Berührung mit der Familie seines Vaters hatte er durch Matias bekommen, und er hatte nicht vor, ihn aufzugeben. Salma hatte ihm Zugang zu seinen Erinnerungen verschafft, und auch wenn sie nur als kleine Tropfen an die Oberfläche kamen, fühlte er die Zugehörigkeit. Er hatte auch vorher schon eine Mutter und dann Didi gehabt, aber eine Familie, die Tausende von Jahren alt war, erfüllte ihn mit unbeschreiblichem Stolz und mit Freude. Es gefiel ihm überraschend gut, mehr als nur ein normaler Medizinstudent zu sein.

Samuel blieb stehen. Fast wäre er an der kleinen Anhöhe vorbeigelaufen, aber als er genauer hinsah, bemerkte er eine Tür. Es war ein Erdkeller, der dick mit Moos und Blaubeeren bewachsen war. Er war gut versteckt im Schatten der Bäume. Samuel lauschte, um sicherzugehen, dass ihm niemand gefolgt war, dann wagte er sich hinein.

Der Keller war viel größer, als er von außen schien. Es brannten einige Kerzen, und die Luft roch nach Wald. Samuel kniff kurz die Augen zu und entdeckte dann Matilda.

»Was ist das für ein Ort?«

»Schau ihn dir an«, antwortete Matilda.

Sie führte Samuel tiefer in den Keller. Salma saß dort auf einem Holzschemel.

»Seid ihr hier in Sicherheit? Wo ist Matias?«, fragte Samuel. »Didi braucht mich.«

Matilda ging zu einem flachen Tisch, auf dem Matias' Ledertasche stand. Sie nahm daraus eine Rolle, öffnete sie und zeigte ihm den Nomos-Dolch.

»Du wirst ihn brauchen«, sagte Matilda. »Das ist der Mann, *anthropos*. Wenn du einen zweiten hast, die Frau, *gynaika*, kannst du die Kräfte der Satyrn und der Nymphen beherrschen.«

»Braucht Matias ihn nicht selbst?«

»Nicht mehr«, antwortete Matilda und schluckte.

Erst jetzt sah Samuel, dass Salmas Wangen nass waren vor Tränen.

»Du musst jetzt gehen«, sagte Matilda und schüttelte Samuel schnell die Hand. »Du wirst erwartet. Alekto sei mit dir.«

Kurz darauf stand Samuel wieder im Wald und hörte, wie die Riegel des Erdkellers hinter ihm vorgeschoben wurden.

Die Eichen werden mir nicht mehr öffnen, auch wenn ich klopfe, dachte er und suchte den Pfad zum Gutshof.

48

Jesper und Erik saßen zu zweit im Saal. Irgendwann in früheren Zeiten hätten ein paar Rotweinflaschen auf dem Tisch gestanden, und es hätte Musik gespielt. Sie hätten Anekdoten ausgetauscht und die Gaben des Lebens genossen. Jetzt aber starrten sie die alten Tapeten des Gutshauses an.

»Und wie ist es, auf einer Ebene mit einem normalen Satyr zu stehen?«, fragte Jesper in spöttischem Ton. »Die Finsternis nähert sich, und keiner von uns beiden hat eine Nymphe. Wir stehen bei den Nymphen an zweiter Stelle. Vielleicht ändern sich die Zeiten tatsächlich.«

»Darauf vertraue ich auch«, sagte Erik, ohne Jesper die Befriedigung zuzugestehen, dass er Nervosität zeigte.

»Findest du es gar nicht merkwürdig, dass Rose dein

Bett so lange gewärmt hat und du jetzt ihre Tochter jagst? Davon abgesehen ist Didi nicht einmal eine Vollblut-Nymphe, wenn Katis Geschichte stimmt.«

»Überhaupt nicht«, antwortete Erik. »Jetzt, wo ich alles weiß, verstehe ich es auch. Legenden sind Prophezeiungen, die sich selbst verwirklichen.«

Jesper legte sich in seinem Kopf gerade einen passenden Satz über Hochmut und dessen Gefahren bereit, als er plötzlich etwas hörte. Erst war es nur ein Knarren, aber dann waren ganz deutlich Schritte auf der Treppe zu hören. Der Ankömmling versuchte erst gar nicht, sich leise zu bewegen. Auch aus der anderen Richtung kamen Geräusche. Kati stürzte mit Nadia und Didi hinter sich in den Saal.

»Was passiert hier?«, fragte Didi. Die erstarrte Miene der Satyrn zeigte, dass sie etwas erwarteten.

»Aurelia ist gekommen«, sagte Jesper und griff nach einer der Betäubungspistolen. »Aurelia war eine Nymphe, das Gift müsste also auch bei ihr wirken.«

Jesper versicherte sich, dass auch das Messer an seinem Platz war. Alle sahen zur Tür, und Didi wollte Jesper fragen, was sie tun könnte, als er aufsprang, die Tür aufriss und gleich wieder hinter sich zuwarf. Nadia schrie auf, und Didi drückte ihre Hand.

»Keiner kommt mir nach!«, schrie Jesper. »Egal, was ihr hört, ihr bleibt drin!«

Nadia drückte ihr Ohr an die Tür, aber die Geräusche des Kampfes waren ihr zu viel, und sie wich zurück. Sie hörten, wie Möbel durch das Zimmer flogen und etwas zersprang. Es war unmöglich zu unterscheiden, ob die Schreie von einem Mann oder einer Frau kamen. Dann war ein Dröhnen zu hören, und danach war es völlig still.

Sie warteten kurz, dann öffnete Kati die Tür. Auf dem Boden waren zwei Gestalten zu sehen, eine davon der breitgrinsende Jesper, die andere eine auf dem Bauch liegende lange, dunkle Frau.

»Verdammte Scheiße«, fluchte Jesper mit blutigem Gesicht. »Acht Satyrn. Oder Erik? Ihr habt acht Satyrn gebraucht, um Aurelia zu überwältigen.«

Nadia war bereits bei Jesper. Sein Brustkorb war nackt und hatte eine tiefe, große Wunde, um die er sich im Augenblick seines Triumphs nicht zu kümmern schien.

Kati sah zu Didi, die leichenblass war und kaum stehen konnte. Blutgeruch füllte den Raum. »Erik, dich brauchen wir hier nicht. Und Didi, geh du in die Bibliothek.«

Erik nickte, und Didi zog sich zurück. Kati konzentrierte sich darauf, Nadia zu helfen. Gemeinsam hoben sie Jesper auf das Sofa. Nadia machte sich daran, seine Wunden zu versorgen, und Kati ging in das Bibliothekszimmer, um zum zweiten Mal an diesem Abend das Verbandsmaterial zu holen. Sie sah sich um. Didi und Erik waren nirgends zu sehen.

»Verflucht!«, rief Kati.

»Was ist?«, fragte Nadia besorgt.

Kati sah sich erneut um und nahm dann wieder das Gewehr auf.

»Aurelias Leiche ist verschwunden. Wo ist sie jetzt?«, fragte Kati.

»Du musst Didi finden«, sagte Nadia. »Ich bleibe hier und versorge Jesper.«

Kati wollte schon etwas Abfälliges über Satyrn sagen, aber Nadias schmerzerfüllte Miene ließ sie verstummen. Sie rannte nach draußen.

Nadia richtete ihre ganze Aufmerksamkeit auf Jesper, dessen Haut bereits grau geworden war. Das Blut im Gesicht des Satyrs war getrocknet, aber die blutende Wunde am Körper schien nicht zu versiegen.

»Kannst du nichts tun?« Jesper klang ein wenig überrascht.

»Ich muss dich ins Wasser bringen«, sagte Nadia. »Auf der anderen Seite des Hauses ist ein Badezimmer. Schaffst du es dorthin?«

»Du musst mir helfen«, keuchte Jesper.

Nadia rannte los, um Wasser in die Badewanne einlaufen zu lassen. Dann kam sie zurück zu Jesper und half ihm auf. Sie wusste, dass auch die kleinste Bewegung dem Satyr unerträgliche Schmerzen bereitete, aber sie konnte jetzt nichts dagegen tun. Sie konzentrierte ihre ganze Willenskraft darauf, dass Jesper es zum Badezimmer schaffte.

Dort angekommen zog sie ihn aus und half ihm dann ins Wasser. Sie ließ ihr eigenes Kleid zu Boden fallen und wollte auch in die Wanne steigen, als Jesper die Hand leicht anhob.

»Lass mich dich ein wenig ansehen«, flüsterte Jesper, und seine Augen leuchteten rot. »Das hilft besser als Medizin. Deine Haut, deine Schönheit …«

Nadia wartete nicht länger. Sie setzte sich vorsichtig auf Jesper, goss Wasser auf seine Schultern und seine Brust und nahm ihn in sich auf.

»Gerade fängt die Finsternis an, Nadia. Ich spüre es«, sagte Jesper. »Ist das unser Bund?«

Ihre Hüften bewegten sich zusammen, das Wasser streichelte ihre Haut, und Nadia weinte, obwohl Jesper lächelte.

»Küss mich«, stöhnte Jesper. »Heile mich.«

Dann fielen seine Augen zu. Nadia umarmte ihn noch einen Moment lang. Die Liebe ihres Lebens war von ihr gegangen.

»Freiheit«, flüsterte sie und spürte die Wärme auf Jespers Lippen, als sie ihm einen letzten Kuss aufdrückte.

49

Didi war beim Anblick des verwundeten Jesper so bestürzt gewesen, dass sie sich von Erik trösten ließ. Sie war sogar erleichtert, dass sich in diesem beklemmenden Moment etwas so intensiv und stark anfühlte.

»Was passiert mit uns? Was passiert mit Samuel?«, flüsterte Didi und legte den Kopf an die Brust des Satyrs, der sie an sich zog.

Didi war überhaupt nicht darauf vorbereitet, als der Satyr ihr plötzlich seine große Hand auf den Mund drückte. Sie versuchte zu schreien und zu treten, aber Erik beachtete ihre Anstrengungen gar nicht, sondern hob sie hoch und trug sie hinaus. Draußen legte er sich Didi über die Schulter und lief Richtung Wald.

»Die Finsternis beginnt«, sagte Erik, als sie am Waldrand ankamen. »Sieh den Himmel an. Das ist der Moment.«

»Ich bin keine Legende«, bekam Didi heraus, obwohl ihr Kopf nach unten hing.

Sie versuchte, den Satyr zu schlagen, doch Erik rannte leichtfüßig in die Dunkelheit des Waldes. Er sah sich um und schien einen passenden Ort zu suchen. Sie kamen an eine kleine Lichtung, die von großen, uralten Kiefern umgeben war. Erik wählte die größte davon aus und trug Didi bis zu den Wurzeln. Dann setzte er sie ab und drückte sie fest gegen den Baum.

»Desirée Volante, Lust und Wille«, murmelte Erik mit bereits glühenden Augen. »Warum kämpfst du dagegen an, obwohl dich eine große Zukunft erwartet? Dir wird es an nichts fehlen, wenn die Legende erfüllt ist.«

»Glaub mir, ich bin nicht die Auserwählte!« Didi ärgerte die Sturheit des Satyrs. Sie hatte geglaubt, dass sie ihre Ruhe haben würde, jetzt wo die Wahrheit über ihre Herkunft ans Licht gekommen war. »Meine Mutter war eine Nymphe und mein Vater ein ganz normaler Mensch. Der Knoten ist nur auf meinen Bauch tätowiert.«

»Du irrst dich«, sagte Erik. »Alles ist genau so wie im Buch. Was macht es für einen Unterschied, dass Kati dich hat tätowieren lassen? Dem Buch zufolge trägt die Nymphe einen Knoten, und du bist in der Mondfinsternis entstanden, auch wenn du Roses Kind bist.«

»Ich werde nie mit dir schlafen!«, rief Didi.

»Das liegt nicht mehr in deiner Macht«, sagte Erik. »Überleg mal, wie viel angenehmer wir es hätten haben können. Ich hätte eine herrschaftliche Hochzeit über mehrere Tage organisiert, und der Wein wäre nur so geflossen. Ein Vermögen hätte ich dafür verschwendet. Man hätte dich den Satyrn und Nymphen wie eine Königin präsentiert, und du wärst meine Frau geworden.«

Didi zappelte und trat um sich, aber Erik war ein zu starker Gegner. Diesmal wich er ihren Händen geschickt aus.

»Jeder einzelne Teil der Legende wird wahr. Du hast es mir selbst versprochen, als ich Samuel gerettet habe«, sagte Erik.

Didi spürte, wie sich Eriks Hüfte hart gegen sie presste. Der Mond war fast völlig verschwunden, und Didis eigene Kräfte ließen nach. Sie konnte nichts mehr tun, als Eriks Hände unter ihr Kleid drangen. Er atmete schwer.

»Glaubst du, dass du einen Erben bekommst, wenn du mich vergewaltigst?«, schrie sie.

»Heute Nacht passiert es. Es wäre keine Vergewaltigung, wenn du auch nur ein bisschen deine eigene Position zu schätzen wüsstest. Der neue Silenos …«

Plötzlich krachte es laut, und Erik fiel zuerst auf Didi und dann zu Boden. Didi sah in Katis stählerne

Augen. Sie stand noch mit dem Gewehr in der Hand da, bereit zu einem weiteren Schuss, falls der erste nicht stark genug gewesen sein sollte.

Erik lag mit feuerroten Augen auf dem Moos, und die Hörner kamen ihm aus der Stirn.

»Aurelia ist frei«, sagte Kati. »Sie ist wieder unterwegs und sinnt auf Rache. Wir müssen uns einen sicheren Ort suchen.«

Didi sah, wie sich ein Lichtkegel aus dem Wald näherte, und geriet in Panik. Aber es war Samuel, der auf sie zulief.

»Ist alles in Ordnung?«, fragte er voller Sorge. »Hat er dich …«

»Nein«, flüsterte Didi und begriff, was mit ihr hätte passieren können.

»Erik ist jetzt unsere kleinste Sorge. Aurelia ist hier!«, sagte Kati.

Aus Eriks Rachen kam ein tiefes Geräusch. »Nomos …«

Samuel packte aus, was er dabeihatte. Endlich fügten sich auch in Didis Kopf die Puzzleteile zusammen, und sie tastete nach der Rolle unter ihrem Kleid.

»Ich habe auch so eine«, sagte Samuel. »Matilda hat mir erklärt, wie wir es schaffen können.«

»Du musst Didi in Sicherheit bringen. Weißt du einen guten Ort?«, fragte Kati.

»Du darfst nicht hier zurückbleiben«, rief Didi. »Du bist die Schwester meiner Mutter … Meine Tante!«

»Alles wird gut«, sagte Kati bestimmt. »Aber *ihr* könnt auf keinen Fall hierbleiben.«

Samuel nahm Didis Hand, und schon bald hatte der Wald sie verschluckt.

Katis Blick fiel auf Erik, der trotzig vor sich hin murmelnd auf den endgültigen Schlag wartete.

»Zieh dich aus«, sagte Kati.

Der Satyr sah sie an, als würde er seinen Ohren nicht trauen.

»Zieh dich aus!«, sagte Kati noch gebieterischer und begann, den Gürtel ihrer Hose zu öffnen. »Ich habe vor, lebend aus dieser Mondfinsternis herauszukommen, auch wenn das ein enormes Opfer verlangt.«

»Wohin gehen wir?«, keuchte Didi. Sie versuchte, Samuels Tempo zu halten.

»Ich kenne einen guten Ort«, sagte Samuel. Er dachte an den Erdkeller und hoffte innig, dass die Eichen sie einlassen würden. Im dunklen Wald konnte sich alles Mögliche versteckt halten, er war nicht zu kontrollieren. Er wollte schnell vorankommen, aber Didi stolperte.

»Schaffst du es?«, fragte Samuel.

»Die Finsternis«, schnaufte Didi. »Ich habe das Gefühl zu zerspringen. Es brennt im Bauch, und meine Brust tut furchtbar weh.«

Samuel hatte befürchtet, sich in der Dunkelheit nicht gut orientieren zu können, aber dann sah er die Anhöhe, unter der der Keller lag. Er atmete erleichtert auf.

»Was ist das für ein Ort?«, fragte Didi erschöpft.

»Das siehst du gleich«, sagte Samuel. »Hier beschützt man uns.«

Er wollte anklopfen, aber genau in diesem Augenblick war hinter ihnen ein Rascheln zu hören. Es klang wie der Flügelschlag eines sehr großen Vogels. Sie drehten sich um. Aus dem Schatten einer großen Tanne kam eine Frau mit dunkler Haut und nachtschwarzen Haaren hervor. Ihre Brauen waren ganz gerade, und ihre Augen sahen aus wie Eis. Ihr kalter Blick war hypnotisierend.

»Aurelia … bist du eine Nymphe?«, fragte Didi mit zitternder Stimme.

»Ich war einmal wie du«, antwortete die Frau. »Dann war ich gefangen, aber jetzt habe ich Nahrung zu mir genommen und bin stärker als je zuvor.«

Aurelia kam lautlos auf sie zu, doch Didi hatte sich aus ihrer Erstarrung gelöst. Sie stellte sich schnell zwischen Aurelia und Samuel. Ihr Wunsch, ihn zu beschützen, schien Aurelia zu belustigen. Didi roch ihren süßlichen Atem. Ihr fiel nichts anderes ein, als die uralte Nymphe mit demselben Mittel lahmzulegen, mit dem sie auch Erik bezwungen hatte. Sie legte ihre Hand auf Aurelias Brust und versuchte, den Energiestrom dorthin zu leiten. Aurelia zuckte.

Habe ich es etwa geschafft?, überlegte Didi, aber da brach Aurelia in Lachen aus. Die Nymphe, oder was auch immer es für ein Wesen war, hatte ihr nur etwas vorgespielt. Didi geriet in Panik.

Plötzlich riss Samuel sie aus dem Weg.

»Du willst doch nicht Didi!«, rief er. »Sie ist nicht deine Feindin.«

Aurelias Blick ging nun zu Samuel, dann wieder zurück zu Didi. Didi sah ihr direkt in die Augen. Sie wollte Aurelia zeigen, dass sie nicht mehr vorhatte zu fliehen.

Merkwürdigerweise erlosch Aurelias harter Gesichtsausdruck, und ihre Nasenlöcher bebten kurz wie die eines Tieres. Sie ging ein paar Schritte zurück, und Didi befürchtete, dass sie Anlauf nehmen würde, um sie anzuspringen.

»Eure Gefühle liegen hier in der Luft, sie duften«, sagte Aurelia geradezu sanft. »Ihr dient euch gegenseitig, jetzt und für alle Zeit.«

Didi beschloss zu handeln. Sie nahm ihren Nomos-Dolch und Samuel griff nach seinem. Sie fassten sich an der Hand und ließen nicht los.

Aurelia reckte den Hals, und ihr Blick wurde schläfrig. »Ich habe vor langer Zeit einen Menschen geliebt, wir dufteten genauso stark. Wir haben einander vollständig gehört. Aber Erik hat ihn mir entrissen!«

Didi und Samuel hielten die Dolche bereit, doch Aurelia schien keine Angst vor ihnen zu haben. Sie kam erneut mit sicheren Schritten näher.

»Ich will nichts Böses. Nur Rache an Erik«, sagte sie. »Wenn ihr mir nicht vertraut, dann benutzt die Dolche. Wenn jemand weiß, wozu sie imstande sind, dann ich, denn ich habe sie für die Eichen geschnitzt. Ihr könnt mich mit ihnen töten.«

Aurelia stand direkt vor ihnen und schien zu wachsen. Sie sog immer mehr Luft ein. Dann schnellte ihre Hand zu Didis Tasche. Sie nahm die mit Knoten verzierte Dose heraus, drehte den Deckel auf und nahm zwei Samen. Ihr Blick wanderte zu Didi; alle Grausamkeit war daraus verschwunden. Sie bot Didi einen Samen an, die ihn aus Aurelias Fingern, die glatt waren wie vom Wasser geschliffene Steine, in den Mund nahm.

»Die sind nicht gefährlich«, beruhigte Didi Samuel, der ihr verwirrt zusah.

Aurelia bot auch Samuel einen Samen an, und er schluckte ihn ebenfalls.

»Die Mondfinsternis dauert nicht mehr lange«,

sagte Aurelia und sah ihn an. »Halte die Nymphe am Leben.«

Im selben Atemzug war sie im Wald verschwunden. Nur ein leichtes Rascheln der Blätter ließ ihre Bewegungen erahnen.

Didi nahm Samuel an der Hand.

»Was jetzt?«, fragte Samuel. »Wohin bringst du mich?«

»Ins Paradies«, antwortete Didi.

Auf dem dichten Moos lagen eine erschöpfte Nymphe und ein befriedigter Satyr. Sie richteten sich langsam auf und zogen sich an. Kati sah Erik nicht einmal mehr an. Der Satyr hatte nur eine unausweichliche Aufgabe erfüllt. Jetzt war es an der Zeit zu überlegen, wie sie weiter vorgehen mussten ...

Plötzlich sah Kati Aurelia nur ein paar Meter entfernt stehen. Sie versuchte, an ihr Gewehr zu kommen. Aurelias eisiger Blick ließ sie erstarren und vertrieb alle Gedanken aus ihrem Kopf. Sie sah sich um, konnte aber nicht reagieren. Und sie wusste auch nicht, ob sie Erik geholfen hätte, wenn sie gekonnt hätte, als Aurelia zu ihm ging und ihre Hand direkt auf sein Herz legte. Aurelias Kraft war so stark, dass Erik sofort zu Boden ging und einige Sekunden später leblos dalag. Aurelia sah noch einmal zu Kati. Dann griff sie Erik am

Nacken und schleppte ihre Beute in die Tiefen des Waldes.

Es vergingen einige Minuten, bis Kati wieder bei vollem Bewusstsein war. Erik und Aurelia waren nicht mehr zu sehen. Sie warf einen Blick in den Himmel. Die Finsternis war da.

Weiter entfernt im Gewächshaus brannten ein paar Laternen. Im üppigen Grün der exotischen Pflanzen ließ ein rothaariges Mädchen sein Kleid zu Boden sinken, und ein Junge breitete eine Decke auf dem Boden aus. Didi und Samuel zogen sich langsam gegenseitig aus. Die restliche Welt hatte aufgehört zu existieren. Sie mussten nichts sagen, denn ihre Haut und ihre Hände sprachen eine ganz eigene Sprache. Ihr Atem ging im selben Takt, und sie fanden sofort einen gemeinsamen Rhythmus. Als der Mond sich vollständig verfinsterte, begann die Nymphe zu leuchten, als hätte man Millionen kleiner Kristalle über sie gestreut. Und als sie endlich spürte, was vollkommene Liebe war, flatterten auf einmal Hunderte von Schmetterlingen um sie herum.

Der Erdkeller verbarg unterdessen ein noch größeres Geheimnis. In einer alten Blechwanne war ein duftendes Bad eingelassen. Dort saß ein blondes, blauäugiges

Mädchen, deren Haut von den auf der Wasseroberfläche schwimmenden Blütenblättern gestreichelt wurde. Ihre Großmutter band ihr die Haare zu einem Knoten und berührte leicht den Nacken des Mädchens mit seinem kleinen Knotenmuster. In dem Moment, als sich der Mond verfinsterte, nahm Matilda eine aus Blumen und Heidelbeerkraut geflochtene Krone von ihrer Großmutter entgegen und setzte sie sich auf den Kopf. Die Haut des Mädchens begann zu glänzen und zu strahlen. Sie loderte fast. Matilda schloss die Augen und sah Dinge, die niemand sonst sah.

Voller magischer Momente für Leser

Buchbewertungen und Buchtipps von leidenschaftlichen Lesern, täglich neue Aktionen und inspirierende Gespräche mit Autoren und anderen Buchfreunden machen Lovelybooks.de zum größten Treffpunkt für Leser im Internet.

LOVELYBOOKS.de
weil wir gute Bücher lieben

fi 444 002 / 1a